KB044003

나라를 구했다! 1

가하

나리를 구했다! 1

지은이 | 신해영
펴낸이 | 이형기
펴낸곳 | 도서출판 가하

초판인쇄 | 2009년 4월 2일
1판 5쇄 | 2013년 4월 30일
출판등록 | 2008년 10월 15일 제318-2008-00100호

주 소 | 서울 영등포구 당산동5가 33-1 한강포스빌 1209호
전 화 | (02) 2631-2846
팩 스 | (02) 2631-1846
www.ixbook.co.kr

ISBN 978-89-962195-2-1 04810
978-89-962195-1-4 04810 (set)

값 9,000원

나라를
1
구했다!

Prologue

"어머머머머머머머!"

오도방정이라는 네 단어를 의성어로 표현하자면 바로 저런 것이 되지 않겠나 싶다. 세상에는 '어머'도 있고 '어머머'도 있는데 '어머머머머머머머!'는 또 뭐란 말이냐.

내가 들은 척도 않고 책장을 넘기는 동안 거실 쪽에서는 오도방정이 무한 반복되기 시작했다.

"어머머머머머머머머머머머머머!"

대개 '어머'라는 건 혼잣말 혹은 감탄사겠지만 저렇게 '머'에 강세를 두는 것이고 보면 '어머머머머머머머머머머머머머!'라고 들리더라도 '얘, 이리 와서 아는 척 좀 해줘.'라고 해석해야 타당했다. 끝까지 모르는 척하면 과연 '머'를 몇 번이나 할 것인지 궁금하기도 했지만, 한여름이라 에너지 절약차원에 온 아파트 주민들이 다 창문을 열고 있는데 밤하늘에 낭랑하게 울려 퍼지는 모친의 목소리가 마리아 칼라스 같을 리가 없었다.

항상 공익을 생각하는 나는 결국 몸을 일으키고야 말았다. 언제나 그렇지만 나란 존재는 이렇게나 사려 깊다.

"왜요, 어머니? 무슨 일 있어요?"

궁금하지 않더라도 궁금한 척하는 건 쉬운 일은 아니다. 하지만 28년쯤 모친의 딸로서 지내다 보면 분명히 별일도 아니고 재미도 없을 일이라도 물어야만 하는 일이 있다는 걸 알게 된다. 왜냐면 세상의 모든 장구 중 가장 상대의 기분을 좋게 하는 장구는 맞장구이기 때문이고 모친의 기분이 좋아지면 가정에 평화가 오며 가정에 평화가 오면 가정의 일원인 나의 삶이 편안해지기 때문이다. 신의 은총이, 아니 장구의 은총이 이 가정에 내리시길.

모친은 드디어 화제를 공유할 누군가가 나타났다는 기쁨에 입을 크게 벌리곤 다소 오버된 액션으로 손가락을 뻗어 TV 화면을 가리켰다.

솔직히 말하자면 TV 화면에 로또 번호가 6개 떠 있는데 그 번호와 똑같은 번호가 적힌 복권을 모친이 들고 있는 게 아니라면 저렇게 입과 눈을 동그랗게 만드는 일에 내가 동참할 것 같진 않았다. 설사 예수 재림이 우리나라에서 일어났다고 해도 그 예수가 내 친오라비가 아니라면 난 그냥 성호 한 번 긋고 내 방으로 돌아가서 읽던 책을 마저 읽을 성격이었으니까.

"저, 저거 사, 상우 아냐?"

화면에 크게 클로즈업된 얼굴을 보고 '진짜 예수 재림인가?'

라고 생각하고 있는데 모친이 너무나도 작위적으로 말을 더듬으며 이야기를 꺼냈다. 모친의 연극적인 표현법은 지나치게 진부하다. 놀라움을 표현할 때는 반복, 충격을 표현할 때는 더듬는다. 그나저나 상우? 상우가 누구지?

"상우, 유상우! 너네 고등학교 1년 선배였잖니!"

아, 그제야 '유상우'라는 세 글자가 머리에 들어왔다. 동시에 아주 불쾌하고도 짜증스런 감각이 배 안에서 느글거리기 시작했다. 나도 모르게 인상이 우그러들었다.

유상우가 누구냐 하면 천하의 개날라리로 세상 무서운 것 없이 제멋대로 학교를 다녔는데도 단지 반반하다는 이유만으로! 키가 크고 팔다리가 길쭉길쭉한 데다가 뽀얀 살결을 가졌다는 이유만으로! 은근히 지지세력이 있었던 인물이다.

게다가 그 외모가 무슨 판타지를 자극했는지 몰라도 찌질하게 본드나 신나를 한다는 정도가 아니라 근처 폭력배와 관계가 있어 진짜 마약을 구한다는 둥, 사실은 어떤 폭력조직의 후계자로 고등학교만 졸업하라는 오야붕의 지시로 학교를 다니는 거라는 둥, 그 오야붕이 우리 학교 이사장이라는 둥, 밤에는 일본에 가서 모델 일을 한다는 둥 말도 안 되는 소문이 무성했다.

아니, 반항아인데 얼굴이 잘생겼으면 상처받은 거고 못생겼으면 그냥 개자식인가? 말도 안 되는 소리를 하고들 있다. 난 정말 이런 태도들이 짜증 난다. 아니, 이런 태도를 야기하는 놈들 자체가 짜증 난다.

자신의 악행을 다른 걸로 덮는다. 바로 그런 놈들이 진정한 악마인 것이다. 아닌 건 아닌 거고 잘못된 것은 잘못된 건데 진정한 악(惡)은 가장 눈에 띄는 방식, 즉 외모로 사람을 현혹한다.

물론 우리 모친은 그런 판타지를 몹시도 좋아하는 분이시며 내가 지금 유상우라는 이름과 사연을 발가락의 때만큼이라도 기억하는 이유는 모친이 그 판타지를 전파하다 못해 창시하기까지 한 분이시기 때문이다.

지금도 똑똑히 기억나는데 그 당시 모친이 다른 반 학부형들과 한 통화 내용은 주로 이런 식이었다.

"그거 아세요? 3학년 유상우가 17대 1로 싸웠는데 왼팔은 뒷짐을 진 채 오른팔로만 아이들을 상대하며 뒤로 훅훅……."

……난 우리 모친을 안 닮았고 그때도 모친이 부끄러웠다.

이런 모친에 대한 반항심 때문은 아니었지만 고등학생 때의 나는 범생 중의 초(超) 범생으로 애들이 떠들기라도 하면 손 들고 선생님께 '걔 떠들어요!'라고 고해바칠 정도로 정의를 사랑했기 때문에 그 악마의 자식만 보면 성수를 뿌리고 싶은 기분에 시달려야 했다. ……왜 그런 눈으로 보는 거지? 사실 떠드는 게 잘하는 짓인가, 아니면 그걸 막는 게 잘하는 짓인가?

난 분노한다! 학창시절 내내 다른 아이들도 그런 눈으로 나를 바라보았다. 왜 자기들이 떠들고 날 백안시하는가? 왜 옳지 않은 일을 하고 옳은 일을 한 이를 핍박하는가? 세상은 의인을 탄압한다. 정의는 언제나 외로웠다. 왜 저런 슈퍼 개날라리는 곱상하게 생겼다는 이유만으로 나쁜 짓을 해도 열광적인 반응을 얻고 나는 옳은 일을 하는데 다들 뒤에서 쑥덕대는 건가?

뭐 어쨌든.

유상우에 대한 모친의 호감도가 높았다는 것은 부정할 수 없고 그래서 지금 저 화면을 보고 관심이 생겼는지는 모르겠으나, 나의 유상우에 대한 호감도는 지극히 낮았기 때문에 같은 화면을 보고도 생긴 관심이라고는 풀잎 끝에 매달린 작은 이슬방울보다도 더 보잘것없는 수준이었다.

난 약간 불쾌해져서 TV 화면에서 고개를 돌렸다. 그리고 즉시 모친의 초롱초롱한 눈과 마주쳤다.

눈도 말을 한다. 모친의 눈이 한 말은 '물어봐, 물어봐. 재가 왜 TV에 나오는지 물어봐. 그걸 물어봐 주면 난 기분이 좋아질 것 같아.'였다.

다시 한 번 말하지만 모친이 기분이 좋아지면 가정에 평화가 온다.

아아, 가정의 평화!

"……재는 왜 TV에 나온 거예요?"

"그건……."

오, 마이 갓! 모친의 눈에 감성이 풍부해지기 시작했다. 두 손도 모았다. '그건…….'이라는 두 음절에 절실한 울림이 담겼다.

난 안다. 분명히 모친은 여기서 연출력을 한 번 발휘할 것이다. '말 못 하겠어. 흑.(궁금하지? 이건 정말 엄청난 이야기라고. 짜라짜라짠짜라라!)' 이런 종류의 연출 말이다.

"아냐, 얘."

빙고.

“재가……, 흑. 난 말 못 하겠어.”

같은 사람, 그것도 지나치게 진부하고 단순한 사람과 28년을 사니 식상하다. 뭘 할지, 어떻게 할지, 어떤 식으로 반응해야 할지 모두 안다는 건 재미없는 일 아니던가.

난 리모컨을 집어들고는 모친 옆에 주저앉았다. 말 안 해줘도 중요 이슈 무한 반복의 대한민국 뉴스는 좀 있으면 저 총각이 왜 화면에 나와 저런 표정을 짓고 있는지를 말해줄 것이다. 볼륨을 높이자 앵커의 절제된 목소리가 흘러나왔다.

> 그래서 유상우(29) 씨는 일본 야쿠자 레이후 파를 자신의 수하에 넣은 후 하라주쿠 일대를 통합하고…….

“헉!”

나는 펄쩍 뛰어올랐다. 될성싶은 나무는 떡잎부터 알아본다고, 야쿠자의 피가 흐를 것 같던 놈이 결국 야쿠자가 되었구나!

> 그 후에 한국 쪽 마성파와 종로 바닥의 상권을 놓고 충돌하여 현재 사망 17명, 중경상 44명에 달하는…….

뭣이? 저 깡패 새끼가 쪽발이 새끼들을 끌고 이 땅을 침노해 사상자가 엄청나다고?

“저런! 천인공노할 새끼!”

"얘, 얘! 저 눈빛 봐라. 애가 힘들었어! 애가 힘들어서 그래!"

"뭐가 힘들었대요?"

"아직 안 나왔어."

"……."

효(孝)를 강조하신 맹자님께서는 모친의 견해에 존경 아닌 다른 감정을 품는 건 옳지 않다고 했다. 그러나 견해도 견해 나름. 어쩜 이리 주관적이고 또 주관적이며 자꾸 주관적일꼬. 어찌 이리 미소년을 밝힐꼬. 이리 밝히는데 어찌 부친과 결혼했을꼬. 분명 유상우가 열 대쯤 쥐어터진 문어 형상이었으면 쳐죽일 놈, 찢어죽일 놈, 태워죽일 놈 등 장난도 아니었을 것이다. 감성이 풍부한 만큼 애국심도 정상인의 다섯 배쯤 과격한 모친 아니던가.

그럼에도 불구하고 지금 모친은 TV에 나오지도 않은 유상우의 아픈 과거에 백 퍼센트 싱크로해 눈가를 훔쳐내고 있다.

"눈빛이, 얼마나 힘들었으면 눈빛이……, 흑."

세상이 뭐가 되려고 이러는가.

말도 안 된다. 어느 누가 힘들다고 자신의 조국에 피바람을 몰아치게 한단 말인가. 세상에 힘들지 않은 사람이 어디 있다고! 골목길에 핀 꽃 한 송이도 힘들다는 시도 있지 않던가? ……없으면 지으면 되고.

더 볼 것도 없다 싶어 나는 리모컨을 소파 위에 내려놓고 일어서 방으로 들어왔다. 모친은 아마 하고 싶은 말이 더 남았겠지만, 나와 함께 유상우의 아픈 과거에 대한 대하 판타스틱 서 사시를 쓰고 싶었겠지만, 모친의 미남밝힘증만큼 나의 정의사랑증도 중증이라 더 말을 붙이지 못하고 포기했다.

그렇다. 나는 정의를 사랑한다. 그러므로 정의의 반대편에 서 있는 깡패노무쉐끼들을 혐오한다.

깡패란 정신적 육체적 폭력을 사용해 문명이 이룩해낸 최고의 상호약속인 법을 무시하는 육시를 할 놈이다. 나는 나폴레옹에 대해 아는 것도 없고 알고 싶은 마음도 없지만 그가 현대 법전의 길을 닦았다는 것만은 존경한다. 그놈은 뭘 아는 놈이었던 것이다!

법 없이 문명 없다. 이것이 나의 모토이며 고로 나는 법을 어기는 사람을 싫어한다. 아니, 증오한다. 지키라고 만들어놓은 법을 왜 어기고 지랄이냔 말이다. 나는 심지어 예외조항도 싫어한다. 사정 없는 사람이 어디 있는가? 누구는 가족이 고생하는 게 보기 좋아 도둑질하지 않고 보험사기에 가담하지 않는가? 불쌍하다고 봐주는 건 타인의 도덕심에 침을 뱉는 행위다.

나의 이런 성향 탓에 어렸을 땐 깡패, 자라서는 야쿠자인 유상우에 대한 나의 관심은 지금까지 '갈아 마실 개깡패놈' 그 이상도 이하도 아니었으며 읽던 책을 다시 집어드는 순간 머릿속에서 완전히 지워졌다. 법적으로 단정히 정리되어 있는 나의 머릿속에 그런 불결한 놈이 끼어드는 것 자체가 싫었던 까닭이다.

흑과 백, 내 머릿속은 단정했고 선명했으며 나는 평화로웠다.

나의 직업은 무엇일까?

물론 나와 5분만 대화를 하면 나의 직업을 알 수 있다. 내가 하는 말, 내가 열광하는 것, 내 신념에 대해 아는 순간 내 직업이 바로 도출된다는 뜻이다. 나처럼 법을 사랑하고 정의 수호에 목숨을 거는 사람이 검사가 되지 않는다면 달리 할 만한 것이 있을 리가 없다.

그렇다. 나는 검사다. 검사(劍士) 말고 검사(檢事)! 나는 내가 검사인 것이 기쁘고 자랑스러우며 검사가 되기 위해 1분 1초도 낭비하지 않았던 나의 과거에 대해 한 점의 후회도 없다.

정말로.

"황민서!"

평소처럼 30분 일찍 출근해서 사무실 문을 열려는데 누군가 등을 툭 치며 나를 불렀다. 그 누구란 다름 아닌 강준현, 2년차 검사로 내 고등학교 선배, 그리고 일주일 전부터 내 남자친구, 애인, 연인.

파하하하하하.

"선배."

"넋 놓고 있으면 안 되지."

준현 선배가 눈가에 주름을 잡으며 장난스럽게 웃었다. 나도 모르게 따라 웃었다. 엄마들이 아기를 너무 사랑하는 나머지 그 표정을 따라 한다더니 내가 딱 그 짝이다. 너무 예쁘고 너무 사랑스러우니 눈만 마주쳐도 나도 모르게 웃고 있다.

"들어가자."

내가 자기를 바라보며 웃기만 하자 준현 선배는 내 등을 장난스럽게 밀면서 사무실 문을 열었는데 좋았다. 정말이지 좋았다.

태어나길 잘했다. 고등학교 때 안 놀고 공부만 하다가 대학 들어가서도 바로 사법시험 준비하길 정말 잘했다. 검사를 지원하길 정말 잘했다. 회식에 안 빠지고 참석하길 잘했다. 내내 선배 옆에 앉으려고 꼼수를 쓰길 잘했다. 무엇보다 일주일 전 회식에서 술을 많이 마시길 정말 잘했다.

아아, 행복하구나아아아아아아!

"왜 실실 웃고 있어? 좋아?"

사정을 모두 알고 있는 동기가 나에게 눈을 흘겼다. 안다, 부럽겠지. 내가 너였어도 부럽겠다.

나는 그녀에게 함박 웃어준 후 행복한 기분으로 자리에 앉았다.

뭐 이렇게 말했지만 사실 인생이란 게 행복하기만 할 수는 없는 거다.

난 인생의 정의란 10분의 즐거움을 위해 50분 동안 개고생을 하는 것이라고 믿고 있다. 실제로 나는 10분의 즐거움을 위해 10시간 정도 개고생을 하고 있긴 한데 그건 사람마다 다를 수 있는 개인차로 인정하는 중이다.

인정하지 않으면 살 수가 없으니까.

업무량이 너무 많다. 하루는 24시간이고 업무시간은 9시간인데 아직 초임인 나에게는 20시간쯤은 일해야 해낼 수 있는 업무량이 주어진다. 선배들 말로는 신입 때나 그렇고 뒤로 갈수록 편해진다고 하긴 하더라마는.

"넌 말야,"

스무 살 때부터 눈 빠지게 공부해서 사법시험에 합격했더니 연수원에서 다시 눈 빠지게 공부하고, 이제는 사무실에서 눈 빠지게 서류와 법전을 보는구나 싶어 입을 내밀고 서류를 격하게 넘기는데 서류로 어지러운 책상 위에 달칵, 하고 스타벅스 그랑데 커피가 내려앉았다.

"선배?"

하이고, 주책없게도 나도 모르게 입이 헤벌쭉 벌어지려 하는 것을 간신히 오므렸다. 그리고 대신 초(超) 지적인 검사다운 세련된 미소를 날렸다. 물론 가면 갈수록 나의 귀여움으로 승부해주겠지만 지금은 우리가 사귀기로 한 날로부터 겨우 일주일이 지났을 뿐이니 우아함과 여성스러움을 보여야 할 때다.

남자들을 오래 만나는 비결은 귀여움이지만 처음에 사로잡는 비결은 여성스러움이기 때문이다. 80퍼센트 이상의 드라마와 70퍼센트 이상의 로맨스 영화, 60퍼센트 이상의 로맨스 소설, 40퍼센트 이상의 칙릿 소설이 이를 증명한다.

"넌 말야, 참 귀여운데 또 일할 때 보면 열혈 검사가 따로 없거든."

따로 없다니, 열혈 검사는 나의 꿈이다. 나쁜 놈을 때려잡자!

"그런 게 참 매력적이야."

준현 선배는 빙그레 웃었다.

그런 말을 할 수 있는 당신이 진정한 챔피언…… 이 아니라 더 매력적이오.

사실 저런 느끼한 말을 하면서도 담백해 보이기란 낙타가 바늘구멍을 통과하기보다 더 어려운 일일 텐데 준현 선배는 캐러밴 집단 전부를 바늘구멍 투어에 참여시키고 있다.

정말이지 장한 내 남자. 도대체 단점은 어디에 있는 건가?

난 내가 그를 자랑스러워한다는 걸, 그리고 그의 칭찬이 몹시도 기쁘다는 걸 조금도 숨기지 않고 그를 올려다보았다.

나와 눈이 마주치면 대개의 시답지 않은 남자들은 기가 죽어 눈을 돌리기 마련인데 잘난 내 남자는 조금도 밀리는 기색 없이 부드럽게 미소를 짓기만 한다. 여유 있는 모습이 더 멋지다는 걸 꼭 알기라도 하는 것처럼. 머리부터 발끝까지, 격무에 흐트러진 곳까지 마치 일부러 그런 것처럼 자연스럽기만 하다. 흐뭇하다.

황홀감과 성취감, 만족감이 범벅되어 나도 모르게 본래의 모습대로 웃을 뻔한 것을 간신히 다잡고 나는 청순하게 웃었다. 그렇다. 언제나 중요한 건 청순과 간격이다. 가증은 삶의 지혜일 뿐 들키지 않는다면 결코 죄가 아니니까.

"게다가 예쁘기까지 하고."

것 봐라. 이런 식으로 돌아오지 않는가.

준현 선배가 씩 웃고는 손을 뻗어 손가락 끝으로 내 뺨을 톡 건드렸다. 난 이 장면을 사람들에게 보여주고 싶어서 안달이 날 지경이었다. 강준현이 내 뺨을 건드렸어! 손등인 거 봤어? 그 각도를 봤냐고! 자고로 멋진 남자는 손가락 끝으로 여자의 뺨을 건드리는 법이지!

"아직 볼 것 많지? 도와줄까?"

"괜찮아요. 거의 다 봤거든요."

요즘은 자립적인 여자가 대세.

"괜찮아. 도와줄게."

물론 자립적이라고 해서 전혀 도움을 받지 않는다는 뜻은 아니다. 멋진 남자들은 원래 자립적인 여자들도 좀 도와주곤 한다. 멋진 남자들은 자립적인 여자들보다 더 자립적이기 때문이다.

선배가 허리를 굽히자 넥타이가 흘러내려 내 귀 옆에서 흔들렸다. 그는 짙은 감색의 구찌 넥타이를 셔츠 앞주머니에 넣고 다시 웃었다.

태어나길 잘했다. 어머니, 감사합니다.

쾅!

부장검사님이었다.

"부장님?"

10분을 다 썼나 보다. 이제 50분 동안 개고생할 차례다.

아쉬움에 시계를 흘깃 보니 퇴근 시간을 훨씬 넘겨 밤 8시로 향해 가는 중이었다. 이 시간에 저런 문소리를 내며 들어오신 걸로 봐서 50분이 아니라 50시간을 개고생해야 할지도 모르겠다. 서류를 주고받고 오가는 눈길 속에 손과 손이 겹쳐지며 사랑은 얄미운 나비가 될 수도 있었는데 50시간 후에 얄미운 나비가 되게 생겼군.

제길, 망했다!

"제길, 망했다!"

……응?

부장이 투덜거렸다.

"왜 그러십니까?"

책상 위에 걸터앉아 있던 선배가 일어나 부장을 향해 몸을 돌리며 물었다.

"유상우 사건, 이리 온대."

준현 선배가 아아, 하고 애매한 소리를 냈다.

"올 줄 알았잖아요. 결국 다 서울로 오죠, 뭐."

다른 선배 하나가 뻔하지 않냐는 표정으로 대수롭지 않게 부장의 말을 받았다.

"서울로 오는 게 문제가 아니라 특수부, 그것도 우리 부로 온단다!"

"엥? 왜 특수부로?"

투덜투덜 불만스러운 표정으로 부장이 머리를 헝클자 야근 중이던 검찰수사직원들이 슬금슬금 다가와 대화에 끼어들었다.

"왜 특수부로 오지? 그놈 뭐 위랑 연결되어 있어요?"

"아, 이러면 안 되는데. 마누라가 안 좋아하는데……."

"말은 바로 해야지. 자네가 안 들어가면 마누라는 오히려 좋아할걸."

"뭣이!"

이런 대화를 나누긴 하지만 사실대로 말하자면 다들 신이 나서 이러는 거다. 내가 장담하건대 한국인이 일본에 가서 야쿠자를 이끌고 조국을 침공한 사건은 흔히 일어나는 일이 아니다. 일생에 한 번 맡아볼까 말까 한 사건인 것이다. 이걸 다뤄보고 싶지 않다면 이미 죽어 있는 거나 다름없다.

난 역시 운이 좋다. 겨우 초임 검사가 이런 일을 경험할 수 있다니. 내게 있어 이 사건이 찝찝해질 여지는 유상우가 날 알아본다든지 하는 것뿐인데 그럴 리야 없으니까. 졸업한 지 10년쯤 지났고 난 짱박혀서 공부하느라 사교계, 아니 학교계의 아웃사이더 아니었던가.

문득 준현 선배는 그놈이 우리와 같은 학교 출신이라는 걸 알고 있나 궁금해졌다. 심지어 같은 학년이니 '아는 사이'일 수도 있지 않은가?

"선배, 유상우가……."

난 말끝을 흐렸다. 내 책상 바로 옆에 서 있었기에 거리는 그다지 멀지 않았지만 준현 선배는 내 목소리를 듣지 못했음에 틀림없다. 곰곰이 생각에 잠긴 표정, 아니 아무 생각도 하지 않는 표정이라는 쪽이 옳을까?

새로운 일감에 대한 흥분으로 웅성거리는 방 안의 공기 가운데 선배만 다른 생각을 하고 있는 것처럼 이질적이었다. 그리고 그런 선배의 표정은 내가 아는 강준현이 아닌 것처럼 낯설었다. 내가 아는 강준현은 일 욕심이 없는 사람이 아니다.

나는 한 걸음 선배에게 다가가 어깨를 톡톡 두드렸다.

"응?"

선배가 눈썹만 까딱 움직여 내 쪽을 쳐다보았다.

"선배, 유상우가 우리 고등학교 출신인 거 알았어요?"

"그래?"

긍정도 부정도 아닌 대답. 시선도 흔들리지 않았고 표정도 바뀌지 않았다. 속눈썹 하나, 실핏줄 하나 움직이지 않았다.

하지만 그것 자체가 문제였다.

호흡이 다르다. 뭔가를 알고 있고, 또 그것을 숨기고 싶어하거나 적어도 어떻게 해야 좋을지 결정하지 못한 사람의 호흡. 아니, 사실 그 성격에 모든 것을 다 계산하지 않았을 리 없으니 말은 하지 않아도 뭔가 있다는 것까지는 나타내고 싶었을지도 모른다. 아니면 내가 알든 모르든 온전히 내 판단에 맡기고 싶었던 걸지도.

나는 준현 선배가 고등학교 때 어떤 사람이었는지 모른다. 기억에 없다, 가 맞는 말일 것이다. 같은 학교를 나왔다는 것을 안 것은 여기에 배속되었을 때 선배가 먼저 지적한 사실이다. 내가 자기를 몰랐다고 하자 머쓱한 표정을 지은 걸로 봐서 꽤 유명인이었나 보다고 생각할 뿐. 유명이고 무명이고 아까 말했지만 그 당시 나는 공부 외에는 관심이 없는 초(超) 아웃사이더였으니 알 턱이 있을 리가 없다.

아, 물론 슈퍼 개날라리였던 유상우를 알고 있는 건 미소년 페티시가 있는 모친 때문이었다. 유상우 때문에 우리 모친은 내가 초등학교 6년, 중학교 3년간 학교에 온 횟수를 합친 것보다 더 자주 고등학교를 방문했으니까.

뭐 어쨌든 내 고등학교 생활이 그랬던 탓에 그 당시 선배가 어땠는지는 모르겠으나 지금은 완전 너구리과라는 걸 알고 있다. 저 사람 좋아 보이는 얼굴은 사실 스물아홉 살이라기에는 지나치게 내공이 넓고 깊어 보인다. 사실 그게 좋은 부분이기도 하다. 순진한 것들은 재미없다. 파릇파릇한 순진한 것들은 다루기에 좋을 뿐이지 함께하기에는 알 것 다 아는 너구리가 훨씬 편하다는 말이다. 하물며 선배처럼 겉으로는 순수하고 건실한 청년으로 보이지만 능글맞기 이를 데 없는 사람이 함께하기에는 최고이다. 그런 사람들은 요령이라는 게 있다. 지금처럼 하기 싫은 말에는 아무렇지도 않게 질문으로 답하는 능력 같은 것 말이다.

그리고 그런 능력자들을 만날 때면 재미도 있다. 풀어가는 재미. 빤하지 않고 약간 어려운 퍼즐이 좀 더 재미있는 법이니까.

하지만 이번에는 조금 어렵다고 생각했다. 아직 강준현을 뛰어넘기에는 내가 조금 모자라다고도.

"왜?"

준현 선배가 나를 보고 미소 지었다.

"아니에요."

나도 미소 지어 보였다.

그래, 아직은 여기까지.

모든 일에는 이유가 있다.

흔히 일어나는 연애사의 소소한 다툼 중에 남자들이 이해 못하는 것이 하나 있다. 여자들이 '이유 없이' 화를 낸다는 것이다. 방금까지 웃고 있던 그녀가 갑자기 쌍심지에 불을 켜고 구미호처럼 이를 악물고 노려보면 생각할 능력이 사라진다는 건 이해한다. 그러나 그녀들이 이유 없이 화를 낸다고 생각하는 건 이해할 수 없다.

모든 일에는 이유가 존재하는 법이니까.

아침에 거울을 봤을 때 유난히도 두드러져 보이던 뾰루지 하나, 약속시간에 20분 늦으면서 졸인 마음, 만나기 직전 하수구에 끼었던 하이힐, 만났는데 눈에 탁 들어온 남자친구의 코털이나 배바지……. 이 모든 것이 화의 이유가 될 수 있다.

그렇다. 모든 사건의 이유는 경미할 수는 있으나 없을 수는 없는 것이다.

그렇다면 나는 어째서 유상우를 다시 만나게 된 것일까? 고등학교를 같이 다녔다는 것을 인연이라고 생각한다면 인연이겠지만 그런 인연이라면 난 천 명도 넘는 인연을 가지고 있는 셈이다. 내가 궁금한 건 어째서 그 인연 중 하나가 하필 이때에, 내가 스물여덟 살이었던 이때에 나는 검사가 되어, 그리고 그놈은 야쿠자가 되어 다시 부딪히게 되었냐는 것이다.

후에, 아주 후에야 깨닫는 일이지만 이유 없이, 그러니까 인과관계 없이 일어나는 일도 있었다. 단지 그래야 하기 때문에, 그러기 위해 달려왔기 때문에 그렇게 되어버리는 일들. 어느 것이 먼저이고 어느 것이 뒤따르는 것인지 알기 어려운, 그러니까

닭이 먼저냐 달걀이 먼저냐 같은 문제 말이다.

그러나 이때의 나는, 그것을 몰랐다.

이때의 나는 그저 이 깡패 야쿠자놈이 저지른 참상을 보며 세상에서 스러져가는 정의의 마지막 한 조각이라도 세우려면 이놈을 서울역 광장 한복판에서 능지처참하는 수밖에 없겠다는 생각을 하고 있을 뿐이었다. 준현 선배가 나를 부른 건, 그러니까 내가 유상우를 정식으로 만나게, 아니 그러니까 만날 뻔…… 아니아니, 결국 만나게 된 건 그로부터 일주일쯤 후였다.

"선배, 문서 다 봤어요?"

나는 선배를 따라 협소한 검찰청의 낡은 복도를 가로지르며 물었다.

"응."

대강 대답한 선배는 여전히 뭔가 곰곰이 생각하는 것 같은 표정이었다. 약간 지쳐 보였는데 그건 아마도 일주일 동안 그놈의 자료를 들여다보느라 그랬을 수도 있다. 지치기로는 나도 만만치 않았던 것이, 사실 사건 파일의 대부분을 차지하는 사진들은 보기 심하게 불편했던 것이다.

정말이지 잔인한 놈이었다. 한마디로 상대를 굴복시키기 위해서는 무슨 짓이라도 하는 듯해, 보는 내내 나는 이놈이 사이코패스가 아닌지 의심해야만 했다. 좋게 말하면 효율적이었고 나쁘게 말하면…… 그래, 나쁘게 말해도 효율적이었다.

"안 돼."

에너지 절약이라며 조도를 낮춘 복도를 따라 걷고 있노라니 선배가 망설이듯 말을 뱉어냈다. 말이 이어지길 기다렸지만 혼잣말이었는지 그게 다였다. 의아함에 고개를 돌렸을 때, 입술을 꾹 다물고 있는 선배의 얼굴에서 뭔가 다른 것이 보였다.

표정이 기묘하다.

그러니까, 내가 깡패에 대해 가지고 있는 깊고도 강한 혐오감과는 굉장히 다른 종류의 느낌. 마치 그건…….

"……뭐가 안 돼요?"

내 질문에 선배는 음, 하고 콧소리를 내고는 씩 웃어버렸다. 그러나 그 웃음 끝, 얼굴이 정말이지 묘하게 굳어 있었다. 답지 않게 진지하게. 그건 확실히 나처럼 사건에 대한 혐오감으로 일을 하기 싫어한다기보다는 일어날 과정에 대한 혐오, 그러니까 일이 어떻게 돌아갈지를 뻔히 알고 있는 사람이 그 일에 승복할 수 없을 때 느끼는 혐오 같은 것이었다.

그러나 왜?

유상우 사건의 추이는 비교적 선명하다. 사형이거나 잘해야 무기징역. 죄질이 극악하니 이론(異論)의 여지가 없다. 그리고 승복하지 못할 이유도 없다. 저런 표정을 지을 이유가 없다.

그냥 내버려두면 아무 말도 하지 않을 태세라 이걸 그냥 내버려둬, 말아? 하고 있는데 "여어!" 하고 우리를 부르는 소리가 들렸다. 검찰수사관인 김 계장님이셨다.

"계장님."

"왜 이제 와요? 아까부터 기다리고 있는데."

"늦어서 죄송합니다."

붙임성 좋은 계장님이 슬슬 웃으며 말을 거는데도 선배는 표정을 굳힌 채 얼굴을 풀지 않고 있었다. 결국 계장님은 머쓱한 표정으로 나만 보면서 이야기를 시작했는데 이건 선배에게 있어서 일석이조였으니 덕분에 나도 선배에게 말을 걸 수 없게 되어버렸던 것이다. 이걸 노린 거였다면, 진정 천재.

"그런데 우리 검사님은 일이 힘든데도 왜 이렇게 점점 예뻐지신대? 험한 사진이 체질이신가 봐?"

"그 사진들 안 봤으면 지금보다 더 예쁘다니까요."

나는 계장님과 이래저래 농담 따먹기를 하며 뿌옇게 불투명한 창이 달려 있는 낡은 문을 열었다. 경첩에 녹이라도 슨 건지 문이 삐꺽, 하고 듣기 싫은 소리를 내며 울었다. 그리고 그 순간 머릿속에서도 뭔가가 울었다.

그건 몹시도 기묘한 기분이었다. 머릿속에서 마치 누군가가 소리가 나지 않는 북을 같은 간격으로 치고 있는 것처럼 울림이 느껴지는…….

"아!"

나는 머리를 감싸쥐었다. 이마에 닿는 내 손의 감촉이 생경했다. 아주 가까이 닿는 둔탁한 감각 위에 어쩐지 아득한 감각이 겹쳤다.

놀란 표정의 준현 선배의 시선이 느껴졌다. 아니, 이때의 나는 그것을 신경 쓸 수가 없었다. 그보다 더 강렬하고 차가운 무언가가…… 아니아니, 차갑다는 말로 모자란다. 날카로운, 너무나 날카로워서 시린…….

무릎이 휘청 꺾였다.

"황민서!"

선배의 목소리가 들렸다. 그러나 내 시야에 들어온 건 비스듬하게 의자에 앉아 한 손을 테이블 위에 올려놓은 남자의 무표정한 얼굴이었다.

완벽한 무기질, 지치고 피곤해 보이는……. 차갑다기보다는 텅 빈. 아마도 나를 바라보고 있었던 것 같다.

그리고 그대로 사방이 캄캄해졌다.

1. 타임리프

머리가 아프다. 나는 눈을 감은 채 이 아픔을 표현할 만한 적당한 의성어를 생각했다. 욱신욱신은 아니고 쿵쿵도 아니고. 굳이 따지자면 휘오오오옹인데 이건 바람이 부는 소리를 나타내는 의성어로 분류되지 두통을 나타내는 의성어로 분류되지는 않는 것 같다.

말 그대로 머릿속에서 바람이 불고 있었다.

그대로 누워 적당한 의성어를 찾는 데 애쓰던 나는 눈을 떴다가 깜짝 놀라 몸을 벌떡 일으켰다.

"아이고오!"

머릿속에 뜨거운 물이라도 출렁인 것 같은 충격이 몰아쳤다. 나는 머리를 감싸 안으며 무릎 사이로 머리를 파묻었다.

당연히 검찰청 의무실일 거라고 생각했는데 우리 집이었다. 밖은 어두웠고 창 사이로 희미하게 새어 들어오는 빛에 유행이

지나 지금 보기엔 조잡하기 그지없는 꽃무늬 벽지와 벌써 몇 년째 배치 한 번 바꾸지 않은 가구가 보였다. 난 내 방 침대에 누워 있었다.

도대체 내가 얼마나 정신을 잃었기에 집으로 데려온 건가? 누가 데려온 거지? 선배가? 오, 맙소사……. 일은 어떻게 된 걸까? 지금 몇 시나 된 거지?

서둘러 몸을 일으키자 휘청, 하고 화면이 늦게 따라왔다. 오오, 이거 기분 이상하다. 나는 가만히 앉아서 고개를 좌우로 돌려보았다. 시야가 내 몸의 움직임을 따라오지 않아 마치 고장 난 TV 화면을 보는 것처럼 눈앞이 휘청거렸다.

"뭐 하냐?"

문 쪽을 바라보자 황준서가 문지방에 기댄 채 희귀동물 구경하듯 나를 바라보고 있었다. 황준서가 깨어 있는 걸로 보아 아주 늦은 시간은 아니다. 운 좋게 일찍 태어나 오라비라 불리는 저 녀석은 밖에서 놀지 않으면 집에 있을 때는 자는 걸 업으로 삼는 인간이 아니던가. 안 잔다는 건 아직 자기에는 너무나 이르다는 뜻이다.

"신경 끄고 네 방으로 가."

"뭐? 너 미쳤냐?"

황준서가 기가 막힌 듯 한마디 했다.

아, 정글의 법칙은 집 안에서도 적용되는 것인가. 내가 기절 좀 했다고 약해졌다고 생각하는 걸까? 내가 고3 때 한참 날카로운 나한테 개기다가 머리 한 움큼 쥐어뜯기고 헤게모니를 넘겨준 이후로 슬슬 눈치 보며 기더니 내가 기절 좀 했다고 금세 다시 개기는 저 기회주의적인 황준서의 작태를 보라. 네가 그동안 그냥 놀고 있진 않았구나. 와신상담, 우루사를 좀 빨았나 본데 그게 얼마나 가당치않은 짓거리였는지 바로 알려주마.

나는 눈을 새하얗게 뜨고 노려봐주었다. 아니, 노려봐주려고 했다. 황준서를 제대로 보는 순간, 그러니까 아까는 어둑해서 대강 보고 말았던 황준서의 얼굴이 두 눈에 똑똑히 들어오는 순간, 나는 너무나 경악한 나머지 황준서를 겁주려던 생각을 잊었다.

"너야말로 제대로 미쳤구나!"

이놈이 약을 제대로 먹었는지 머리를 빨갛게 염색한 것 아닌가! 어렸을 때 유행에 편승한 놈이 머리를 빨갛게 물들이고 왔을 때도 나는 경악했다. 일단 제 얼굴을 보고 염색을 하든 삭발을 하든 해야 할 것 아닌가? 얼마나 생각이 없으면 피부가 검은 놈이 빨간색으로 염색할 생각을 한단 말인가? 고추장 뿌린 초콜릿인가?

하지만 생각해보면 그건 그 당시 유행이 염색이었고 저 줏대없는 놈은 원래부터 남들 하는 건 다 따라 하는 놈이었으며, 무엇보다 자기가 대학생일 때의 일이니 아주 심하게 너그러워지려 노력하면 이해해줄 수도 있는 일이었다.

그러나.

지금은 서른이 훨씬 넘은 상황이다. 저놈이 미쳤거나 회사에서 잘리고 싶은 게 아니라면 저런 고추장을 뒤집어쓴 것 같은 머리를 할 이유가 없다. 아니, 심지어 미쳤더라도 곱게 미쳤다면 저런 짓을 할 수가 없다. 이건 아주 미쳐도 험하게, 더럽게, 격하고 사납게 미친 것이다.

퍽!

"뭐? 이게 오빠한테 어디서 미쳤구나야?"

어쭈? 이게 아주 겁대가리를 상실했다.

머리가 나쁘다, 나쁘다 했더니 이제 내가 폭력을 얼마나 싫어하는지도 잊어버려주셨다. 나한테 머리털을 뽑혔을 때도 이런 식으로 개기다가 세계 3차 대전을 우리 집 마루에서 시작하게 될 뻔했는데, 아무래도 독한 염색약의 작용으로 그때의 기억세포가 몽땅 죽었나 보다.

고수는 말이 없는 법, 나는 오라비의 기억세포를 되살리기 위해 얻어맞은 반동을 이용해 그대로 머리로 황준서를 들이받았다.

"윽!"

제대로 들어갔다. 황준서가 코를 움켜쥐고 뒷걸음질치기 시작했다.

"엄마! 황민서가 미쳤어요!"

아아, 더럽게 미치기만 한 게 아니라 부끄럽게도 미쳤나 보다. 서른 넘어서 엄마란다, 엄마! 얼굴이 화끈거린다. 아이고, 하느님, 부처님, 부끄럽습니다아아아!

신께 부끄럽지 않은 오라비를 만들려 살기등등하게 이불을 걷어내다가 입고 있는 잠옷을 본 나는 잠시 그대로 정지했다.

이건 도대체 또 무슨 시추에이션이냐? 낯익고도 낯선 이 셔츠가 몇 년 전의 옷이더라? 이 셔츠는 내가 고등학교 때 태지 오빠에게 심취했을 당시 구입한 서태지와 아이들의 사진이 앞뒤로 박힌 XXL 사이즈 티셔츠가 아닌가? 이건 5년도 전에 찢어져 모친이 내다버린 줄 알았는데 도대체 이 옷을 어디서 찾아서는……. 아아, 그리운 내 오빠들! 보니까 좋구나!

나는 당장 티셔츠를 벗어들고 흐뭇하게 오빠들의 얼굴을 감상했다. 조금은 유치한 듯한 포즈로 V자를 그리고 있는 태지 오빠의 얼굴이 마치 어제 본 듯 상큼했다. 태지 오빠야 내가 다 큰 후에도 왕왕 얼굴을 비춰주시지만 뭐라 해도 이때만 못하다. 이상한 일이지만 뭐든 옛날이 훨씬 좋다. 많이 부족하고 많이 모자란 데도 그렇다. 훨씬 마음에 와 닿는 것이다.

그리워라, 내 과거의 남자.

그런데……, 응?

셔츠를 끌어안고 추억에 잠겼던 나는 문득 뭔가가 심하게 허전하다는 것을 깨달았다. 이 많이 비고 많이 결여된 느낌은 뭐지?

고개를 갸우뚱거리던 나는 셔츠를 안았던 팔을 내리고 아래를 내려다보았다.

오 마이 갓!

툭, 하는 소리를 내며 셔츠가 바닥으로 떨어졌다.

가슴이, 가슴이 사라졌다!

80C를 자랑하는 근사하고 멋진 내 가슴은 어디 가고 아기 주

먹만 한 앙증맞은 게 내 가슴에 달려 있었다. 숨이 턱 막히는 기분. 나는 나도 모르게 덥석 손으로 가슴을 쥐었다. 두 손에 쏙 들어온다. 아니, 손이 남는다. 젠장!

"어머나!"

내 방으로 들어오던 어머니가 양 가슴을 손에 쥐고 부들부들 떨고 있는 나를 보고 깜짝 놀라 발을 헛디뎠다.

"너, 너!"

"내, 내, 내 가슴이!"

난 처절하게 절규하며 모친을 바라보았는데……. 어라? 이건 또 무슨 일일까?

딸이 국가와 정의를 위해 구르는 동안 보톡스라도 맞았는지 모친의 얼굴이 이상했다. 훨씬 탱탱해 보였다. 머리카락이야 염색을 한 것이겠지만……. 어제 본 모친이 이랬던가? 놀란 표정으로 날 보고 있는 자태도 기묘하게 촌스러우면서도 그리웠다. 태지 오빠들을 본 눈이 시차적응을 하지 못하는 걸까? 이 위화감은 뭘까?

내가 멍한 표정으로 모친의 얼굴을 보고 있자 모친이 걱정스럽게 물었다.

"너, 괜찮니?"

괜찮을 리가. 가슴이 사라졌는데 괜찮다고 말하는 스물여덟 살짜리 여자가 있다면 문제가 있는 것이다. 하지만 지금 문제가 되는 건 가슴 실종이 아닌 것 같기도 하다. 아니, 그것도 문제가 아닌 건 아닌데 문제는 그것뿐이 아닌 것 같다. 심장이 두근거리기 시작했다.

"어머니 얼굴이 좀……, 뭔가……."

내가 손가락을 들어 뭔가 설명을 하려고 했는데 모친도 똑같은 자세로 나를 가리키더니 고개를 갸우뚱했다.

"어, 어머니? 너 지금 어머니라고 했어?"

그럼 어머니를 어머니라 부르지 아줌마나 이모라고 부를 수도 없고 아버지라 부르기는 더더욱…….

잠깐 그대로, 우리 모녀는 거울처럼 서로 손가락을 마주 든 채 마주 보고 서 있었다.

먼저 입을 연 건 모친이었다. 나에게 말을 건 건 아니고 생긴 건 별로 모친 취향이 아닌데도 어쩐 일인지 사이는 무척 좋은 우리 부친, 개인적 의견으로는 성격 참 좋은 우리 부친을 향해서였다.

"여보! 여보! 여기 좀 와봐!"

원래 모친은 뭔가 문제만 생기면 부친을 부른다. 부친이 딱히 해결해주는 것도 아닌데 희한한 일이다.

그렇긴 해도 아무리 부녀지간이라지만 다 큰 딸이 벗고 있는데 부친을 부르는 모친도 참 대단하다. 나는 주섬주섬 바닥에 떨어진 태지 오빠 셔츠를 들어 목을 끼워넣었다. 팔을 양쪽으로 빼내는데 모친과 엇갈려 들어와 내 방문 앞에 버티고 선 황준서의 시선이 신경에 거슬렸다.

"눈 깔아라."

"무……, 뭐?"

"시선 치우라고. 뭘 보냐? 예쁜 여자 처음 봐?"

입을 쩍 벌리고 나를 멍하게 바라보던 황준서가 천천히 검지를 자기의 관자놀이 근처에서 뱅글뱅글 돌렸다.

"너 미쳤지?"

"연수원에 있을 때나 미치지 지금 왜 미치냐? 너야말로 당장 머리에서 물 못 빼? 쪽팔려 죽겠어. 어디서 내 오빠란 소리 하지 마라, 응?"

내가 말을 끝마쳤을 때 황준서의 얼굴에 떠오른 것은 분노도 경악도 아닌 공포였다. 각진 얼굴에 무식하도록 용감하게 생긴 놈이 눈을 휘둥그렇게 뜨고 어버버 하는 꼴은 참 가관이었다. 하지만 또 한편으로는 핏줄이라 그런지 안됐기도 하여 나는 동네 강아지도 알아들을 정도로 조곤조곤 황준서를 타이르기 시작했다.

"네가 사회에 반항하고 싶은 마음은 알아. 사회? 엿 같지. 그런데 기본적으로 사람은 사람답기 위해 살기 위해 이 땅 위에 온 거거든. 내가 말이지, 네가 갈색으로만 머리를 물들였어도 이러진 않는다. 그러니까 내가 하고 싶은 이야기는, 너무 막가지 말라는 마이크론 단위의 작고도 사소한 희망 같은 거야. 나잇값을 해야지. 넌 사회에 안 부끄럽니?"

황준서 얼굴이 뭐라 말할 수 없을 정도로 일그러졌다. 그리고는 뭔가 말하고 싶은 것처럼 입을 열었다가 다시 다물고, 숨을 크게 들이마신 다음 다시 입을 열었다가 또 다물었다.

그때 모친이 부친의 팔을 질질 끌고 방으로 들어왔다. 모친은 아니라고 주장하지만 난 늘 모친이 부친보다 5, 6킬로그램 정도 더 나갈 거라 생각했는데 오늘 끌려오는 기세를 보니 8, 9킬로그램 정도 더 나갈지도 모른다 싶었다. 모친은 부친의 팔을 놓자마자 다 보이게 옆구리를 푹 찔렀다.

날 가만히 살펴보던 부친이 조용히 나를 불렀다.

"딸."

"네?"

"어디 아파?"

"몸이 좀 안 좋았는데 이젠 괜찮아요."

그리고 그 순간이었다. 뭔가가 왔다. 감, 혹은…….

나는 휙 고개를 돌려 황준서를 바라보았다. 그리고 모친을, 다시 부친을…….

아까 표현할 만한 적당한 의성어를 찾지 못했던 두통이 다시 찾아왔다. 바람 소리 같은 기묘한 두통. 나는 인상을 찌푸리며 머리를 짚었다.

"민서야!"

모친이 다가와 내 어깨를 붙잡았다.

"괜찮아요."

나는 모친의 손을 다독이고 고개를 들었다. 그리고 다시 천천히 고개를 돌려 가족들의 얼굴을 바라보았다. 모친, 부친, 그리고 황준서. 하나하나 또렷하게 클로즈업하듯 면밀히.

모친은 보톡스를 맞았다고 치자. 그러나 부친은? 머리를 하루아침에 심을 수는 없는 건데, 10년 전 사별했던 데이비드와

삼식이가 멀쩡히 부친의 앞머리에 붙어 있다. 아무리 탈모방지 과학이 발달했다고 해도 저건 하루아침에 되는 일이 아니다.

그리고 황준서.

아까는 이놈의 머리에 정신이 팔려서 간과했는데 얼굴이 다르다. 늙어 파김치가 다된 생활에 찌든 얼굴이 아니다. 안 그래도 바보 같은 인상을 더더욱 바보 같게 만들어주던 이마 위의 선 세 개가 보이지 않는다.

나는 아직도 내 손을 잡고 있는 모친의 손을 다시 한 번 다독이고 내려놓았다. 그리고 걱정스러운 모친의 시선을 뒤로하고 성큼성큼 황준서에게 다가갔다. 내가 두 손을 뻗자 황준서는 마치 에이리언이 다가왔을 때의 시고니 위버처럼 질겁하며 눈을 감았다. 그러거나 말거나 두 뺨을 손으로 감싸 당겨 얼굴을 바짝 들이밀고 못난 얼굴을 자세하게 들여다보았다. 아무리 보아도 주름살이 없다. 이마 위의 주름살뿐 아니라 수염처럼 자리 잡은 팔자(八字) 주름도, 눈 아래 자글자글 고여 있던 눈 밑 주름도 없다! 없다! 없다!

나는 깊게 한숨을 내쉬었다. 다리가 후들후들 떨리기 시작했다.

이미 내 머리는 답을 냈지만 감정은 그 답을 받아들이기를 거부하고 있었다. 나는, 나는 이성적이고 상식적인 인간인데.

천천히, 나는 몸을 돌렸다.

그제야 눈에 들어오는 방 안의 풍경.

책상 위에 잔뜩 쌓여 있는 참고서와 사전, 프린트들, 스탠드

바로 옆에 스케줄 표에는 오늘 소화해야 하는 공부량이 빼곡히 적혀 있었다.

침을 꿀꺽 삼켰는데도 목이 바짝 타올랐다.

나는 방문을 막고 서 있는 부친을 스쳐 지나 화장실로 향했다. 단언하는데 지금 나의 움직임은 유령이나 다름없을 것이다. 절반쯤, 아니 그 이상일지도 모른다. 내 넋은 어딘가 다른 곳에서 부유하고 있었다.

머릿속에는 딱 하나만 되풀이되고 있었다. 화장실 거울, 화장실 거울, 커다랗고 잘 보이는 화장실 거울.

"미, 민서야?"

두려움이 가득 묻은 모친의 목소리가 들렸다. 하지만 이 순간 나보다 더 두려운 사람이 있을까?

화장실 불을 켜자 딸깍, 하는 소리와 함께 백열등이 지체 없이 켜졌다. 이제 한 걸음이면 거울이 보인다.

한 걸음.

순식간에 내 가슴 실종 사건의 전말을 파악했다.

나는 고등학생이었다. 잠깐 본 책상으로 판단하자면 고2, 내가 본격적으로 자라기 시작한 것이 대학 들어가서였으니 아직은 키도 작고 가슴도 작고 얼굴은 여드름투성이, 결정적으로 뚱뚱하다.

뭐라고? 고2? 이런 제길! 아직 수능이 안 끝났다고?

거짓마아아아아아알!

"우워어어어어어어!"

후에 모친은 화장실에 들어간 내가 마치 주인을 잃은 저팔계처럼 울부짖었다고 증언했다. 그러나 그날의 나는 주인이 아니라 시간 안에서 길을 잃은 가엾은 저팔계였다.

영화를 볼 때마다 내가 짜증이 났던 건 다른 시간대로 떨어진 주인공들이 다른 시간대로 떨어진 게 아니라 머리가 덜떨어진 것처럼 행동한다는 것이었다.

상황을 받아들이는 것이 쉽지는 않았지만 일단 현실을 직시한 나는 그 덜떨어진 주인공들처럼 굴지는 않기로 결심했다. 사실 그들처럼 굴려야 굴 수도 없다. 나의 최대 장점은 뛰어난 머리라기보다는 적응력 아니던가? 내 머리가 남들보다 열 배 이상 뛰어나다는 걸 감안한다면 적응력은 장난 아니라는 소리다.

게다가 뭐 꼭 나의 뛰어난 적응력이 아니라도 나에게는 이점이 있었다. 내가 떨어진 시간대는 내 고등학교 시절, 게다가 나는 고등학교 2학년 나의 모습으로 현재에 존재한다.

그렇다는 건 그때 했던 그대로만 하면 된다는 거겠지. ……근데 그때 내가 어땠더라?

"너 진짜 돌았지? 공부만 하더니 맛이 완전히 가버린 거지?"

내가 침대에 돌아와서 도로 누운 다음에도 황준서는 내 방 문설주에 기대 믿기지 않는다는 표정으로 나를 갈구고 있었다. 고2라면, 황준서의 저런 반응이 이해가 간다. 황준서는 성격이 나쁘진 않지만 사람 좋은 부친 모친이 아들이라고 떠받들어 키워 상황파악 못 하고 적당히 자제할 줄을 모른다. 그런 주제에 자존심은 있어서 공부 잘하는 동생, 즉 나를 어떻게 이겨볼까 시답지 않은 일로 시비나 걸기 일쑤라 귀찮기 그지없다. 나쁜 놈은 아닌데 인간이 좀 모자라서 피곤하다. 그러니까 아까 말한 고3 때 나의 교육을 받기 전엔 말이다. 내가 고2면 교육 전이니 이놈, 아직 인간 아니다.

뭔가 한마디 해주려고 입을 열었던 나는 아이고 아서라 입을 다물고 말았다.

"연수원? 꿈꿨냐? 넌 어떻게 꿈도 그렇게 재수 없이 꾸셔?"

새끼, 공부는 하기 싫어하는 게 예리하다. 사실 황준서는 날 닮아서 머리가 없진 않다. 지독하게 게을러서 그렇지. 공부는 지지리도 안 한 주제에 나쁘지 않은 대학에 철썩 붙고 대학 가서도 학점은 CD가게 주인 부럽지 않을 정도였는데 취직은 무난히 했다. 말하고 나니 이놈, 그냥 운이 좋은 거 아냐?

철없이 날 바라보며 갈구고 있는 황준서의 꼬락서니를 보며 난 고민했다. 내년에 일어날 교육의 시간을 1년 앞당겨서 일찍 사람 만들까, 아니면 지금은 생각할 것도 많고 귀찮은데 그냥 미친 척하고 말까.

결정.

"후후후후후후."

나는 광년이처럼 웃기 시작했다. 황준서의 표정이 멀뚱해지더니 곧 눈이 화등잔만 해졌다. 새끼, 쫄긴……. 겁도 많다.

"꿈꿨어. 예지몽이야. 난 대학교 들어가서 사시에 합격하고."

"합격하고?"

"오빠 록 그룹에 가입해서 머리 기르고 놀다가 학고 받았는데 그 성적표를 엄마한테 걸려서 개 맞듯이 얻어맞아."

"이게!"

흥분시키기가 어찌나 쉬운지!

덤벼드는 황준서를 피해 이불을 홀랑 뒤집어쓰자 무식한 놈이 이불을 벗겨 내려고 힘을 쓰기 시작했다. 물론 순수하게 힘으로만 하면 내가 불리할 수도 있지만 저놈은 단순 무식하고 난 똑똑하니까…….

콰다다다다당탕!

……이렇게 되는 것이다.

마구 이불을 당기던 황준서는 마주 당기던 내가 갑자기 힘을 확 빼버리자 이불을 안은 채로 저만큼 나자빠졌다. 아이고, 나쁜 머릿속의 뇌세포도 뇌세포인데 그분들이 승천하시는 소리가 들리는구나.

"너 이리 와!"

황준서 화났다!

무안한 만큼 열을 받은 황준서가 콧김을 내뿜으며 몸을 벌떡 일으켰다. 그러나.

"오, 오빠! 괜찮아?"

나를 향해 덤벼들려던 황준서가 내가 눈을 크게 뜨며 놀란 표정으로 묻자 멈칫했다. 순진한 놈. 다시 말하지만 이놈이 나쁜 놈은 아니다.

"손을 놓쳐버렸어. 엄청난 소리가 나던데 오빠, 머리 안 부딪혔어? 괜찮아? 다친 데 없어?"

난 연기력이 좋은 편이고 황준서는 단순해서 세 살배기한테도 사기당할 위인이다. 내가 손을 뻗어 황준서의 머리를 보려는 시늉을 하자 황준서는 머쓱하게 고개를 빼고는 괜찮다는 듯 손을 흔들어 보였다. 어찌나 순박해 보이던지 개미 뒷다리 잔털 같은 양심의 가책이 싹을 틔웠는데, 멍청하게 잘난 척하는 소리에 바로 시들었다.

"괜찮아, 괜찮아. 이 오빠 머리가 보통 머리냐? 저번에는 지나가다가 간판을 들이받았는데 그거 부서졌다!"

자랑이다, 이놈아! 네 머리 단단해서 신나겠다!

"응, 다행이다."

어쨌든 한 건 해결.

내 오라비가 이렇게 멍청하다는 건 슬픈 일이지만 똑똑해서 내 맘대로 안 되는 것보다는 나을 수도 있다. 언제나 긍정적인 마음가짐이 중요한 거니까.

황준서가 아무렇지도 않다면서 17 대 1, 이런 종류의 말도 안 되는 허세를 부리는 걸 참을성 있게 들어준 다음 나는 황준서를 자기 방으로 돌려보냈다. 기분이 완전히 좋아진 황준서는 내 머리를 몇 번 쓰다듬으며 공부 열심히 하라는 되지도 않는 소리까지 했다. 자기는 안 하는 게…….

이렇게 황준서를 처리한 다음 문을 닫은 나는 땅이 꺼져라 한숨을 내쉬었다. 말도 안 돼, 이게 정말 꿈이 아니야?

침대에 주저앉아 멍하니 천장을 바라보던 나는 손을 쳐들어

세게 내 뺨을 갈겼다.

철썩!

아, 아무리 나라지만 정말 독하다. 금세 뺨이 부풀어오르는 게 느껴졌다. 빵이라도 구울 수 있을 정도로 화끈화끈하다. 그러나 잠에서 깨지 않는다. 이건 현실이 맞다. 꿈에서 뺨을 치면 아프긴 해도 잠에서는 깨지 않는다는 이상한 결론을 내릴 게 아니라면 이건 현실인 것이다.

그게 아니라도 이것저것 다 떠나서, 그러니까 느낌이 있다.

이건 몹시도 끔찍한 상황이지만 꿈은 아닌 것 같다는……. 어째서인지도 모르고 왜인지도 모르지만 난 정말로 고등학생이 되어버린 것이다.

어쩌면 어느 영화에서 본 것처럼 그동안이 꿈을 꾼 거였는지도 모른다. 아주 리얼한 꿈 말이다. 몹시 허무하긴 하지만 수능을 본 것도, 검사가 된 것도, 피 터지는 다이어트와 화장술로 예뻐진 것도, 그리고 술의 힘을 빈 끝에 준현 선배와 사귀게 된 것도……. 가만, 하지만 그렇다면 난 원래 준현 선배를 몰라야 하는데? 그것도 꿈? 상상? 몽상?

나는 눈을 가늘게 떴다. 머리가 마구 혼란스러워졌다.

이로써 나는 내가 나비의 꿈을 꾼 건지 아니면 나비가 나의 꿈을 꾼 건지 모르겠다던 장자와 동급이 되었다. 아마도 장자도 딱 이런 상태였음에 틀림없다.

"여기서 이야기가 매끄러우려면……."

나는 천장을 물끄러미 올려다보았다.

이야기가 매끄러우려면 이럴 때 램프의 바바라도 나타나서 내가 이렇게 된 이유와 현재로 돌아갈 수 있는, 그러니까 내가 멋지고 근사한 34-24-34의 작살미녀 검사 황민서로 돌아갈 수 있는 방법을 말해줘야겠지만 사방은 지독하게도 조용했다. 그리고 이 비현실적이고 매끄럽지 않은 진행이 바로 이 상황이 현실이라는 것을 단적으로 나타내주고 있었다.

현실은 원래 비참할 정도로 혼자 알아서 해야 하는 법이니까. 도움의 손길 따위, 판타지다.

그리하여 나는 키 161센티미터에 몸무게 66킬로그램인 몸을 이끌고 수능이라는 산을 넘어야 하는 잔인한 현실 앞에 놓인 고등학교 2학년 황민서가 나 자신이라는 현실에 직면했다.

그 현실은 정말이지 무서운 현실이었다. 처음으로 죽어버리고 싶다는 생각이 들 정도로.

2. 아는 얼굴

교복이다.

나는 광년이처럼 교복을 들고 우후후후 웃었다.

허리 32인치짜리 교복 치마를 들고 웃는 나의 모습은 누가 봐도 충분히 공포스러울 거라는 건 인정한다. 하지만 그 누구라도 어제는 가슴이 34인치였는데 오늘은 허리가 32인치라면 나처럼 웃을 수밖에 없을 것이다.

대학교에 들어가서 1년 만에 나는 15킬로그램 정도를 뺐다. 정확히 말하자면 뺐다기보다 고등학교 때에 비해 넓어진 교내를 뛰어다니다 보니 빠진 거지만, 중요한 건 빠진 이유가 아니다. 중요한 건 대학교 1학년 때 키가 6센티미터가 크는 바람에 키에서 플러스 6센티미터, 몸무게에서 마이너스 15킬로그램, 마침내 내 두뇌에 알맞은 외모를 가지게 되었다는 것이다.

그리하여 지금, 가장 큰 탄력성의 문제는 열 살의 나이 차가 아닌 외모에서 왔다.

탄력성이 뭐냐고?

경제학에 보면 탄력성, 비탄력성이라는 것이 있다. 예를 들자면 이렇다. 월급이 백만 원에서 2백만 원으로 올라갔을 때 늘어나는 소비는 탄력적이다. 즉 호주산 고기를 먹던 사람이 월급이 2백만 원이 되는 순간 바로 한우로 갈아타 주신다는 말이다. 이때 고기의 소비는 탄력적이라고 말한다. 그러나 월급이 2백만 원이던 사람의 월급이 백만 원이 되었을 때는? 이 사람은 한우에서 호주산 고기로 백 퍼센트 갈아타지 못하고 한우 5, 호주산 고기 5라는 처방을 내리게 된다. 즉 가격 변동에 비해 소비의 변동 폭은 줄어든 것이다. 이때 고기의 소비는 비탄력적이라고 한다.

응? 좀 이상하다고? 대강 이해하자. 여기서의 핵심은 소도 때려잡을 것 같이 건장한 외모로 살던 내가 남들이 한 번쯤 쳐다봐주는 외모로 살게 되었을 때가 다시 건장해졌을 때보다 훨씬 적응하기 쉬웠다는 거니까.

이렇게는 살 수 없다. 다시는 이렇게 못 산다.

난 가볍게 한숨을 내쉬고 교복을 입었다.

이렇게 커다란 치마가 이렇게 꼭 맞을 수가! 이렇게 태가 안 날 수가!

당연한 일이다. 가슴은 작은데 허리는 두꺼우니 몸은 일자 통나무, 그것도 말랑말랑한 통나무다. 이런 통나무에 베라 왕 드레스를 입혀놓은들 태가 날 리가 없다.

절망스럽게 거울을 본 나는 그래도 포동포동한 뺨을 가릴 수 있는 스타일로 머리를 만지고 방을 나섰다.

"밥 안 먹니?"

"안 먹어요."

"뭐? 안 먹어?"

모친이 강아지가 야옹 하고 우는 소리를 들은 듯한 표정으로 나를 쳐다보았다. 그래, 사실 고등학교 시절 먹는 낙밖에 없어서 하루 다섯 끼—아침, 점심, 간식, 저녁, 야참—를 먹고 살았다. 하지만 그때 달리 무슨 낙이 있었으리?

"너무 비대해서 공부도 안 되는 것 같고 좀 덜 먹으려고."

"그, 그래?"

그렇다. 과거에 어땠든 지금의 난 이런 몸으론 살 수 없다.

한 번 34-24-34로 살았던 황민서는 30-32-34로 살 수 없다. 저주받은 저중심 안심설계!

"그럼 왜 이렇게 일찍 나왔어?"

"운동도 할 겸 그냥 나가려고요."

"우, 운동? 그, 그래……. 그럼 조, 조심해서 다녀와."

시간이 어떻든 간에 저 당황을 표현하는 더듬는 연출만은 한결같다. 그래, 한결같은 건 좋은 거지.

모친의 저렴한 연출을 뒤로한 채 문을 나선 나는 이를 악물고 푸른 하늘을 올려다보았다. 어느 시간의 하늘이든 하늘은 하늘이고 그 위의 구름은 구름이다. 나는 주먹을 불끈 쥐었다.

어차피 일은 터졌다. 이게 꿈이든 아니든, 내가 계속 이렇게 살아야 하든 아니든, 멀리를 보면서 고민하는 건 체질이 아니다. 그런 건 아무런 도움도 되지 못한다. 길이 보이지 않을 때는 차라리 사소한 일을 먼저 해결하는 것이 큰일을 해결할 실마리를 제시하는 힘이 되기도 한다. 어떤 일이든 결국에는 풀려야 하는 방식으로 풀리게 되어 있으니까 서두를 필요는 없다. 지금 당장 눈앞에 있는 사소하고 불편한 일을 먼저 해결하자!

눈앞에 있는 사소하고 불편한 일이란? 몸무게!

나는 뛰기 시작했다.

학교까지는 느릿느릿 걸어서 30분 정도, 중력을 충실히 반영하는 살들 덕에 뛰다 걷다 하다 보니 15분이 조금 지나 학교 정문이 보였다. 숨이 턱 끝까지 차올랐을 무렵이었다.

학교라, 학교.

문제는 내가 이맘때쯤 있었던 일들이 거의 기억이 안 난다는 거다. 단지 10년이라는 시간이 지났다는 것만이 문제는 아니고 고2 때 한 일이라고는 공부하고 먹고 자고 일어나 또 공부한 기억밖에 없었던 탓이다. 아니, 사실 고등학교 3년 내내 그 기억밖에 없다. 했던 고민이라곤 라면을 먹고 잘까 그냥 잘까, 라든지 신예 우선순위 영단어를 볼까 정통의 성문 영단어를 볼까 정도였다. 심지어 난 반장선거 한 번 안 나갔는데, 공부할 시간 빼앗긴다는 것이 그 이유였다.

주변과 무관하게 살았으니 이번에도 어떻게 되겠지 싶어 터벅터벅 정문으로 향하는 발걸음이 무거웠다. 사실 내 삶 자체가 단순하고 은둔적이었으므로 차라리 생활하기 편할 수도 있긴 하다. 학교, 집, 학교, 집, 학교, 집…… 이런 아름다울 정도로 간단한 스케줄을 기억하지 못하기란 쉽지 않다.

하지만, 하지만…… 기억하기는 쉽지만 다시 할 생각을 하니 끔찍하다. 답답하다.

모를 때는 해도 알고는 못 하는 짓이 있다. 달리 다른 방법이 없으니 지금은 상황을 살피겠지만 도대체 이게 뭐 하는 짓이냐.

한숨이 절로 나왔다.

워낙 일찍 나온 터라 학교로 향하는 길에는 학생이 별로 많지 않았다.

날짜는 아직 3월, 더워지려면 멀었고 스물여덟 살의 나라면 춥다며 긴 팔에 카디건을 걸쳐입을 때인데 땀이 비 오듯 흐르고 있었다. 그리고 그건 뛰어서라기보다 몸에 두르고 있는 천연 지방 점퍼 때문일 것으로 추측되었기 때문에 눈물도 비 오듯 흐를 것 같았다.

숨을 몰아쉬며 이마 위로 흐르는 땀을 훔치는데 서러웠다. 난 왜 이러고 살았던 걸까. 아니, 난 왜 지금 이러고 있는 걸까.

주변에는 온통 날씬한 몸매의 아이들만 보였다. 사람의 기억이란 참 이상하다. 내 기억에 고등학교 때 이렇게 날씬하니 예쁜 애들이 많았던 것 같지 않은데 새삼 둘러본 주변에는 파릇파릇한 꿈의 여고생들이 많기도 하다.

보는 눈이 달라진 거다. 관심사가 달라진 거다. 이미 그때와 같을 수가 없다.

우울하게 땀을 닦으며 교문으로 들어서는데 듣기 좋은 목소리가 선명히 날아와 귀에 박혔다.

"어이, 너! 2학년!"

누군지 재수 없이 걸렸구나. 그러니 옷을 바로 입고 다녀야 하는 거다. 사람은 준비성이 있어야지.

나는 초중고 12년을 통틀어 선도부에게 걸린 적이 없다. 유비무환(有備無患)을 늘 마음속에 품고 다녔던 탓이다. 그 전날 등교 준비만 해도 다음날 아침이 평화롭다.

"2학년! 거기 서! 거기! 여학생!"

잠깐, 난가? 그럴 리가……. 나는 좀 의아해져서 뒤를 돌아보았다. 아니나다를까 키가 껑충하게 큰 남학생이 나를 향해 손짓하고 있었다.

"저요?"

"그래, 너."

머릿속으로 잽싸게 내 옷차림을 훑으며 나는 그 선도부에게로 다가갔다. 이럴 리가 없다. 안 줄여도 터질 듯 빵빵한 교복을 줄여 입을 이유도 없고 사실 치마를 짧게 입어 보여줄 다리도 내게는 없었으며, 모친이 농구화를 사주지 않아 신을 것이 규정 구두밖에 없었다. 그래서 늘 내 복장은 교칙 그대로, 교복집에서 샘플로 보낸 그대로였던 것이다.

"명찰."

내 의문스런 표정을 보더니 선도부 총각이 지적해주었다. 선도부 총각의 손가락을 따라 옮겨왔던 내 시선이 내 몸의 일정

부분에 닿았다. 나는 나도 모르게 어머, 하며 아줌마처럼 씨익 웃었다. 오히려 수줍은 듯 얼떨떨한 표정으로 고개를 돌린 건 선도부 총각이었다. 자식, 수줍어하긴. 거긴 아무것도 없다. 좀 있다 생겨. 한 2년 있다가.

나는 가방을 뒤적여 명찰을 찾기 시작했다. 너무 오랜만에 학교를 오다 보니 고등학생은 명찰이라는 걸 달아야 한다는 것을 까먹었다.

그때 문득 뭔가가 머리를 스쳤다. 나는 가방을 부둥켜안은 자세 그대로 고개를 들었다. 나보다 머리 두 개쯤은 더 큰, 저 위에서 나를 내려다보고 있는 얼굴. 오 마이 갓! 분명 좀 싱그러울망정 익숙하고 익숙한 얼굴이다! 아는 얼굴이다!

"왜 그렇게 보는데?"

나의 노골적이고 직접적이며 구체적인 시선이 불편한 듯 준현 선배의 표정이 굳었다.

"아, 아니에요."

맞다. 우리 모르는 사이지. 그런데 옛날에도 만난 적 있던가? 이렇게 스친 적이 있는데 내가 기억을 못 하는 걸까? 이건 진짜 모르겠다. 명찰을 안 달았다고 지적받은 적은 확실히 없는 것 같은데…….

머릿속이 온통 복잡한 채로 명찰을 꺼내 달자 조금은 어린 목소리로 선배가 친절하게 덧붙였다.

"교복 앞주머니에 넣고 다니면 편해."

"감사합니다."

감사하긴 개뿔이? 젠장! 뭐 이런 어색하고 불편한 상황이 다 있단 말인가? 지금 눈앞에서 내가 명찰을, 한국말로 이름표를 달지 않았다고 지적하는 이 남자는 내가 온갖 고심 끝에 꼬셨던 정말 잘났던 내 남자친구란 말이다. 그런데, 그런데 도로아미타불이라니! 그것도 이런 최악의 상황으로 도로아미타불이라니! 이런 모습을 보여주게 되다니이이이이!

난 뒤로 획 돌아 뛰기 시작했다. 아침이라 석양이 없어 석양을 향해 뛸 수 없는 것이 한스러울 정도였다. 첫 만남이 이런 이름표를 안 단 뚱땡이 몬스터의 모습으로서라니, 이건 정말 회복하기 힘든 이미지다. 이제 어떻게 해야 좋단 말인가!

지금 상황으로는 준현 선배에게 다시 작업을 거는 건 거의 불가능해 보였다. 왜냐면 준현 선배는 내가 작업에 착수했을 그때와 별다를 바 없는, 아니 어쩌면 어리다는 측면에서는 좀 더 낫기까지 한 준수한 외모, 조용한 말투, 명석해 보이는 눈동자의 소유자였고 난, 난……. 으허허헝.

나는 필사적으로 현재로 돌아갈 방법을 생각해보았다. 차근차근 하나하나 기다리다 보면 실마리가 나타나기는 개뿔, 지금 그렇게 한가한 생각을 할 때가 아니었던 것이다. 마음이 미친 듯이 조급해졌다.

하루 15시간씩 공부하던 시절도 힘들었다. 친구 하나 없이 고등학교 시절을 보내는 것도 괴로웠다. 대학교 때 가까이 지내던 애들은 결국 다 내 라이벌이라는 사실도 우울했다. 끔찍한 다이어트, 먹고 싶은 걸 먹지 못하는 지옥, 늘어지는 몸을 일으켜 운동했던 시간도 모두가 다 암흑이었다.

그러나 그 모든 것도 단 하나, 준현 선배를 잃는 것만큼 아깝지는 않다. 그 모든 고통을 겪은 끝에 얻은 몸뚱이와 지적 능력, 사회적 지위, 모든 것을 동원해 얻은 내 남자의 단맛을 막 보려는 순간! 혀를 막 갖다 대려는데 도돌이표를 만나는 건 너무나 지독한 일이다. 잔인의 극치다. 아무리 생각해도 나는 그렇게 나쁘게 살진 않았다. 이건 내가 전생에 나라를 백 개쯤 멸망시켰다고 해도 이 정도면 좀 손해보는 장사다.

"나한테 뭐 더 할 말이 남았어?"

마음속의 절규가 이글거리는 눈빛으로 표출되었는지 묻는 선배의 얼굴이 해쓱해졌다. 아, 10년 후에는 날 사랑 가득한 눈으로 보는데 지금은 저렇게 공포 가득한 눈으로 보다니, 흑.

할 말, 많다. 정말 많다. 그러나…….

"할 말은 많은데 나중에 해요."

이 말밖에 할 수 있는 말이 없다. 그리고 이 말도 어떻게 하냐에 따라 스킬일 수도 있지만 몸이 따라주지 않아 아무것도 아니게 되어버렸다.

같은 말이라도 167센티미터의 마음 설레는 쭉쭉빵빵이 하는 것과 161센티미터의 마음 푸근해지는 저중심 안전설계가 하는 것은 효과가 다르지 않은가.

"어……, 그래."

것 봐라. 저 얼떨떨한 표정, 할 말이 많든 적든 절대로 궁금하지 않으니 나중에라도 굳이 할 필요 없다는 저 표정.

나는 처연했다. 그래서 그저 고개를 꾸벅 숙여 보이고 뒤돌아섰다.

보통 때면 뒤돌아섰을 때 뒤통수에 꽂히는 아쉬움의 시선이 느껴지는데 지금은 나를 기이하게 여기는 시선이 느껴졌다.

정말이지 어디서부터 뭘 어떻게 해야 하는 걸까. 10년 동안 내가 꽤 많은 것을 이룩했었다는 뿌듯함과 그 짓을 다시 해야 한다는 절망감이 동시에 밀려왔다. 내가 뭘 잘못했기에!

운동장을 가로질러 학교 건물로 들어서기 직전 충동을 참지 못하고 뒤돌아보았는데 이미 나 따위는 안중에도 없는 준현 선배는 묵묵히 서서 드문드문 교문을 통과하는 학생들을 지켜보고 있었다.

어울린다. 교칙을 수호하던 강준현이 자라서 국법을 수호하게 되다니.

내 것이니까 가슴이 뿌듯해져야 하는데 더럭 겁이 났다. 그건 일종의 외로움, 그러니까 가족에게서 느끼지 못했던 내 사회생활과 연관된 사람을 전혀 다른 시간대 전혀 다른 장소에서 전혀 다른 관계로 만나는 낯섦에 대한 감각이었…… 을 리가 없지 않은가. 당연히 저 잘난 놈이 내 것이 아니게 되어버릴 수도 있다는 현실적인 두려움이다.

젠장. 난 여기서 뭐 하고 있는 걸까.

그럼에도 불구하고 삶에서 언제나 즐거움을 찾을 수 있다는 것이 내 장점이다.

10년이 지나 다시 본 교과서는 귀여운 표정을 짓는 포로리보다 더 귀여울 정도로 쉬운 것이었다. 글씨도 커다랗고 사이사이 스페이스도 많다. 사람의 나이란 괜히 먹는 게 아니다 싶어져 어깨를 으쓱하며 머리카락을 뒤로 툭 쳐내고 싶을 정도로 거만한 기분이 들었다. 내가 원래 내 우수성을 확인하면 금방 기분이 좋아진다.

"너 오늘 왜 그래? 좀 이상하다?"

아무래도 내가 이상해 보이는지 짝인 송이가 소곤소곤 물었다.

송이는 천생 여자다 싶은 아이로 내가 귀찮아하는데도 불구하고 특유의 오지랖으로 내 옆에 찰떡처럼 붙어 있다가 결국엔 베스트 프렌드가 된 아이다. 문제는 거기까지 되기 전에 귀찮아하는 나와 무지하게 싸우는데 지금이 그 과정의 어디쯤인지가 전혀 생각이 나지 않는다는 것이다. 어렵다.

나는 생각에 잠겼다.

다른 사람 몸으로 들어간 것도 아니고 뻔하고도 익숙한 내 가족 옆, 내 친구들 옆이라 해도 내가 과민반응을 하지 않는 것은 순전히 나 잘난 탓이다. 내가 이성적이고 합리적인 사람이라 이 상황에서 비명을 지르거나 울면서 석양을 향해 달려가 봤자 달라질 상황이 전혀 없다는 걸 인지하고 있는 탓이란 뜻이다.

최악의 상황을 가정해서 만약 다시 미래로 돌아가지 않는다면 손해볼 게 뭘까? 다시 공부해서 대학에 가면 되고 또 공부해서 사시에 합격하고 또 공부해서 연수원을 졸업해야 하는 것뿐이다. 물론 지옥이다. 강준현도 다시 꼬셔야 한다. 오늘 최악의 첫 만남을 가졌으므로 아주 짜증 나는 과정이 될 확률이 높다.

그리고 사실 한 번이야 멋모르고 했지만 이제 겨우 인생 같은 인생을 즐겨보자 하는 때에 다시 지옥 시작이라니, 정말 한숨 나오는 일이다.

그냥 이대로 다시 삶을 리피트했을 경우에 해야 하는 공부량을 생각하자 대상을 알 수 없는 분노가 치솟았다.

공부를 해보지도 않은 자들은 공부하기 싫다는 말을 해서는 안 된다. 공부하기 싫다고 말할 자격이 있는 건, 더 이상은 공부 못 하겠다고 말할 수 있는 건 입에서 단내가 나도록, 삼박사일 씻지도 않고 공부만 해본 적이 있는 나 같은 인간이다.

내 머리가 나쁘진 않았지만 머리 좋은 인간들은 세상에 널려 있었고, 그리하여 오매불망 꿈이었던 법의 수호자가 되기 위해 나는 엉덩이가 퍼지도록 공부만 해야 했다.

그걸, 다시 해야 한단 말야? 왜? 난 그저 법을 수호하고 싶었을 뿐인데? 그리고 이미 됐는데? 가만, 내가 '지금' '그때'와 다른 행동을 하면 어떻게 되는 거지? 큰 맥락은 아인슈타인과 스티븐 호킹의 시간이론을 참고하고 세부사항은 '타임머신'과 '백 투 더 퓨처'라고 했을 때…… 아이고, 어렵구나.

좋아 좋아! 강준현 포기! 포기! 딴 놈 꼬시면 된다. 하지만 내 몸매와 직업은 어떻게 해줘야 한다. 진짜 양심이 있다면 그래야 한다. 남들 놀 때 안 놀고 남들 먹을 때 안 먹고…… 아니, 강준현도 포기하기 아까운가? 그것도 내가 이룬 건데? 아깝지! 아깝지! 억울하다! 억울하다! 신이시여!

혼자서 강준현을 뺐다가 대학을 뺐다가 사시를 뺐다가 몸매를 뺐다가 하면서 신과 협상을 하다 문득 쓸데없는 일이다 싶어 그만두었다. 신은 저 멀리 중동의 전쟁터나 난민을 구제하시느라 바쁘실 것이다.

공부하는 건 무섭고 싫은데, 강준현도 아쉽고 안타까운데 뭐 그래 봤자 어쩌겠는가?

안 되는 일을 고민해서 어쩔 건가. 이미 일어난 일을 아쉬워해서 어쩔 건가. 물론 이건 오로지 이미 지나간 일에는 미련을 두지 않는 나의 잘난 쿨함 때문이다. 남들은 면벽수행 70년에 죽기 직전에나 한다는 해탈, 그것을 나는 가볍게 해낸 것이다. 이제 꿈을 꾸고 성령을 받아 임신만 하면 바로 종교 하나를 창시할 수 있다고 생각하고 있는데 앞문이 열리며 건실한 청년 하나가 쑥 들어왔다.

아아, 그렇다.

까맣게 잊고 있던 것이 생각났다. 2학년 때 우리 담임은 경교지색(傾校之色)이라 불린 학교 최고의 꽃미남 강주원이 아니었던가!

감개무량이라는 사자성어가 어떤 감정을 표현하는지 나는 정확히 깨달았다. 그것은 명치에서 꿈틀거리던 어떤 감각이 단숨에 늑골 사이를 접영으로 뚫고 올라오더니 코끝을 찡하게 만들고 두 눈가를 촉촉이 적시는 것이다.

바싹 메마른 사막 같았던 도돌이표에 비로소 서광이 한 줄기 비쳤다. 보기만 해도 안구가 정화된다는, 대화를 나누면 영혼이 맑아진다는 여고의 총각 선생!

내가 그에게 얼마나 정을 주었냐 하면 2학년 기말고사 보기 전, 그가 갑자기 학교를 그만둔다는 소식을 듣고 나답지 않게 마음의 평정을 잃는 바람에 수학 한 문제를 틀려 올백을 놓쳤을 정도였다.

그때도 좋아했지만 이렇게 마음 줄 데 하나 없이 삭막한 순간에 만나자 더더욱 마음의 위안이 되었다. 좋구나.

"차렷, 경례!"

반장의 구령에 맞춰 일사불란하게 고개를 숙였다 들자 강주원이 나라, 아니 학교를 망하게 할 미소를 지으며 우리를 바라보고 있었다.

"자, 얼마 있다가 모의고사인 거 알지? 고2 때 첫 모의고사가 중요하다는 건 말 안 해도 알 거야. 어떻게 보면 5월에 봐야 하는 중간고사보다 더 중요할 수도 있어. 그런 의미에서,"

강주원이 씩 웃었다. 저건 분명히 거울 보고 수만 번 연습한 미소다. 그게 아니라면 저렇게 좌우대칭이 완벽한 미소가 나올 수가 없다.

"교장 선생님이 전교 30등까지 복도에 게시하겠다고 말씀하셨다. 나는 우리 반 학생이 그 안에 적어도 다섯 명은 들어갔으면 좋겠구나."

나는 애정 어린 안타까움으로 강주원을 바라보았다.

난 고등학교 3년 내내, 아니 초중고 12년 내내 전교 1등이었으니 일단 한 명은 확보한 셈이겠지만 한 반에 48명씩인 시대에 총 10반의 무식한 반 수를 자랑하는 현진고등학교에서 30등에 들려면 한 반에 세 명도 벅찬 실정이다. 간단한 수학이다. 훗, 간단한 수학.

그게 문제는 아니고……. 이런저런 이야기를 하면서 아이들을 현혹하는 강주원을 보며 다시 한 번 깨닫게 되는 것이 있었다.

다르다. 내가 정말 열여덟 살이었을 때와 지금은 확실히 다르다. 내가 기억하고 있는 강주원과 실제로 다시 보게 된 강주원은 완전히 달랐다. 눈 자체, 사고방식 자체가 달라졌기 때문이리라.

나는 어째서 그가 건실하고 성실한 선생이라고 생각했던 걸까?

내 눈앞에 서 있는 강주원은 색기가 줄줄 흐르는 것을 막을 생각도 하지 않고, 심지어 나른하고도 은근한 눈빛으로 여학생들을 미치게 하려는 의도가 선명히 보이는 날라리 아닌가. 설득의 수단으로 자신의 미모를 이용하고 있음이 너무 선명하단 말이다.

저건, 범죄다. 기분 좋은 범죄긴 하지만. ……아아, 좀 더…….

나는 나도 모르게 흐뭇하게 웃고 있었다. 왜 남자들이 아니란 걸 알면서도 룸살롱에 가서 수백만 원을 쏟아 붓는지 이해할 것 같았다. 속아도 좋다. 저렇게 웃어주는데 까짓 공부, 좀 해주자 싫어진다.

타임리프고 시간의 인과율이고 간에 눈은 호강한다, 눈은 호강해. 눈마저도 호강 안 하는 것보다 훨씬 나은 사태다.

긍정적인 황민서.

똑똑.

강주원이 분단 사이를 돌며 "수학 공부 할 거지?", "영어단어 좀 외우자?"라고 살인 미소를 뿌리고 있는데 노크 소리가 들렸다. 걸음을 멈춘 강주원은 다음 동작으로 고개를 돌려 앞문 쪽을 바라보고 한 호흡을 쉰 다음 마치 바람인 듯 가벼운 몸놀림으로 앞문으로 다가가 문을 열었다. 분명 저것도 연습했다, 연습했어.

그리고 문이 열렸을 때 소리 나지 않는 작은 소요가 일었다. 분단과 분단 사이, 책상 앞줄과 뒷줄 사이 가는 탄성이 터졌던 것이다. 반응 참 솔직하다. 나는 문 쪽을 바라보았다. 이어서 나도 솔직한 탄성을 내뱉고 싶어졌다.

문 밖에 서 있는 건 준현 선배였다. 머리부터 발끝까지 단정한 교복차림의 강준현. 만난 지 세 시간도 안 지났는데 더 멋있어진 것 같다. 아이들이 술렁이는 것이 이해가 간다.

사실 여자애들이 보는 눈은 다 똑같다. 가지런히 자른 머리, 하얀 셔츠 위로 보이는 하얀 목덜미, 사춘기 소년답지 않게 매끈한 피부와 검은 속눈썹, 아직 완성되어 있지는 않지만 큰 키에 어울리는 듬직한 어깨, 싹수 있는……, 아니 싹수 많은 몸매까지. 저걸 보고 안 좋아하면 여고생, 아니 여자가 아니다.

물론 난 여자다. 그러므로 몹시도 좋았다.

강주원이 외모에서 얻은 점수를 연마한 스킬로 백 배 증폭시키고 있는 타입이라면 준현 선배는 아직 설익은 풋풋함이 남아 있었다. 그렇다고 해서 아주 순진해 보이진 않았고 내가 기억한 그 모습 그대로 믿음직스럽달까, 유연해 보인달까 아직 어린데도 자신감이 있어 보이는 것이 보기 좋더라, 라는 것이다.

애들아! 난 저 손 잡아본 거 늬들 아니? 난 저 어깨에 기대보기까지 했단다.

게다가 둘을 마주 세워놓고 보니 몹시도 뿌듯했다. 이게 웬 만화 속의 한 장면이냐. 비스듬히 문에 팔을 기댄 강주원이나 반듯한 자세로 서 있는 강준현이나, 둘이 저 자세를 연습한 것이냐 아니면 잘난 것들은 그냥 서 있어도 저런 그림이 나오는 것이냐.

마음 한켠에선 계속 아쉬움이 토네이도가 되어 용솟음쳤다. 이제 어떻게 진도를 나가야 하나 고민하던 단계에서 다시 어떻게 꼬셔볼까 고민하는 단계로 주저앉은 이 마음은 살짝 한 번 구운 최고급 한우를 막 입에 넣으려는데 종업원이 '어맛, 실수!' 라고 하며 그릇째 옆 테이블로 옮겼을 때의 마음과 비슷했다.

선배는 열아홉 살 남학생답지 않게 여학생 반에 나타난 것 따위는 신경 쓰이지 않는다는 듯 쿨하고도 무심한 태도를 유지하고 있었는데 그것이 또 몹시도 멋져 보였다. 사실 그런 여유만만함이 여심을 조몰락거리는 법이기도 하다. 내가 아는 강준현이라면 아마 정말 무심하다기보다 알 거 다 알지만 모르는 척하고 있을 뿐, 게다가 그것의 효과까지 알고 있을 확률이 매우 높다.

낮은 목소리로 말하는 선배의 말을 가만히 듣고 있던 강주원이 잠시 생각하다 고개를 끄덕였다. 그리고 우리 쪽을 돌아보았다.

"조용히 하고 있어. 잠깐 나갔다 올게."

말뿐이 아니라 눈을 찡끗하기까지 한 강주원의 뒤로 문이 닫히자마자 조용히 하라고 했던 강주원의 윙크가 부끄러워질 정도로 소란이 일어났다.

"꺄아, 정말 멋지지 않니?"

심지어 얌전한 송이의 목소리까지 두 옥타브 정도 높아져 있었다.

"누구?"

"누구긴, 준현 오빠지!"

문제는 나는 저 멋진 남자와 사귄 적도 있는 몸이라는 거지. 믿지 않겠지만 저 남자가 먼저 대시했단다. 적어도 저 남자는 그런 줄 알고 있지. 그리고 너도 스물아홉 살의 저 남자를 봤다면 지금 이리 흥분했던 게 부끄러워질 게야. 스물아홉 살의 강준현은…… 웃훗훗훗훗훗!

"하긴 넌 남자한테 관심 없지?"

뭣이! 내가 그런 애로 비춰지고 있었던가? ……뭐, 생각해보면 고2 때는 실제로 그랬을지도 모르겠다. 그때는 정말 강준현을 몰랐을 정도니까.

정말 남자에게 관심이 없다기보다는 공부만 해야 한다는 생각이 강했다. 그런 것 말이다. 공부 외에 다른 것에 관심이 있으면 착한 학생이 아니라는……. 예나 지금이나 나는 정해진 규칙에 집착하는 성격이었다.

그러나.

지금은 고2 때의 내가 아닌 것이다. 알 것 다 알고, 너무 알아 문제인 스물여덟 살의 황민서.

“관심 많아, 많아. 그냥 준현 오…… 빠에 대해서 잘 모를 뿐이야.”

오빠라는 호칭이 어색했다. 내내 나는 준현 선배를 선배라고 불렀기 때문에. 심지어 친오라비도 오라비라 부르지 않는데 남의 오라비를 오라비로 부르기는 좀…….

“준현 오빠를 몰라? 어머, 너 진짜로 공부만 하는구나!”

송이는 애매한 표정, 그러니까 질투 비슷하기도 하고 측은해 하는 것 같기도 한 표정을 지으며 내 쪽을 흘끔 바라보았다. 나는 어찌할까 고민하다가 세상에서 제일 불쌍한 표정을 지어 보였다. 그것이 지금 이 현실, 그러니까 내가 열여덟 살, 고2 생활을 다시 해야 하는 현실을 편히 살기 위한 지름길일 것 같아서였다.

스물여덟 살까지 살아봤던 나는 이제 처세술이라는 것을 알고 있지 않은가.

“음, 준현 오빠는 말야.”

것 봐라. 송이는 슬슬 자기가 알고 있는 사실을 털어놓기 시작했다.

"우리 학교 최초의 학생회장이자 선도부장 겸직의 인재야."

어이가 없었다. 학생회장과 선도부장을 겸직하는 것 정도가 뭐 그리 인재라고. 고3이 공부 안 하고 부장질이나 회장질 같은 것 해도 돼? 그러나 송이의 얼굴은 마치 학생회장과 선도부장을 겸직하는 것이 제정일치 시대 단군의 역사라도 되는 것처럼 감동적인 표정이었다.

"원래 1학년 때부터 선도부였던 오빠는 3학년 때 당연히 선도부 부장이 되는 바람에 학생회장 선거에 나갈 수 없었거든. 그런데 다들 준현 오빠가 아니면 인재가 없다고 추천하는 바람에 입후보해서 지지율 80퍼센트로 당선되었어. 그때 정말 멋졌잖니. 너 유세 비디오 못 봤어?"

기억 안 난다. 유일하게 기억나는 거 하나 있는데 몇 학년 때인지 몰라도 어떤 멍청이 하나가 자신을 찍고 있는 카메라를 착각해 내내 무진장 진지한 표정으로 다른 카메라를 보고 연설하는 바람에 온 학교가 웃음바다가 되었던 것만 기억난다.

난 그놈 이름도 몰랐는데 내가 다 부끄러웠다. 내가 걔였으면 전학 갔을 것 같다.

뭐 어쨌든 네 표정을 보니까, 그리고 아까 애들 반응을 보니까 80퍼센트란 지지율이 어떻게 나왔는지 알겠다. 여자애들이 다 찍었을 테니 50퍼센트 확보, 그리고 선배를 찍지 않은 20퍼센트는 아마 질투에 불타는 평범한 남학생들이었겠지.

그러나 공부는 언제 하려고 회장 같은 걸 하는 걸까? 설마 준현 선배가 공부 안 해도 성적이 잘 나온다는 엄마 친구 아들이었던 걸까?

하긴 그러고 보면 나보다 한 살 연상인데 사시도 1년 선배다. 그 사람은 군대까지 갔다 왔다는 걸 고려하고 내가 늦게 붙은 셈이 아니라는 걸 생각해보면, 이런, 수재였잖아!

갑자기 격하게 배가 아프다. 젠장, 이런 수재가 내 것이었는데 이제는 내 것이 아니라니.

아니지.

자꾸 말하면 입만 아프지만 내 좋은 머리는 뒀다 뭐 하나? 이제는 내 것이 아니라는 문장은 앞으로도 내 것이 아니라는 문장과 같은 문장이 아니다. 헤어진 것도 아니고 다시 꼬시면 된다. 나에게는 어드밴티지가 있다. 나는 남들이 모르는 걸 알고 있지 않은가. 이미 한 번 꼬셨던 기술은 그대로 남아 있으며 무엇보다 확신, 그러니까 지금이야 별볼일없는 1,500여 명의 고등학생 중의 하나지만 10년 후에 메가 수재 킹카가 된다는 것을 알고 있는 자의 절절한 확신이 있지 않은가! 지금부터 강준현과 친하게 지내 아무 때나 한 번 덮쳐 만리장성을 쌓으면 내 미래는…… 그래, 어쩜 공부 안 해도 될지 모른다. 강준현 하나만 잡으면 되는 건지도 모른다.

갑자기 모든 상황이 고무적으로 느껴졌다. 한 송이 국화꽃을 피우기 위해 봄부터 소쩍새가 울었듯이 이걸 위해 10년 후로부터 황민서는 이 시대로 타임리프를 했나 보다.

그 나이에 서울지검에 있다는 건 엘리트급이라는 것, 미래는 창창하다. 그리고 별것은 아니지만 여기서 짚고 넘어가고 싶은 것 하나, 나도 거기 있었다는 것. 우후후후후후후!

내가 수정계획을 검토하고 있을 때 송이는 내내 선배에 대해 떠들고 있었다.

"키는 벌써 178센티미터인데 아직도 한참 자라는 중이래."

그래, 더 자란다. 미래의 강준현은 장하게도 183센티미터의 키를 가지고 있다. 물론 더 장한 부분은 그 튼실한 어깨와 팔 근육이겠지만 아까 본 바로는 아직은 완성되지 않았던 것 같다. 하기야 나도 스물한 살 때나 완성된다. 난 좀 급하고 격하게 완성되지만 사람마다 다 다른 법이니까.

"그리고 운동도 얼마나 잘하는지 알아? 너 작년에 빠져서 모르나 본데 운동회 때 농구 시합을 하는데 정말, 미치게 멋있었다니까! 게다가 마지막 계주도 지는 거 선배가 마지막 스퍼트로 이겼잖아! 그때 풍팀 학생들 난리 났었지. 아, 진짜 멋졌는데!"

"풍팀?"

"응! 너 모르는구나? 우리 학교는 각 학년에서 같은 반끼리 묶어서 운동회를 하잖아?"

몰랐다. 충격인 건 지금 몰랐다는 것이 아니라 이 학교를 졸업하고도 몰랐다는 부분이다.

"하긴, 너 운동회 때 아파서 집에서 쉬었지?"

기억났다. 3년 내내 운동회 때는 집에서 쉬…… 지 않고 독서실에서 공부했다.

그래, 나 그런 애였다. 하하하하하하. 매력적이기도 하지.

쾅!

그때였다. 뭔가가 세게 부딪치는 귀에 거슬리는 쇳소리가 창밖에서 들린 것은!

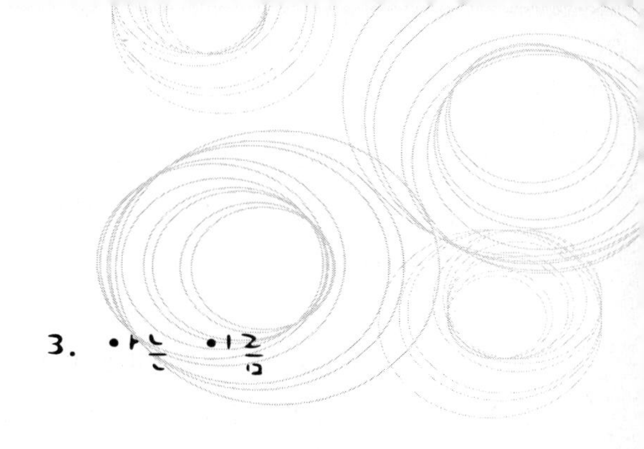

3. 아는 이름

갑작스런 큰 소리에 놀란 애들이 어벙한 표정으로 창 쪽을 바라보는 동안 나는 잽싸게 뛰어 창에 붙어섰다. 이거 아줌마 근성이다. 내 열여덟 살이었다면 이러지 않았겠지만 지금은 궁금한 걸 못 참는다 이거다. 그리고 얼른 가야 좋은 자리를 맡는다는 것도 알고 있다. 내가 창 밖을 기웃거리자 아이들도 뭔가 싶어 하나둘씩 내 옆에 와서 밖을 내다보았다.

공포란 모른다는 사실에서 비롯된다. 바람이 지나가고 있는 휑한 운동장 어디에서 도대체 이런 소리가 난 건지 알 수 없다는 사실이 이상한 괴리감을 불러일으키고 있었다.

쾅!

그때 다시 한 번 같은 소리가 울리고, 나를 포함한 아이들의 시선이 소리의 방향을 찾아 헤매다가 일제히 농구 골대에 꽂혔다.

그렇다. 그건 바로 인간의 머리가 농구 골대와 부딪힐 때 나는, 그러니까 흔히 듣기 어려운 소리였던 것이었다.

"야, 너 이 새끼!"

학주다!

기억을 더듬지 않아도 우리 학주는 다른 어느 학교의 학주나 갖고 있는 별명, 그러니까 마치 찍어낸 듯 하나인 별명을 가지고 있었다.

미친개.

나는 새삼 학교에서 학생 주임을 뽑을 때 미친개의 자질을 보고 뽑는 것인가가 궁금해졌다.

"헤에."

그러나 막상 10년의 세월을 더 살고 본 학주는 고등학교 때의 내가 기억하는 것처럼 공포스럽지 않았다.

당시 백발마녀 같은 무서운 인상을 풍겼던 휘날리는 헝클어진 머리는 그냥 단순히 반백일 뿐이었으며, 체육교과라 밖에서 지낸 날이 많아 탄 얼굴에는 주름이 져 있었다. 정신단련봉이라 이름붙인 대걸레 자루를 살벌하게 휘두르고 있긴 했으나 사실 이제 와서 저런 걸 무서워하기에 나는 사회물을 너무 많이 먹었다.

사실 고등학교 때도 무서워하지는 않았다. 저런 것에 맞기에 나는 너무 범생이었으므로.

어쨌든 고함과 함께 1층에서 튀어나간 학주는 한 학생의 머리를 은혜 갚은 까치마냥 농구 골대에 박아대고 있는 놈을 향해 마치 칼 루이스처럼 날렵한 동작으로 뛰어갔다. 힘들어하는 기색도 없이 메트로놈처럼 규칙적인 동작으로 까치에게 은혜를 갚도록 하던 놈은 가볍게 고개를 들어 학주를 봤다. 그러고는 반쯤 정신을 잃은 은혜 갚은 까치를 바닥에 털썩 떨어뜨리고는 여유만만하게 손을 툭툭 털었다.

"이 새끼! 거기 안 서?"

학주가 소리질렀을 때는 이미 그놈이 뒤돌아서 뛰기 시작한 후였고 서란다고 설 놈이었으면 애초에 뛰지도 않았을 것이다.

학주의 목소리가 안 들리는 양 그놈은 약 먹은 벤 존슨처럼 뛰기 시작했는데 전례상 약 먹은 벤 존슨을 칼 루이스는 이기지 못한다.

과연 전례는 깨질 것인가 흥미롭게 도망자와 추적자를 관찰하는 동안 몇몇의 선생님들이 나가 뻗어버린 은혜 갚은 까치를 들고 들어왔다. 은혜 갚은 까치는 아마 양호실 신세 좀 져야 할 것 같아 보였다.

뭐 그래도 괜찮을 것이다.

교육받던 중 알게 된 건데 사람의 목숨은 의외로 질기다. 그래서 효과적으로 패기만 하면 아프기는 더럽게 아픈데 뼈에 금하나 가지 않는 경우가 생긴다. 멀리서 봐서 확신할 수는 없지만 저 도망자가 은혜 갚은 까치의 머리를 박아댄 방식도 소리는 커서 위압적이지만 그렇게 손상이 크지 않을 듯한 방식이었다. 하지만 은혜 갚은 까치가 실신상태인 것도 이해는 간다. 자신의 머리가 농구 골대와 인사했다는 충격은 가벼운 것이 아니니까. 자고로 사람을 죽이는 건 공포라고 하지 않던가.

그나저나 저 도망자, 교복으로 보아 우리 학교 학생인데 고등학생 주제에 벌써 사람을 효과적으로 쥐어패는 법을 알고 있다니 미래가 알조다.

"아유."

내 옆으로 파고들어 왔던 송이가 인상을 잔뜩 찌푸렸다.

"왜?"

"유상우잖아."

컥! 아는 이름이다!

나는 공기도 사레들린다는 것을 처음 알았다. 먹은 것도 없이 공기가 제가 가야 할 기도로 넘어갔는데도 쿨럭쿨럭 기침이 나왔다.

"어머, 괜찮아?"

송이가 놀란 표정으로 내 등을 두드리기 시작했다.

"유……, 유상우라고?"

"엉. 유상우. 우리보다 1년 선배야. 너 알아?"

안다. 물론 안다. 그리고 보니 내가 이놈 취조하러 들어가다가 쓰러졌구나.

멀어서 가물가물한 탓도 있지만 기억을 더듬어봐도 열아홉 살 때의 유상우의 얼굴은 생각나지 않았다. 이미 야쿠자가 된 다음의 TV에서 본 그 곱상하니 시원하게 생긴 눈과 예쁘장하던 얼굴만 생각날 뿐. 분명 마지막에 눈이 마주친 것 같은데……, 아니었나? 기분인가?

아, 지금 저기서 학주를 피해 도망치는 소년이 10년 후 대한민국을 발칵 뒤집어놓을 야쿠자 대한민국 침공사건의 주인공이 되는구나.

알 수 없는 감상에 젖어 나는 창틀에 팔을 괴고 열심히 구경을 했다. 차라리 저기서 학주가 저놈을 잡아죽여버리는 게 애국일 수도 있는데.

학주는 있는 힘을 다해 뛰는 것 같았지만 야쿠, 아니 아직은 비행 청소년이 더 빨랐다. 하긴, 저렇게 빠르니 야쿠자질을 해먹고 다니고 종로 바닥을 피바다로 만든 후에도 잡히지 않고 도망 다니다가 반쯤 죽어서야 잡힌 것이겠지. 경찰이 저놈을 잡을 수 있었던 이유가 크게 부상당해서 숨어 있는 걸 덮쳐서였다고 들었다. 걸어다닐 수 있을 정도로 치료하는 데 두 달이 걸렸다고 했나, 석 달이 걸렸다고 했나?

그렇긴 해도 정말 빠르다. 저 군더더기 없는 효율적인 동작들!

저리 빠른데 왜 운동선수를 안 하고 깡패의 길로 들어선 걸까? 안타까울 지경이다.

"오호라!"

점입가경(漸入佳境)!

내가 막 야쿠자의 스피드에 안타까워하고 있는데 눈앞에서 한층 화려하고 절도 있는 스텝이 펼쳐졌다. 절로 감탄사가 터졌다. 빠를 뿐 아니라 이리저리 정확하게 방향을 틀어가며 학주를 피한다. 딱딱 끊어치는 스텝이 아주 죽여준다. 저걸 뒤에서 쫓아가고 있는 학주는 아마 신경질이 하늘로 뻗치고 있으리라.

하지만 아무리 봐도 학주가 야쿠, 아니 아직은 비행 청소년을 잡는 것은 불가능해 보였다. 목소리만 크지 체육 선생이라는 타이틀이 무색하게 배가 불룩 나온 학주가 처음의 기세만큼 오래 추적하지는 못할 게 뻔하기 때문이다. 사실 학주들의 무기라고 해봐야 공포와 권위에 기댄 것일 뿐 실제적으로 도망쳤을 때 잡을 능력을 보유한 학주들은 많지 않다.

과연 몇 분 지나지도 않아 속도가 현저히 느려지더니 마침내 헉헉거리며 무릎을 짚었을 때는 얼굴이 어찌나 붉어졌던지 고혈압으로 쓰러지는 게 아닌지 걱정될 정도였다.

학주는 분을 못 이겨 열흘 굶은 킹콩 같은 고함을 지르며 들고 다니던 정신단련봉을 내던졌다. 그러나 주인에게 내던져진 정신단령봉은 힘없이 바닥을 데구루루 굴렀을 뿐 애처로움 이상의 효과를 보이진 못했다. 학주가 KO 되었음을 안 비행 청소년은 아프리카 세렝게티의 표범처럼 달리던 것을 멈추고 천천히 돌아섰다.

거리가 있어 얼굴을 자세히 볼 수는 없었지만 일단 포스가 나온다. 훤칠한 키, 주머니에 손을 찔러넣는 천연 건방, 분한 마음에 불을 확 싸지르는 그 무언가가 그 야쿠자놈에게는 있었다.

"너, 이 새끼, 아주, 주겨버리겠어!"

숨을 헉헉 몰아쉬기만 했어도 학주의 협박은 무서웠을지도 모른다. 그러나 허억허억, 숨넘어가기 직전의 백 살 노인 같은 숨소리를 내고 있는 현재 학주의 모습은 공포보다는 안타까움을 자아내는 것이었으며, 만약 이것이 드라마였다면 저 건방 비행 청소년은 불쌍한 학주 얼굴을 보고 급개과천선, 정신단련봉을 주워들고 그의 손에 쥐여주며 때리라고, 때려도 하나도 안 아프다고, 왜 이렇게 힘이 없어졌느냐며 울어야 할 차례였다.

"이런, 이런, 이런."

상황이 드라마가 아닌 것은 확실하다고 생각하고 있는데 뒤에서 스스로가 감미로우려고 작정한 듯한 '이런'이 세 번 반복되었다.

하이고! 등을 타고 소름이 쫙 올랐다. 이런, 이런, 이런.

멋모르는 어렸을 때야 몹시도 나른하니 멋져 보였을 수도 있겠으나 스물여덟 살의 정신으로 본 강주원의 저런 행동은 느끼와 오버의 향연이었다. 내가 다 얼굴이 붉어질 지경이었으나 생각해보면 여학생 반의 총각 담임, 그것도 꽃미남 선생, 왕자가 되는 것이 이상하지 않다. 일단 주변의 반응을 봐도 거의 멋진 꽃아이돌을 보는 눈빛이며 나, 나도 느끼하든 오버든 좋지 않은가. 우후후후. 다시 한 번…… 이런, 이런, 이런.

"우리 아가씨들, 조용히 공부하라고 했는데……."

케케케, 우리 아가씨들이란다. 아주 즐기시는구먼.

자리로 돌아오며 나는 실실 쪼갰다. 믿어지지 않는다. 세월이란 이런 것일까? 그저 멋있게만 보았던 강주원을 이렇게 동등한 입장에서 볼 수 있을 것이라곤 생각도 하지 않았는데.

교탁에 출석부를 내려놓고 우리가 조용해지길 기다리던 강주원의 시선이 흘깃 창 밖으로 향했다.

확실히 잘생겼다. 옆 라인이 저렇게 완벽하기란 쉽지 않다. 즐기든 느끼하든 뭐든 간에 창 밖을 바라보고 있으니 순식간에 우수 어려 보인다.

미모란 웅변보다 더 큰 목소리를 가진 법이라 어느샌가 48명의 시선도 조용히 그쪽을 향했다.

유상우는 이미 바람과 함께 사라졌고 쓰러질 것 같은 얼굴의 학주가 비틀비틀 학교 쪽으로 걸어오고 있었다. 학주의 뒤로 휘오오오옹, 마치 원수를 갚는 데 실패한 무림인의 뒤에 휘몰아치는 사막의 바람처럼 모랫바람이 휘몰아치고 있었다.

그리고 그때였다.

그러니까 내가 고등학교 2학년생이었다면 절대 몰랐을, 그러니까 설혹 관심이 있더라도 몰랐을 그런 상황이 벌어진 것은.

강주원이 웃었다.

아주 잠깐, 거의 느끼지 못할 찰나의 일로 반에서 아마 그의 그런 미소를 본 사람은 하나도 없을 것이다. 아니, 봤어도 의미를 알 사람은 하나도 없을 것이다. 미소라기보다 그것은 조소, 아니 냉소, 아니아니 성공한 범죄의 공범자가 지을 만한 그런 종류의 미소. 나는 다시 사레들리고 말았다.

뭐지? 강주원도 학주를 싫어하나?

"자꾸 왜 그래?"

송이가 내 등을 툭툭 쳐주면서 물었다.

"아, 아냐. 그나저나 너 저 유상우라는 오…… 빠에 대해서도 알아?"

신이시여, 내가 야쿠자놈에게 오빠라고 부를 날이 오다니!

"응?"

송이의 얼굴이 더러운 뭔가를 접하기라도 한 것처럼 찡그려졌다.

"깡패잖아. 우리 학교 짱!"

그렇겠지. 일본도 휘어잡았는데 손바닥만 한 현진고를 장악하는 거야 저 야쿠자 새끼한테 일도 아닐 것이다.

"난 잘 몰라. 왠지 몰라도 1학년들 사이에서는 꽤 인기가 있는 것 같은데 난 깡패 새끼 싫어."

그래, 송이는 싫어할 만한 타입이다. 그녀야 곱디고운 온실 속의 꽃이라 취향이 강준현이면 또 몰라도 세상에서 가장 험하게 자란 잡초도 무시할 저런 진딧물에게 관심을 가질 타입이 아니니까.

나는 생각했다. 어리든 나이가 들든 여자들이 보는 눈은 똑같다. 물론 개중에 마니아 계층이 형성되기도 하지만 결국 다수가 선택하는 인재는 정해져 있는 것이다.

이 사회는 강주원이나 강준현 같은 척 봐도 엘리트, 두 번 보면 꽃돌이, 세 번 보면 조금 느끼의 적자(適者)에게 관대한 법이다. 그래서 다윈이 적자생존이라 그리도 부르짖었던 것이 아닌가. 산다는 건 결국 그런 것이다.

따르르르르르르.

오호라, 종소리가 참으로 청순하기도 하지. 이건 좀 그립기도 하구나.

종이 울리는 것과 거의 동시에 강주원이 소소한 잔소리를 남기고 교실을 떠났다.

1교시인 국어 선생님이 들어오는 것과 동시에 나는 10년 만에 고등학교 수업을 다시 듣게 되었다는 것을 깨달았다. 뭐 달리 별수도 없지만 한심한 것은 사실이다.

"Jack Stewart plays the part of the hapless minister who finds himself at the center of a political scandal. 자, 이거 해석해볼 사람?"

"저요! 저요!"

나는 벌떡 일어나 손을 들었다.

하나도 안 한심하다. 이렇게 즐거울 수가.

어이없어하는 송이를 비롯한 아이들의 시선이 따가웠지만 어쩔 수 없었다. 본디 출중함은 남의 시기를 받게 되어 있는 법이다. 가혹한 운명.

나는 벌떡 일어나서 별로 발음 안 좋은 영어 선생님이 읽어준 문장을 해석하기 시작했다.

"직역하면 잭 스튜어트는 그 자신이 정치적 스캔들 한가운데서 있는 것을 발견한 불운한 장관의 역할을 한다, 입니다."

"어, 그래. 잘했어."

만족스러운 표정. 만족스럽지 않을 수가 없다. 너무나 완벽하니까!

이 문장에서의 핵심은 play의 뜻이 '놀다'가 아닌 '연기하다', 혹은 '역할을 하다'라는 것과 hapless가 happy + less로 less의 '~하지 않는다'는 뜻을 살려 '행복하지 않은, 운이 없는'의 뜻으로 변형된 것을 아는 것, 그리고 himself가 재귀대명사용법이라는 걸 아는 것이다.

여기까지도 말하고 싶었는데 물어주지 않는구나.

"자, 일단 이 문장은 관계대명사절이라는 걸 생각해야 해. himself는 재귀대명사지? 가장 중요한 건 우리가 흔히 알고 있는 play를 해석하는 방식과 hapless의 뜻이야. hapless가 뭐와 뭐의 합성인지 아는 사람?"

후후후후후, 물론 나는 여기서 또 저요 저요, 하고 일어나서 애들의 원성을 살 정도로 눈치 없진 않다. 이미 알고 있다는 듯한 가벼운 웃음과 어깻짓 한 번으로 충분하다. 봐라, 이미 모두 날 보고 눈살을 찌푸리고 있지 않은가.

국어 시간, 고전에 대한 완벽한 이해에 더해 새로운 시각으로 해석해주기까지 한 후, 국사 시간에는 한층 성숙한 공무원 역사로 애들의 기를 죽였다. 영어 시간은 교수님께 아부하느라 국제법 원서를 해석하던 실력으로 제패했고 논술 시간은 답안 쓰던 실력으로 평정했다.

즐거웠다. 내가 잘났다는 사실은 즐거운 것이지만 그것을 내보이는 건 그보다 더 즐겁다. 잘난 척할 수 없다면 삶은 얼마나 무미건조할까?

그러나 언제나 그렇듯 즐거움은 얼마 지속되지 않았다. 그러니까 10분 / 50분 이론에 예외란 없었던 것이다.

50분 공부하고 10분 쉬는 엽기적인 스케줄이 진행될수록 내 정신은 육신에서 탈출하고 싶다는 강한 의사표현을 하기 시작했다. 어떤 노동이든 모르고는 할 수 있어도 알고는 못 한다. 내 몸은, 아니 내 정신은 이미 휴식이란 커피 한 잔을 들고 높은 하늘을 바라보며 호연지기를 기르는 것이란 걸 알고 있는데 몸은 비루한 고등학생의 스케줄을 따르려니 그 고난은 십자가를 지고 겟세마네 동산을 올랐던 예수님의 고난에 필적하는 것이었다.

몸은 열여덟 살이되 정신이 스물여덟 살, 썩을 대로 썩어 있던 나는 정말 몸이 배배 꼬여 미칠 것 같았다. 딴 짓을 하자니 공부 시간엔 공부를 해야 한다는 강박에 가까운 나의 성격이 그걸 용납하지 않았고 공부를 하자니 별로 어렵지도 않는 내용을 길게 듣지 못하겠다며 정신이 가출을 시도했다.

인생은 가도 가도 고통이어라.

간신히 8교시를 견뎌내고 비칠비칠 일어서자 송이가 의아한 표정으로 나를 올려다봤다.

"어디 가?"

"집에. 수업 끝났잖아."

"자율학습해야 하잖아."

신이시여! 신이시여! 신이시여!

기억이 났다. 그렇다. 정규 수업은 8교시까지였지만 그 후에도

11시까지 학교에서 자율학습을 실시했다. 그리고 그때의 나는 그것을 몹시도 즐겨 과자 한 사발을 옆에 끼고 그걸 다 먹으면서 11시까지 공부를 하곤 했다.

그러니까 열여덟 살 때는 그랬다는 이야기다. 그때와 지금은 상황이 다르지 않은가!

스물여덟 살의 나는 잠깐 고민한 후 자율학습은 자율에 맡기는 학습일 뿐 정해진 법칙이 아니라는 결론을 내렸다.

"응. 몸이 안 좋아서."

정말이지 여기서 5분이라도 더 이 니스칠한 나무 의자에 앉아 있으면 몸이 안 좋아질 것 같다.

선입견이란 훌륭한 것이어서 공부벌레였던 내가 꾀병을 부릴 것이라고는 생각도 못 했는지 송이는 고개를 크게 끄덕거리며 얼른 가보라고 말해주었다. 하루 종일 내가 여러 번 사레에 들렸던 것이 큰 역할을 한 것 같기도 했다. 걱정하는 기색이 보여 미안하기도 했지만 다음에 송이가 아플 때 크게 걱정해주리라 생각하며 대강 넘겼다.

담임도 물론 별말 안 했다.

몇 번째 모의고사였는지는 생각이 나지 않지만 내 최고 기록은 전국 12등이다. 그런데 내가 땡땡이를 깔 거라고 생각하는 사람이 있다면 어렸을 때 씽크빅을 좀 하신 창의력 박사시다. 그 정도의 창의력이 삼십 대 이후에 나올 확률은 토끼가 곰 발을 밟아 부러뜨릴 확률과 동일하고.

뭐 사실 그게 아니라도 강주원이란 사람의 성격이 그다지 팍

팍하지 않았다고 나는 기억하고 있다.

"그래, 몸조리 잘하고."

강주원이 씩 웃었다. 나도 모르게 아픈 척하느라 짓고 있던 썩은 얼굴 표정을 잊어버리고 씩 웃어버렸다. 마음 같아서는 선생님도 일과가 끝나셨으면 나가서 맥주에 치킨 오른쪽 다리 한 번 뜯어보자고 하고 싶었지만 맘과는 달리 몸이 고등학생이라 하지 못했다.

어쨌든 소망은 달성했기에 가방을 대강 추슬러서 교문을 나오는데 기분이 이상했다.

텅 빈 운동장, 교문을 나서는 애들은 이따금 문방구에 갔다 오려는 아이들뿐으로 나처럼 가방을 들고 가는 사람은 하나도 없었다. 그리고 그런 풍경이 역설적으로 내 입장을 명시해주었다.

난 정말 고등학생이구나.

덜컥 약한 마음이 스며들려고 해 격렬하게 고개를 저었다. 고등학생이 뭐? 영화를 보면 이런 식으로 과거로 갔던 사람들의 끝은 꼭 좋았다. 좋아하는 남자와 이뤄진다든지 떼돈을 벌게 된다든지……. 응? 떼돈?

갑자기 가슴이 두근거리기 시작했다. 공부 안 해도 될지 모른다. 3년쯤 후, 우리나라에 IMF가 터졌을 때 집 팔아서 삼성 주식을 사는 거다. 아니면 달러를 잔뜩 사는 거다. 근데 모친 부친이 협조할까? 아이고, 로또 번호를 외우지 않은 것이 천추의 한이로구나!

뜬금없이 머리를 스친 재테크 플랜에 시무룩해진 지 28초 만에 힘이 용솟음치기 시작했다. 진작 경제에 관심을 가질걸 그랬다며 경제 돌아갔던, 아니 앞으로 돌아갈 상황을 떠올려보는데 누군가가 나를 불렀다.

"민서 학생! 오늘은 일찍 집에 가네?"

막 문을 열고 있던 튀김집 아줌마였다.

어머나.

나도 모르게 몸이 90도로 획 돌아 튀김집을 향했다. 말이 튀김집이지 '엄마네 튀김'은 떡볶이와 떡꼬치 등 모든 종류의 주전부리를 판매하던 학교 앞의 메카로 현진고 학생들이라면 모두가 한 번쯤은 들르고 싶어하는 종교적 장소이다. 그 안에 들어가면 가지각색 졸업생들의 사인이 있는데 그 사인의 문구들은 대개 이렇다.

나를 키운 건 팔 할이 튀김이었다.

튀김 하나에 200원, 떡꼬치 하나에 250원, 오뎅 하나에 아줌마, 아줌마.

됐어, 됐어, 이제 그런 튀김들은 됐어, 됐어. 이걸로 족해, 족해, 내 튀김은 내가 튀겨 먹을래.

이 집 튀김에 대한 애정이 보이는 명구(名句)들이 아니랄 수 없다. 나 역시 아줌마와 안면을 트고 지낼 정도로, 단골로 졸업

후 학교는 안 그리워도 이 가게만은 몹시도 그리웠다.

"아줌마, 오랜만이에요."

"오랜만? 어제도 왔잖여."

맞다. 그랬겠지. 일주일에 5일에서 6일 정도 여길 들렀으니까 어제도 왔을 거다. 일주일에 5일에서 6일, 유레카! 내가 왜 이런 몸매의 소유자인지 알겠군.

그럼에도 불구하고.

정신을 차렸을 땐 나도 모르게 떡꼬치에 소스를 듬뿍 바르고 있었다. 그게 다가 아니었다. 내 앞에는 빈 꼬치 세 개가 놓여 있었다. 설마 이거 내가 먹은 건가?

나는 마지못해 손에 쥐었던 꼬치까지만 먹고는 지갑을 꺼냈다.

"응? 그만 먹으려고? 오늘은 좀 적게 먹네."

떡꼬치 네 개를 먹었는데 적게 먹는 거라니……. 난 도대체 어떤 삶을 살았던 걸까?

어떤 삶을 살았는지 알게 되기까지는 1분도 걸리지 않았다. 내 눈에 감자튀김이 포착된 것이다. 그렇다. 내 너무 격조하여 이 감자튀김을 잊고 있었다. 그러면 안 되는데, 사람이 과거를 잊으면 안 되는데 나는 감자튀김을 잊었다.

대학교에 들어가서도, 그리고 졸업을 해서도 항상 이 감자튀김의 맛이 생각났다. 떡꼬치도 맛있고 다른 튀김도 다 맛있었지만 특히 이 감자튀김은 그냥 감자튀김이 아니다. 왜인지 몰라도 별로 들어간 것도 없어 보이는데 뭘 넣어서 감자를 튀겨도 이

맛은 나지 않았다. 마약을 넣은 걸까? 내가 안 넣어본 건 그것밖에 없는데.

나는 숨을 몰아쉬기 시작했다. 안 돼, 안 돼, 이대로라면 넌 계속 쭉, 이렇게 건강하고 육중하며 그리하여 안심하고 안전하게 살게 될 거야.

푸드드득!

응?

내가 손을 부들부들 떨면서 자아와 싸우는데 뒤에서 닭 날아가는 소리가 들렸다. 뒤돌아보자 덩치가 산만 한 남학생 몇몇이 그야말로 다리가 안 보이게 뛰고 있었다. 그리고 약간의 간격, 역시 산만 한 남학생들이 그 뒤를 쫓아 뛰어갔다.

"뭐지?"

고개를 갸우뚱하는데 살기등등한 까치가 보인다. 아니, 저 까치는 아까 그 은혜 갚던 까치?

"에휴, 저것들이 뭐가 되려고 저러는지."

아줌마가 혀를 끌끌 찼다. 역시 상식 있는 사람들은 생각하는 게 비슷하다. 나도 재네가 뭐가 될지 궁금했으니까.

"아까 상우 학생 지나가더니만 또 잡으러 가나 보네."

응?

"상우요?"

"응. 민서 학생은 모르나? 왜 커다랗고 말수 없는 잘생긴 학생 있잖아. 가끔 가다가 나 무거운 것도 들어주고 해서 아는데 말야."

무거운 걸 들어줘?

"그리고 돈 내놓으라고 하던가요?"

이 녀석이 어릴 때부터 보호비를 뜯었던 걸까?

"돈은 무슨……. 하여간 가만 보면 민서 학생도 꽤 유머러스하단 말야."

도대체 내 말의 어느 부분이 재미있는 건지 아줌마는 기분 좋게 웃으며 손을 저었다.

그렇군, 아직 돈은 안 뜯었나 보다.

"좀 있다가 돈 달라고 해도 절대 주지 마세요. 그리고 저에게 말씀하세요."

만약 보호비만 뜯어봐라. 미래로 갔을 때 가중처벌이다.

"응? 뭔 소리야?"

"그런 게 있어요. 좌우지간 그런 일이 생기면 저한테 이르시면 돼요."

아직 아무것도 모르는 아줌마에게 굳이 아줌마의 짐을 들어주었던 놈이 도요토미 히데요시도 아니면서 일본에서 야쿠자들을 끌고 한국을 침노한, 아니 침노할 벼락 맞을 놈이라는 걸 알릴 필요는 없겠지.

그리고 지금 중요한 건 그게 아니었다. 난 결심했다.

"아줌마, 감자튀김 1인분요!"

갓 튀겨진 노릇노릇 짭조름한 감자튀김 위로 모락모락 공기가 흔들리자 나는 행복해졌다.

"아줌마, 그놈이 짐 들어줬다고 튀김 달라고 그래도 절대 주시면 안 돼요. 그냥 경찰에 신고하세요."

난 감자튀김을 입 안에 넣고 우물거리면서 아줌마에게 다짐했다.

4. 시간의 틈새

살을 빼는 방법, 덜 먹고 많이 움직인다.

"오늘도 나가는 거야?"

"응."

모친이 불안한 눈빛으로 나를 바라보았다. 내가 아침 운동을 시작한 지 이레째, 그리고 열여덟 살이 된 지 2주째가 되는 날 아침이었다.

"나갔다 올게."

"온다고?"

"아니! 운동하고! 학교 갔다가 온다고!"

물론 지금 시간은 새벽 5시, 내가 고등학교 때라고 해서 늦잠을 잔 적은 없지만 그래도 6시 반쯤 일어났던 것에 비하면 많이 이른 시간이긴 했다. 하지만 모친은 일주일 내내 이런 반응이었다. 이렇게까지 낯선 것이냐 생각하고 보면 뭐 낯설 만도 하다.

공부만 하던 황민서가 다른 것도 한다.

이건 순전히 비가역성의 문제다.

다른 건 몰라도 도저히 먹고 자고 공부만 하는 건 못 하겠다. 그게 당연했던 때와는 또 다르다. 단순성에서 복잡성으로의 변화는 가능해도 복잡성에서 단순성의 변화는 퇴화 외에는 불가능하다는 연구결과를 굳이 들먹이지 않더라도 스물여덟 살 한창나이의 여자에게 먹고 자고 공부만 하라는 건 무리한 요구다.

난 한숨을 쉬었다.

나는 지금 몹시도 날카로운 참으로, 물론 짜증의 주된 원인은 내가 이 빌어먹을 열여덟 살이 된 지 2주가 막 지나고 있다는 것이었으며 그럼에도 불구하고 시간이 흘러갈 뿐 아무 일도 일어나지 않고 있다는 것이었다.

문제는 예상치 못한 곳에서 왔다. 아무도 날 의심하지 않을 것이라고는 진작 생각했지만 걱정했던 것처럼 기억을 못 해서 생기는 문제도 없었다. 오히려 견딜 수 없는 건 아무 일도 생기지 않는다는 것이었다. 일단 긴장이 풀리자 그냥 하루하루 평범하게 흘러가는 열여덟 살의 생활이란 지루하기 그지없었고 그것을 견디는 것이 가장 힘들었다.

견디다 못한 내가 집착하기 시작한 것이 다이어트였다.

본디 사람은 목표가 있어야 하는 법이다. 내 인생은 언제나 목표달성을 위한 삶이 아니었던가. 그런데 이렇게 달라져도 되나? 열여덟 살 때의 나는 다이어트란 '일상의 음식물'이라는 영단어의 기본 뜻으로만 이해하고 있었는데…….

껌딱지처럼 달라붙는 모친의 요상한 시선을 느끼며 현관을 나선 나는 엘리베이터 버튼을 눌렀다. 사실 이 시점에 운동을 하는 것이 현명한 일인지는 자신이 없었다. 그러나 일단 거울 보는 것이 너무 괴롭고 다 아는 공부를 또 하는 건 목표라고 부르기에 너무 소박하다. 결국 별로 선택의 여지가 없는 것이다.

선택의 여지가 없을 때는 할 수 있는 걸 하는 것이 낫다. 그것이 잘못된 것일지라도 안 하는 게 더 나았으리란 법도 없다. 후회란 어차피 언제나 하는 것이니까.

그리고 어떻게 생각해도 말야, 내가 살이 빠져서 나쁠 일이 어디 있겠어?

엘리베이터를 타고 내려가 아파트 정문을 빠져나가면서 나는 걸음 속도를 천천히 올렸다. 아직 해가 뜨지 않은 하늘은 회색빛으로 뿌옇게 흐려 있었다.

어젯밤에도 곰곰이 생각해보았지만 도대체 왜 이런 일이 일어났는지 알 수가 없다. 돈데크만을 길에서 주운 것도 아니고 우리 집 옆에는 타임머신을 발명할 만한 괴짜 과학자도 살지 않는다. 어떻게 이런 일이 일어났는지를 알면 돌아갈 방법에 대해 궁리해볼 수 있을 것 같은데 당최 어디서부터 시작해야 하는지조차 모르겠다.

굳이 이유를 생각하자면 그 독한 유상우란 놈의 기를 견디지 못한 연약한 내 영혼이 타임리프를 시도한 게 아닌가 하는 정도?

내가 생각하고도 고개를 저었다. 차가운 새벽공기를 마시면서 별 허튼 생각을 다 한다 싶어 웃음이 났다.

나는 뛰기 시작했다.

부정할 수 없이 몸이 무거웠다. 10년 후의 나로 따지자면 거의 15킬로그램이 넘는 아령을 들고 뛰는 셈이라 얼마 지나지 않아 심장이 '데인저(danger), 데인저(danger), 곧 폭발함, 곧 폭발함, 찬물을 넣으삼!'이라며 경고의 불을 켰다. 그뿐인가. 지방의 열량은 9킬로칼로리, 뛰기 시작하자 어찌나 열을 뿜어내는지 이마에 맺혔던 땀방울들이 금세 증발되어 사라졌다.

그래도 첫날보다 낫다. 일주일을 뛰었을 뿐인데 첫날보다 그 다음날이, 그리고는 그 다음날이 낫다. 원래 운동이란 건 그런 법이다. 그리고 이렇게 말하긴 우습지만 이 몸은 10년이나 젊은 몸 아니던가.

한참을 뛰던 나는 막 문을 열고 있는 구멍가게 앞에서 걸음을 멈췄다. 그리고 들어가서 천하장사 소시지 세 개를 샀다.

다른 건 물론 운동을 한다는 사실만은 아니다. 아주 사소하게 많은 것이 다르다.

구멍가게를 나온 나는 크게 심호흡을 하고 약수터로 향하는 길로 접어들었다.

나에게 5시는 이른 시각이었지만 약수터에서 5시는 이른 시각이 아닌지 사람이 많았다. 대부분 할아버지, 할머니로 왜 노인분들이 아침잠이 없다고 하는지 이해가 갈 것 같았다. 아무래도 아침잠 없는 동네 노인분들은 다 약수터에 모인 것 같았다. 그 사이로 군데군데 머리 볶은 아주머니들도 많았는데 아직 선캡이 유행이 아니었던 듯 다들 수건만 목에 두르고 목소리를 높여 웃고 있었다.

저래서 아줌마지.

시끄러운 목소리에 인상을 찌푸리다가 갑자기 사업 아이디어가 떠올랐다. 원래 돈을 벌려면 아줌마를 공략해야 하는 법이다. 그래, 선캡을 사재기하는 거다. 그런데 지금은 허생이 과일을 사재기할 때와 시절이 다르니 백만 개는 사야 할 것 같은데, 그랬다가 유행이 안 오면 백만 개의 선캡을 끌어안고 뭘 해야 하지? 아니, 백만 개의 선캡을 사재기하려면 얼마나 들지?

얼핏 계산해봐도 모친이나 부친이 나를 믿고 선뜻 내주기에는 좀 많은 금액인 것 같다. 결정적으로 언제부터 선캡이 아침운동 아주머니들에게 인기였는지 기억이 나질 않는다. 에잇! 역시 삼성 주식이다. 제일 쉬운 건 로또인데 안타까워라, 안타까워라! 번호 6개만 외웠으면 모두 끝나는 문젠데!

나는 한숨을 쉬었다.

고작 10년일 뿐인데도 확실히 많은 것이 다르다.

어제, 이때쯤에는 아직 휴대전화가 보편화되지 않았다는 것을 깨닫고 놀랐다. 휴대전화 없이 산 적이 없었던 것 같은데 돌이켜보면 내가 처음 휴대전화를 산 것이 대학교 때니까 10년도 쓰지 않은 셈이다.

휴대전화가 없는 건 의외로 나쁘지 않았다. 별로 전화나 문자가 많이 오는 편도 아니었는데 세상이 한없이 조용했던 것이다. 게다가 인터넷, 그래, 인터넷도 내가 대학교 들어간 그때부터 조금씩 보편화되기 시작했었다. 1학년 때는 통신이라 하여 하이텔이니 나우누리니 하는 것들이 유행이었으니까 아직은 컴퓨터로 하는 거라고는 너구리 게임밖에 없었을 때인 것이다. 물론 나는 그마저도 안 했었지만.

기묘한 기분, 어색한 괴리감, 그러나 받아들이는 수밖에 다른 방법이 없다. 나는 마음을 다잡기 위해 땅을 딛는 발에 힘을 주어 속도를 높이기 시작했다.

한참을 뛰다 보니 숨이 머리끝까지 차오르기 시작했다. 목구멍에서 비릿하게 피 맛이 올라오기 시작해 나는 천천히 걸음을 늦췄다. 어린 몸이긴 한데 아직도 스물여덟 살 때의 운동력으로 가려면 멀었다. 그 비싼 캘리포니아 피트니스에서 타이트한 트레이닝복에 머리 질끈 올려묶고 뭇남자들의 시선을 잡아끌며 뛰던 황민서가 되려면 아직 멀었다.

약수터 길을 따라 올라가자 길게 줄이 늘어서 있었다. 물통에다가 물을 받아가는 줄 말고 그냥 마시는 줄에 섰는데 뒤에서 아줌마들이 쑥덕거리는 소리가 들렸다. 뒤를 돌아보지 않아도 내 등짝을 훑고 지나가는 시선도 느껴졌다.

"웬 여학생 등짝이 저렇게 넓어?"

"여학생이야?"

아줌마들, 다 들리거든요?

"이 시간에 운동 나온 거 보면 학생 아니지. 새댁인 거 같아. 세상에……. 저 땀 좀 봐."

열여덟 살에 새댁 소리를 듣는 황민서. 하지만 스물여덟 살에는 스물다섯 살 같다는 소리를 들을 테니 괜찮다. 다 괜찮다.

"임신해서 뛰어도 되나?"

"새댁, 너무 심하게 운동하면 못써."

아줌마들 오지랖이 심하게 운동하고 싶게 만드는 오지랖이십니다.

나는 내가 새댁이 아니라는 것을 설명해야 하나 고민하다 나의 정체성을 아줌마들에게 밝혀야 할 것 같지 않아 그냥 히죽 웃고 말았다. 사실 나의 정체성에 대해 이야기하자면 복잡한 것 아니겠는가? 나는 스물여덟 살인가, 열여덟 살인가? 사람들이 보는 나와 실제 나는 차이가 있는데 보여지는 나와 실제 나도 또 차이가 있고……. 아이고, 머리야.

물 한 모금을 마시고 길게 기지개를 편 다음 내친김에 세수까지 했다. 땀범벅이었던 얼굴이 개운해지면서 기분도 상쾌해졌다.

그래, 정체성이 뭐가 중요하겠어? 더 나빠질 일도 없다는 게 중요하겠지. 몹시도 긍정적으로 생각하며 힘차게 고개를 들자 얼굴에서 물방울이 도르르 흘러내려 셔츠 안으로 스며들었다.

"으으!"

차가운 약수의 느낌에 나는 몸서리를 쳤다. 기분 좋은 고통, 이라고 하면 변태라고 할 텐가? 그러나 실제로 그랬다. 뜨거운 체온과 만난 차가운 물은 선뜩했고 그것이 상당히 기분 좋았다.

그래, 더 나빠질 일도 없다.

나는 가볍게 기합을 넣고 길을 벗어나 마른 잎 위에 맺혀 있는 서리를 밟으며 약수터 뒤쪽으로 빠져나갔다. 시간이 얼마 남지 않았다. 얼른얼른 해결할 일을 해결하고 내려가야 지각하지 않을 것이다.

“어?”

숲 뒤로 돌아 인적이 드문 사면으로 접어든 나는 고개를 기울였다. 돌 사이에 끼워놓았던 박스가 통째로 사라졌다. 박스에 다리가 달려서 도망갈 리 없다는 걸 알면서도 나는 둘레둘레 주변을 돌아보았다. 누가 집어갔나?

그러니까 사흘 전이었다. 약수터의 시끄러운 사람들의 목소리 사이로 아기 울음소리 같은 약한 신음을 들은 것이.

고양이였다. 새끼고양이라고 하기에는 좀 무리가 있는 어중간한 고양이였는데 어딘가 다친 건지 아픈 건지 박스 속에서 꼼짝도 않고 고개를 치켜든 채 뭔가를 호소하는 것처럼 엷은 신음만 흘려내고 있었다.

애매모호했다.

행여나 그 고양이를 발견한 어른들은 모두 혀만 찰 뿐 걸음을 멈추는 것조차 망설이고 있었고 아이들은 안타까운 듯 서성이며 주위의 눈치를 살필 뿐이었다. 나는 그 상황이 뭔지 안다. 어른들은 귀찮은 일을 기꺼이 맡으려는 의도가 없고 아이들은 생명을 책임질 만큼의 능력이 없다. 의도의 가부와 능력의 가부의 차이.

나는?

아이도 아니고 어른도 아니었다.

고양이를 데려가는 것이 문제가 있다는 걸 알 만큼의 머리를 굴릴 줄 알았지만 그냥 내버려두기에는 좀 정의로웠다. 나의 문제는 복잡다단한 정체성에 있었다.

내가 고양이를 데려가도 될까?

나는 실제로 열여덟 살일 때 고양이는커녕 돈도 주워본 적이 없다. 약수터에 올라오기는커녕 동네 미끄럼틀에도 올라간 적이 없다. 그런데 이런 일을 해도 좋은 걸까?

결국 고민하던 나는 애매모호한 길을 택했다.

나는 고양이를 둘러싼 아이들을 헤치고 들어가 고양이를 박스째 집어올려 어째어째 건사했고 반쯤은 책임감 있게, 그러니까 반쯤은 무책임하게 집에서 낡은 담요와 이불들을 꺼내다가 나름의 난방을 해놓았던 것이다. 주운 것도 아닌 것도 아니게. 내 손이 닿은 것도 내 손이 닿지 않은 것도 아니게 애매하고도 모호하게.

그래도 어제 왔을 때 자리에 있는 걸 보고 기뻤는데 오늘은 없다.

박스가 남아 있었다면 조그맣지 않은 고양이니 제 갈 길 갔나 보다고 쿨하게 생각해주려 했는데 박스째 사라진 걸로 보아…… 고양이탕이라도 되어버린 건 아니겠지. 고양이가 신경

통에 좋다는 소문이 난 게 언제였지? 그게 진짜던가, 아니면 유언비어던가?

나는 불안하게 손에 들고 있던 천하장사 소시지를 내려다보다가 한숨을 내쉬었다.

내가 이렇다. 생각이 너무 많아.

지금 엉뚱하고 생뚱맞게 열여덟 살이 된 주제에 뭐 고양이 한 마리 따위에 신경 쓰고 난리야. 뭐 고양이 하나 사라졌다고 마음에 걸리고 난리냐고. 지금 문제는 그게 아니잖아. 이 고양이는 원래 내 인생에 등장하지도 않았던 고양이다. 원래 이 약수터 자체가 내 인생에 없는 약수터고, 어차피 그 고양이는 아마 그냥 얼어 죽거나 그랬을 고양이인 거야.

난 천하장사 소시지 껍질을 까서 입에 밀어 넣었다가 뱉어냈다. 입맛이 씁쓸했다. 집에 데려갔어야 하는 걸까. 그러고 싶었는데 그러지 못했다. 그대로 서서 박스를 두었던 자리를 바라보던 나는 다시 한 번 한숨을 내쉬고 뒤돌아섰다.

사소하게 달랐던 것 중 하나가 사라졌다.

난 열여덟 살도 아니고 스물여덟 살도 아니었다. 그럼 난 뭐지? 난 왜 여기 있지? 여기서 뭐 하는 거야.

"괜찮아. 우린 꼭 만날 수 있어."

"오빠!"

"나 믿지? 꼭 널 찾을게. 기다려. 기다리고 있어."

남자의 손이 안타깝게 여자의 뺨을 쓰다듬었다. 그 손등 위로 여자의 눈물이 또르르 흘러내려 긴 선을 그렸다.

"오빠!"

뒤돌아서는 남자의 손을 여자가 안타깝게 붙들었다. 남자는 차마 돌아보지도 못했다. 그대로 입술을 깨물고 여자의 손을 놓았다. 잠깐 멈춘 것만이 남자가 마음을 드러낸 순간이었다. 그대로 남자는 성큼성큼 걸어나갔다. 단 한 번도 뒤돌아보지 않고.

"오빠!"

남자가 사라진 방문을 멍하니 보던 여자가 급한 걸음으로 창가로 달려갔다. 남자의 모습이 곧은 선을 그리며 차 쪽으로 향하는 모습을, 그리고 그 눈에 익은 모습이 차 안으로 사라지는 모습을 여자는 눈도 깜빡이지 않고 바라보았다. 숨이 막힐 것 같이, 아니 차라리 숨이 막혀버렸으면 좋겠다고 기도하면서. 마침내 그 차가 떠날 때까지. 그녀의 시야를 완전히 벗어날 때까지.

잠깐 망연자실, 남자를 태운 차가 사라진 방향을 바라보고 있던 여자는 벌떡 일어났다. 그리고 돌아서서 뛰기 시작했다.

"그래! 그래! 가서 잡아!"

"뭐야? 아까 잡지, 왜 새삼 잡으러 가?"

주먹을 꼭 쥐고 응원하던 모친이 퉁명스러운 나의 말투에 고개를 획 돌렸다.

"그렇잖아. 아까 할 말 다 하지 왜 기껏 간 다음에 다시 쫓아

가냐고? 이게 다 방송분량을 늘이기 위한 수작이라니까."

"너 아까부터 왜 그렇게 불만이 많아? 옆에서 투덜투덜! 안 그러더니 TV나 보고! 들어가서 공부나 해!"

모친은 내가 본인이 즐겨보는 드라마의 분위기를 깬 것이 못내 불만스러운 모양이었다. 사실 내가 안 하던 짓을 하기는 했다. 고2 때의 내가 이런 시간에 모친과 나란히 앉아 TV를 보고 있다는 건 있을 수 없는 일이었다. 야자를 째고 집에 들어온 것도 이상하지만 일단 째고 들어와서 공부하지 않고 TV 앞에 앉아 있다는 건 더 이상하다. 난 지적 허영심 때문에 대개 TV도 교양 프로그램 아니면 보지 않는 척하느라 바빴기 때문이었다.

"알았수."

나는 입을 내밀고 벌떡 일어섰다. 맘 약한 모친의 시선이 내 뒤통수에 닿는 것이 느껴졌다. 뭐라 그래놓고 금세 미안해졌나 보다. 사실 들어가서 공부나 하라고 말하기엔 안 그래도 내가 원래 너무 공부만 하긴 한다.

하지만 사실 모친이 맞다. 엄마들이 뭘 모르는 것 같아도 사실은 다 안다. 지금 내가 드라마 욕을 한 건 온전히 드라마 탓은 아니었다. 마음이 불안할 때는 뭘 봐도 마음에 들지 않기 마련이다.

하루 종일 심란했다. 물론 고양이 때문이었다. 도저히 야자를 하는 척할 기분도 아니었고 멀쩡한 열여덟 살 황민서 놀이를 할 기분도 아니었다.

단순히 사라진 고양이에 대한 걱정만은 아니었다. 주된 원인은 나 자신에 대한 실망이었다. 잘나고 잘난 황민서가 무기력하게 아무것도 하지 못했다는 것이, 스물여덟 살이나 되어서 열여덟 살처럼 구느라, 아니 열여덟 살이 지켜야 할 윤리에 대해 생각하느라 이도 저도 아니게 행동했다는 것이 후회스러웠다. 후회를 남기는 타입이 아닌데, 그럴 만한 일을 하는 타입이 아닌데 생뚱맞게 과거의 시간으로 와서 후회할 만한 짓을 한 내가 짜증이 나서 견딜 수가 없었다. 게다가 지금도 어떻게 해야 좋을지 모르겠다는 것이 날 무기력하게 만들었다. 악순환.

"너 왜 그러냐?"

내가 신경질을 부리고 있자 누구에게 무슨 일만 생기면 나타나는 홍 반장…… 이 아니라 황준서가 톡 끼어들어 참견을 했다.

"참견하지 마."

"뭐? 이게! 오빠한테!"

아, 저놈의 오빠. 오빠가 오빠다운 구석이 있어야 오빠일 텐데 쟤는 생각도 없고 눈치도 없고 쓸데도 없고…….

가끔 내 팔자에 대해 생각하는 것이, 나도 좀 모자라게 태어나는 쪽이 좋았을지도 모르겠다는 기분이 든다. 좀 모자랐으면 이런저런 생각 안 하고 저런 멍청한 오빠도 그냥 오빠로 편하게 받아들일 수 있었을지도 모른다. 그럼 모두가 편해졌을 텐데……. 난 왜 이렇게 똑똑해서 오빠를 오빠라 부르지 못하고 고뇌해야 하는 걸까?

"오빠."

"왜?"

"나 뭐 물어봐도 돼?"

"물어봐. 이 오빠한테 다아 물어봐."

확 물어버리고 싶다.

"오빠는 만약에 시간을 돌릴 수 있다면 뭘 하고 싶어?"

"시간을 돌려? 어디로 돌려?"

이 새끼, 이거 이해 못 했다.

"그러니까 과거로 돌아갈 수 있다면 말야."

"난 그럼…… 흐흐흐흐, 엄마랑 아빠가 널 만드는 날 가열차게 울어 젖힐 거야."

이 새끼, 참 독창적이다. 천재랑 바보는 종이 한 장 차이라더니 어쩌면 얘는 천재일지도 모르겠다.

"그런데 윤리상 그러면 내가 태어나지 못하는데? 그건 옳은 일이 아니잖아?"

"뭐 그렇게 복잡해?"

단순해서 좋겠다. 그래, 나도 저렇게 모자랐어야 했다. 난 아는 게 많아서 걸리는 것도 많다. 내가 저놈만큼 단순했으면 고양이도 냉큼 집어왔을 거고, 지금 이렇게 찝찝하지도 않았을 것이다.

"어쨌든 일은 다 가야 할 방향으로 가게 되어 있다고."

"응?"

얼마나 한심해해 줘야 하나 고민하고 있는데 뭔가 황준서의 입에서 나올 법하지 않은 철학적인 이야기를 들은 것 같아서 나는 눈을 크게 떴다.

"과거로 돌아갔다는 것 자체가 뭔가 달라져야 하니까 과거로 돌아간 거 아냐? 똑같으려면 뭐 하러 과거로 갔겠어? 그러니까 맘대로 해도 되는 거 아냐?"

오오.

아무 생각도 없는 듯한 표정으로 진리를 말하다! 무슨 영화 제목 같잖아! 너무나 멋진 이론인데 저런 멍청한 표정으로 말할 수 있다니 저것도 재능이다.

"하지만 그러면…… 시간 윤리나 패러독스나 시간의 인과율……."

"응?"

"시간 윤리, 패러독스, 인과율……."

"응?"

내가 너무 많은 걸 바랐다.

"아냐, 오빠. 오빤 정말 대단해."

"하하하, 내가 좀 그렇지!"

어떤 의미에선 정말 대단하다. 이렇게까지 눈치 없기도 쉽지 않을 텐데……. 게다가 제 입으로 눈앞에 있는 누이동생을 없애고 싶다고 말하고 미안해하지도 않는 저 뻔뻔함.

아무 생각 없는 황준서가 아무 생각 없는 표정으로 나간 후 나는 어둠이 검게 내려앉은 창 밖을 내다보았다.

내일은 좀 더 일찍 일어나서 약수터로 올라가자. 주로 매일 오는 사람들이 오니까 아줌마들을 붙잡고 박스를 집어간 사람이 없는지 물어라도 보자. 근처도 찾아보자. 좋은 사람이 데려간 거면 좋겠지만 혹시나 아니라면, 바람에 날려간 거나 어떤 나쁜 사람에게 해코지라도 당한 거라면 내가 수습해줘야지.

이제 다시는 이렇게까지 마음에 걸릴 거면서 해야 할 일을 망설이지 말아야지. 옳다고 생각하는 일을 지금 이 상황 때문에 망설이는 일은 하지 말아야지. 그걸 위해 그렇게 공부했던 거잖아. 지금 내가 다시 열여덟 살이 되었다고 해도 난 여전히 잘나고 정의로운 황민서잖아. 그렇지? 내가 나라는 건 어떤 상황이라도 바뀌는 게 아니잖아.

5. 불가살이의 습격

"냥이야! 나비야! 고냥아!"

아침 일찍 산에 올라 몇몇 아줌마들에게 물어보았지만 사흘 전의 고양이에 대해 기억하는 사람은 물론 없었다. 게다가 이름도 없는 고양이를 부르기도 난감해 나는 알고 있는 모든 고양이 이름을 주워섬기다가 아침부터 떠든다는 아줌마들의 눈총을 느끼고 소심하게 꿍얼거리기를 반복하고 있는 중이었다.

뭐 나 속 편하자고 하는 짓이다. 못 찾을 거라는 건, 아무 단서도 없을 거란 건 내 총명한 머리로 어제도 알고 있긴 했다. 혹여나 하는 기대를 안 했던 건 아니지만.

젠장. 원래 사람이 마음 기댈 데가 없으면 사소한 것에 집착하기 시작한다. 생뚱맞게 열여덟 살이 되어버린 나는 고양이에게 집착하고 있는 거다.

"네로야! 고양이! 멍멍아! 토끼야!"

그리고 그때였다. 오른쪽 관자놀이에서 광대뼈 쪽으로 흐르는 따가운 시선을 느낀 것은.

나는 대한민국 검사 황민서의 예리한 감각으로 그 시선 쪽을 향해 고개를 획 돌렸다. 그리고 곧바로 후회했다. 난 왜 이렇게 섬세하고 예민해서 문제를 불러일으킨단 말이냐.

거기 서서 뭔가 못 볼 것이라도 본 표정으로 나를 쳐다보고 있는 것은 다름 아닌 야쿠자 새끼였다.

고양이만 생각하느라 집중력 있고 순수했던 아침이 갑자기 산만해지면서 악(惡)해지기 시작했다. 심지어 공기가 건들거리는 것 같은 기분까지 들었다. 껌 좀 씹고 침 좀 뱉는 공기가 있다면 딱 이런 공기 같을 것이다.

본능적으로 야쿠자를 외면했던 나는 불길한 예감에 다시 고개를 돌렸다. 설마 저 잔혹 무도한 야쿠자 새끼가 나의 고양이를 잡아다가 탕을 끓여 먹은 건 아니겠지? 물론 저놈은 고양이 회도 떠먹을 놈이지만 설마 그 고양이 회를 내 고양이로 떠먹은 건 아니겠지.

근데 저놈은 뭘 저렇게 사람을 빤히 보는 거야? 너도 내가 고양이로 회 떠먹었을까 봐 의심하냐?

"뭘 봐?"

내가 질문하자 야쿠자의 인상이 5백 년 된 초가삼간 서까래 내려앉듯 파삭 구겨졌다.

아뿔싸! 습관대로 개긴 건 좋은데 사람에게 하는 첫 인사로는 부적절한 언사이긴 하다. 아무리 그 사람이 개쓰레기 장래 야쿠자라도 말이다. 심지어 지금의 나는 검사가 아니고 고2 똥땡이고 쟤는 고3 날라리, 그리고 결정적으로 여기가 인적이 드문 약수터일 때는 더욱!

아아, 인간의 존재란 실존일까 아니면 현실일까.

"뭘 봐?"

봤으니 뭘 보냐고 물었는데 또 그 말을 그리 살벌한 어투로 그대로 따라 하시면 제가 또 쫄지 않겠습니까? 내가 한 말을 그대로 다른 사람의 입으로 듣는 것이 이렇게 무서울 줄은 진정 몰랐습니다?

나는 나도 모르게 무기가 될 게 없나 싶어 주변을 둘레둘레 바라보았다. 정말이지 사람의 전투본능을 극도로 자극하는 놈이다. 사실 대개의 경우 상대의 말을 반복하는 건 애정의 표시로 받아들여지지 않던가.

사랑해, 나도 사랑해. 고마워, 아냐 내가 고마워.

하지만 저놈아의 반복은 당장에 선빵을 날리지 않으면 내 몸이 어딘가 많이 아플 것 같다는 기분이 들게 하는 것이었다.

"날 보겠지?"

나는 비겁하게도 하하하하 웃기까지 했다. 정말로 뭘 보는지 궁금했다는 듯이, 하지만 이제는 알겠다는 듯이, 알았으니 갈 길을 가시라는 듯이. '절 보시겠죠?'라고 하지 않은 것은 내 안의 마지막 자존심이었다.

내가 생각해도 어이가 없었는데 야쿠자는 더 어이가 없었나 보다. 야쿠자는 세상에서 가장 한심한 사람을 쳐다보는 눈으로 나를 바라보더니 상대할 가치도 없다는 듯 돌아섰다. 처음이었다. 상대가 나를 상대해주지 않아서 고맙다고 생각한 것은.

그런데 왜 짜증이 날까?

야쿠자가 사라진 방향을 향해 소심하게 주먹질을 해 보이고 반대로 걷기 시작했다. 사회악이란 별게 아니다. 방금까지 고양이를 찾고자 고무되어 있던 나의 기분을 이렇게 무참히 다운시켜놓다니 야쿠자 저놈은 정말로 악의 현신(現身)인가 보다. 옛 어른 말씀은 틀린 게 하나 없다더니, 될성싶은 나무는 떡잎부터 알아보고 될성싶은 야쿠자는 어린 시절부터 악의 상징이다.

하지만 나의 어른스러운 마음으로 생각해보건대 저 인생도 참 불쌍한 인생이다. 10년 후 저 인생은 물론 능지처참해야 할 죄를 저지르긴 하지만 골방에서 반쯤 죽어 있는 상태로 경찰에게 잡힌다. 판결까지 보지 못하고 이리로 왔지만 죄질이나 상황으로 봤을 때 사형, 잘 봐줘야 무기징역이다.

죄를 미워하지 사람을 미워하지 말…… 긴 뭘 말아!

지구상에 몇십 억의 사람이 있는데 왜 혼자만 지랄인가! 다른 사람은 병신이라서 법을 지키며 산다고 생각하는 건가!

"고냥아!"

나는 점점 인적이 드문 쪽으로 향했다. 이 정도면 없어졌다고 생각해야 한다는 결론이 나오긴 했지만 마음이 어째 계속 불편하다. 아, 그저께 데려왔어야 했다. 아니아니, 처음 발견했던 그날 그냥 데려왔어야 했는데……. 소시지를 받아먹던 혀의 감촉이 손끝에서 느껴지는 것 같다.

"나비야아아아!"
"시끄러, 이런 썅!"
응?
"존나 시끄러운 뚱땡이 저팔계, 너 이리 좀 와봐라."
응?
나는 걸음을 멈추고 뭔가 현란하게 욕도 나오고 돼지 종류도 많이 나온 문장을 구사한 목소리를 향해 고개를 돌렸다. 나 말야?
"너 말야, 너!"
사십 대도 아닌 것이 이미 외모에서 살아온 세월을 말씀해주시는 분들이 나를 부르고 계셨다. 아주 잠깐 센티멘털하고 진지했던 분위기가 순식간에 증발했다. 저분들은!
일명 불가살이(不可殺伊) 혹은 화가살이(火可殺伊)라 불리는, 고려 말과 조선 초 민심이 흉흉할 때 나타나 쇠란 쇠는 모두 먹어버렸다는 괴물같이, 면도날을 껌처럼 씹으시며 희한한 머리 모양과 교복패션으로 스스로의 존재를 증명하셨던 분들!
젠장, 내 어렸을 때라면 무서워하겠지만 지금 내 이래봬도 스물여덟 살인데 고딩한테 쫄겠는가?
퍽!
"썅! 뭘 꼴아봐?"
쫀다. 흑, 안 꼴아봤는데…….

아아, 이렇게 심하게 전형적이어도 되는 걸까?

불가살이 분들은 어디서 단체로 교육이라도 받는 걸까? 모든 불가살이 분들의 유니폼과도 같은 트레이닝복, 그리고 질겅거리면서 씹고 있는 껌과 면도날…… 그거, 잘못 씹으면 몹시 아플 텐데.

분명 사람들이 많이 오가는 큰길이 멀지 않을 텐데 나무로 가려진 공터는 마치 법이 지배하는 세상과 격리된 듯한 무법천지였다. 아아, 저 바닥에 뒹굴고 있는 저것은 본드인가? 대마초도 아니고 본드를 하는 하급들에게 나는 지금 당하고 있는 건가? 아아아아, 저것은 담배! 디스, 타임도 아닌…… 심지어 88도 아닌 도라지!

질질 끌려간 공터의 분위기는 어찌나 흉흉하던지 설사 우연히 지나가던 사람이 이쪽을 들여다본다고 해도 피해가고 싶은 마음이 절로 들 것만 같았다.

"돈 좀 빌려줘."

분명히 어딘가 내가 알지 못하는 비밀스러운 장소에서 불가살이 님들을 양성하는 학원이 운영되고 있음에 틀림없다. 어떠한 불가살이 님들도 처음부터 돈을 달라 하시지는 않는다. 모두 빌리고 싶어하실 뿐. 그러나 각서도 공증도 없이 어찌 차용관계가 성립하겠는가.

"없는데요."

돈 가져올걸. 아니지, 이런 비겁한 마음을 가지면 안 된다. 내 돈은 내 돈이지 왜 쟤들에게 빌려줘야 하는가? 내가 번 건 아니지만 혈연으로 이어져 있는 부모님들이 피땀…… 까지는 또 아니겠지만 적어도 땀은 흘리고 벌었을 돈 아닌가!

"뭐? 이 돼지 같은 년이!"

퍽, 하는 효과음이 귀에서 울었다. 아프다.

우씨, 나 돼지같이 살찌는 데 너 보태준 거 있어? 우리 아빠가 돈 벌어서 우리 엄마가 쌀 사다가 맛있는 거 해줬는데 너 왜 그래?

머리로는 한번 뜯겨주면 그걸로 끝나지 않을 가능성이 크고, 이런 불가살이 종류들은 약자에게는 강하고 강자에게는 약하다는 것을 알고 있었으나 맞은 충격은 컸다. 내 평생 이리도 누군가에게 돈을 주고 싶었던 적이 있었던가? 아아, 정말 돈이 있다면 모두 주고 싶다.

"정말 없어요."

당당하게 이야기하려고 했는데 바보처럼 눈물이 왈칵 나왔다. 제길, 몸이 열여덟 살이니 정신도 열여덟 살같이 반응하는 걸까? 이리 심약한 반응이라니.

고등학생 불가살이들에게 얻어맞고 울었다는 건 나에게 검사의 자격을 준 대한민국에 대한 배반이라며 나는 눈에 힘을 주었다. 그런데 그저 울지 않기 위한 그 행동을 자신에 대한 반항으로 여겼는지 내 앞의 불가살이 분의 눈썹이 치켜 올라갔다. 그리고 손도 치켜 올라갔다. 아닌데, 그게 아닌데……. 정말 아닌데…….

당장 무릎 꿇고 부복하여 그게 아니라며 호곡하고 싶은 마음과 남아 있는 자존심 사이에서 갈등하고 있는데 뒤에서 부스럭

거리는 소리가 들렸다.

불가살이들의 시선이 내 어깨 너머로 움직였다. 나는 나도 돌아봐도 되는 건지 몰라 잠시 갈등하다가 안 된다고 하면 당장 다시 앞을 볼 비굴한 결심으로 살며시 뒤를 돌아보았다.

"앗!"

한 손으로 나뭇가지를 잡은 채 인상을 찌푸리고 있는 얼굴! 아까는 보자마자 토 나올 것 같았지만 지금은 너무나 반가운 저 얼굴!

야! 쿠! 자!

아아, 성현들의 말씀은 옳았던 것이다. 오늘의 적은, 아니 어제의 적은 오늘의 친구. 아름다운 이이제이(以夷制夷)!

"오빠! 오빠! 나 여기!"

나는 손을 마구 흔들며 오빠를 외쳐댔다.

야쿠자는 내가 짧은 세상 살면서 실사는 물론 모든 인쇄매체와 미디어를 포함해서 본 얼굴 중 가장 뚱한 얼굴로 나와 불가살이 쪽을 바라보고 있었다. 마치 소도둑이 닭장 안에서 닭들과 정면으로 대치하고 있는 것 같은 그런 표정이었다.

퍽!

"닥쳐! 귀청 떨어지겠다!"

아씨, 또 맞았다. 오늘 몇 대 맞았지? 두 댄가?

닥치라고 했으므로 나는 닥치고 손만 마구 흔들어댔다. 얘야, 나를 보렴! 여길 보렴! 내가 여기 있단다!

야쿠자가 여전히 뚱한 표정으로 시선을 잠시 내 쪽으로 향했다가 내 앞의 불가살이에게로 옮겼다. 그러더니 흐음, 하고 가볍게 숨을 뱉어내곤 귀찮다는 듯이 돌아섰다.

저 자식이!

"오빠! 오빠! 나 현진고 2학년! 아까 약수터에서 오빠와 정답게 이야기했던 오빠 후배!"

퍽!

세 대! 잊지 않겠다!

"오빠! 오빠! 이러면 안 돼! 난 어제 오빠가 은혜 갚은 까치를 패다 학주에게 쫓길 때 오빠를 응원했는걸!"

거짓말은 삶의 지혜.

퍽!

"늘 오빠가 멋있다고 생각했어! 오빠야말로 이 시대의 부패한 교육환경에 정면으로 대항하는 투사 같은 거라고! 잔 다르크!"

퍽!

"오빠! 여기 좀 봐! 가지 마아아아!"

아, 진짜! 절대 안 돌아본다! 나쁜 새끼!

"야 이 새끼야! 넌 기본적으로 인성이 틀려먹었어. 사람이 곤란에 빠져 있는 걸 보면 돕고 살아야지, 뭐가 되려고 그러니!"

불가살이가 내 뒤통수를 치다 지쳤는지 엉덩이를 냅다 걷어차는 바람에 몸이 앞으로 고꾸라져 나는 흙바닥에 뒹굴고 말았다.

우씨, 너 내가 안 세고 있을 줄 알았지? 여섯 대! 두고 보자 불가살이!

하지만 두고 보기 전에 내가 먼저 두고 봄을 당할 상황이었다. 내가 엎어졌는데도 심판이 없다는 걸 기회 삼아 불가살이의 발이 공중으로 치켜 올라갔던 것이다. 나는 본능적으로 몸을 구부리며 두 손으로 내 뇌를 보호했다. 다른 덴 다쳐도 내 잘난 뇌는 안 돼!

그때였다.

"치워."

야쿠자의 목소리가 이렇게 반갑게 들릴 줄은 몰랐다. 이렇게 듣기 좋은 저음일 줄도 몰랐다.

그러나 반갑게 목소리 쪽을 돌아본 나는 치우라는 소리가 얻어맞기 좋도록 내 손을 치우라는 소리인가 싶어졌다. 어찌나 매섭게 나를 노려보고 있는지, 갑자기 앞에 있는 불가살이들보다 야쿠자가 더 무섭게 느껴지지 않는가?

"아 썅, 그냥 가라니까. 똑똑한 놈인 줄 알았더니 만화를 너무 많이 보셨구만."

저쪽 뒤 운동기구 위에 걸터앉아 있던 껌 씹던 불가살이가 이죽댔다.

야쿠자가 대답했다.

"난 만화 안 봐. 비현실적인 이야기는 재미없거든."

응?

또 왜 답잖은 순진이냐. 그 뜻이 그 뜻이 아니잖아. 왜 대답하고 있는 거냐. 그것도 이유까지.

내가 어처구니가 없어 야쿠자를 바라보는데 정작 야쿠자는 진지해 보였다. 아씨, 여기서 시간을 초월한 세대차이를 느끼는 건가? 지금 저 대목에서 어떻게 진지할 수 있지?

야쿠자가 나에게 눈짓으로 이리 오라는 표시를 했다. 내 평생에 이리도 야쿠자가 시키는 대로 하고 싶은 순간은 다시 없으리라마는 내가 그놈에게 가까이 가려는데 불가살이가 내 뒷덜미를 덥석 잡았다.

그리고서는 말이 필요 없었다.

불가살이의 담배 냄새 나는 손이 내 뒷덜미에 느껴지는 순간, 야쿠자의 발이 공중에 날았다. 나는 눈을 질끈 감았는데 귓가를 스치고 무슨 칼날 지나가는 것 같은 바람 소리가 들리더니 불가살이가 벌러덩 자빠지는 것이 아닌가.

그리고 야쿠자는 조곤조곤, 덤벼드는 여러 명의 불가살이들을 줘어패기 시작했다. 나는 잽싸게 다수인 불가살이에게 무소의 뿔처럼 혼자서 덤비는 야쿠자의 승률을 예측해보았지만 애당초 야쿠자는 승리할 생각은 없었던 것 같았다. 벌처럼 몇 대를 치고 나비처럼 빠진 야쿠자는 멍하니 서 있는 나를 보더니 오만상을 찌푸렸다.

“뭘 보고 서 있어?”

현재의 상황을 정리하고 앞으로 나가갈 바를 명시한 간결하고 좋은 문장이었다.

몸이 휙 하고 잡아당겨졌다. 나는 나도 모르게 야쿠자가 잡아당기는 대로 냅다 뛰기 시작했다. 심장 박동이 미친 듯이 올라갔다.

뒤에서 연습이라도 한 듯 일관성 있는 욕설과 함께 쫓아오는 발자국 소리. 우리는 사람이 많은 큰길로 나와 달렸다. 눈을 동그랗게 뜬 놀란 사람들의 시선이 느껴졌다.

"여긴 경찰도 없어?"

치안 대한민국에 이 무슨 일이냐고 거친 숨을 몰아쉬면서 묻자 어이없다는 듯 잠깐 돌아봤던 야쿠자가 말없이 내 손을 휙 신경질적으로 잡아당겼다.

하긴 이 산에 무슨 경찰이 있겠냐 싶기도 했지만 지나가는 어른들이 관심조차 없다는 것은 좀 충격이었다. 저 면도날 씹는 불가살이들에 비하면 척 봐도 나는 범생처럼 보일 텐데…… 아닌가?

하긴 여기서 누군가가 협객처럼 불가살이들을 막고 우릴 구해주는 건 진짜 만화구나. 아니면 영화. 그 주인공들은 다들 예뻤지. 흥, 나는 자력갱생이다. 야쿠자! 우리 자력갱생하자!

"있어봐."

갑자기 내 손을 놓고 몸을 날린 야쿠자는 2미터는 훨씬 넘어 보이는 바위 아래로 풀쩍 뛰어내렸다.

"야! 나 여기 못……"

못 내려간다고 말하려고 했지만 야쿠자가 손을 뻗어 내 손을 잡아당기는 바람에 뛰어내리게 되어버렸다. 야쿠자의 손이 내 허리에 감겼다. 짧은 순간, 내 허리를 파고드는 야쿠자의 손이 지나치게 깊이 허릿살 속에 파묻히는 게 아닌가 싶었다. 내 허리에 이렇게 살이 많았나 하는 생각도 했다. 내 배를 야쿠자가 느낄까, 팔뚝에는 얼마만큼의 감각이 있을까 하는 생각도 했다. 정말 짧은 순간인데 참 많은 생각을 한 것 같다. 그러나 머릿속에 떠오른 생각들의 정답을 내기도 전에 땅에 닿은 발목이 지끈, 하고 고통을 호소했다. 그래, 아프겠지. 무게가 좀 나가야 말이지.

내가 뭔가를 말하려는데 야쿠자는 쉿 하고 내 입을 막더니 커다란 손으로 내 머리를 눌렀다.

"아, 씨팔. 어딨어?"

숫자를 참 좋아하는 아이들이다. 하지만 편식한다. 한마디 끝날 때마다 숫자를 외치는데 주구장창 숫자 하나만 외친다. 세상에는 열여덟 말고 다른 숫자도 있다는 걸 알려주고 싶었다.

심장이 마구 뛰고 있었다. 무서워서 뛰는 건 아닐 텐데 왜 뛰는 걸까? 여기까지 달려와서 그런 걸까? 아니면 인간의 본능이 누군가가 쫓아오면 심장이 뛰게 되어 있나?

그렇게 한참 우왕좌왕 우리를 찾던 불가살이들의 발걸음 소리가 멀어질 때까지 야쿠자는 내 머리를 누른 채 동정을 살피듯 몸을 바위에 바짝 기대고 있었다. 덕분에 내 코는 야쿠자의 가슴 가까이에 바짝 붙어 있었다. 근데 고등학생이라서, 젊고 예쁘장한 고등학생이라서 그런가……. 왜 땀 냄새가 이렇게, 이렇게, 남자다운 거야. 아잉, 나 변태?

그대로 한참……. 마침내 안전하다는 생각이 든 후에야 야쿠자는 가볍게 한숨을 내쉬며 바위에 등을 기대고 주저앉았다.

눈을 감고 바위에 기댄 이마에는 땀이 송골송골 맺혀 있었다. 그제야 나도 이마를 훔쳐내며 크게 숨을 내뱉었다. 야쿠자의 가슴팍에 대고 콧김을 불어넣을 수 없어서 질식하는 줄 알았다. 모양새 아주 우스워질 뻔했다.

"병신이냐? 오라고 한다고 가냐?"

오라고 해서 간 것뿐인데 병신이라니. 네가 워낙 말을 잘 안 들어서 모르나 본데 원래 말을 잘 듣는 건 미덕이란다. 근데, 아까 나 쳐다보는 눈도 심상치 않더니……. 너 나 아니?

"너 나 알아?"

"네 등치가 2주에 한 번씩은 단상 위에 올라가 상을 받는데 모르면 병신이지. 내가 눈깔이 삔 줄 알아?"

그렇군. 나는 의외로 유명인이었던 것이다.

"근데 아까 너 왜 그냥 가려고 했어?"

이것이 바로 '물에빠진사람건져놓으니3분걸렸다고지랄' 신공되겠다.

야쿠자의 관자놀이가 꿈틀했다.

"너?"

아차.

"오빠요."

내가 고개를 외로 꼬며 얌전히 말하자 야쿠자가 어이없다는 듯이 나를 흘겨보더니 벌떡 일어났다.

"내려가는 길 알지?"

물론 안다. 그러나…….

"어, 어디 가?"

야쿠자의 눈썹이 아까의 불가살이 눈썹 못지않게 치켜 올라갔다.

"……요?"

"왜?"

"내려가다가 아까 그 불가살, 깡패 분들하고 만나면 어떻게 해? ……요?"

야쿠자가 오만상을 찡그렸다

"그땐 네가 알아서 해."

피도 눈물도 없는 야쿠자는 더 이상 볼일 없다는 듯 엉덩이에 묻은 흙을 툭툭 털고 가벼운 걸음으로 산을 올라가기 시작했다. 물론 내가 내려가야 하는 방향과는 정반대였다.

아아, 정말이지 마음에 안 든다.

나는 투덜거리면서 야쿠자의 뒤꽁무니를 쫓았다. 말했지만 나는 정의를 좋아한다. 불의 근처에는 가까이 가기도 싫어하는데 이 산은 불의의 불가살이들이 홰를 치며 다니는 아주 건전하지 못한 산이었던 것이다.

저 야쿠자라 해서 이 산에서 살지는 않을 테고 무엇보다 학교에 가야 하니 그때 슬쩍 묻어서 내려가야겠다.

가만, 근데…… 왜 난 야쿠자 > 불가살이라고 생각하고 있는 거지?

둘 다 나쁜 놈들인 건 변함이 없고 아마 미래지향적 측면에서 생각하면 불가살이들이야 끽해야 한국 조폭 똘마니나 사채

쪽으로 빠지겠지만 야쿠자는 거대한 악의 세력이 되는데?

그러면서도 내 발은 부지런히 야쿠자를 쫓았다.

내가 슬슬 자기의 뒤를 쫓고 있다는 것을 아는 건지 모르는 건지 저만치 앞에서 야쿠자가 긴 다리를 이용해 유유히 바위와 바위 사이를 건너고 있었다.

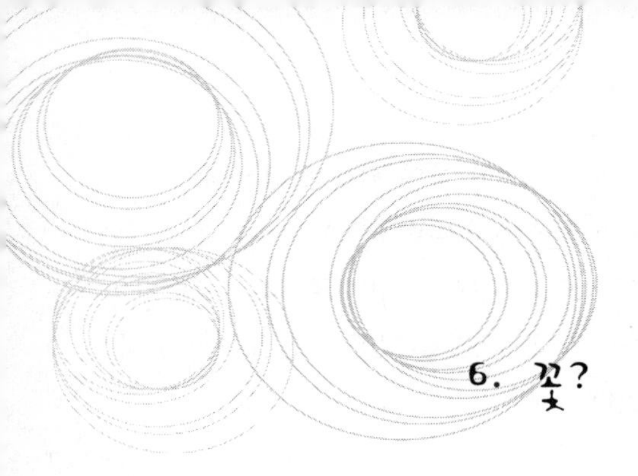

6. 꽃?

어쩌면 난 예상했다. 그러나 믿고 싶었다. 모든 학생은 시간이 되면 학교에 가야 한다는 상식을…… 난 믿고 싶었다. 그러나 나의 예상과는 달리 야쿠자는 학교에 갈 의사가 없는 듯했다. 7시가 넘도록 한가해 보이는 저 태도만 봐도 그러하다. 물론 아침 자율학습을 하기 위해서는 벌써 학교에 도착했어야 옳은 일이지만, 그게 아니더라도 8시 반에는 도착해야 지각이 아닐 텐데 느긋하게 밭에 물이나 주고 있는 저 영혼은 도대체 어디에 소속되어 있는 영혼이란 말인가.

은퇴한 연금생활자도 아닐진대, 저 평화로운 표정은 반칙이다.

난 야쿠자를 믿고 따라온 나의 상식을 원망하며 그냥 홀로 하산할까 고민했으나, 아아, 이 땅은 또 어느 땅인지. 듀스의 노래가 들리는 것 같다. 난 누군가, 또 여긴 어딘가.

그냥 혼자 하산하고 싶어도 지적인 나는 산에서는 내려가는 방향으로 보이는 것이 꼭 하행길이 아니라는 걸 알고 있지 않은가.

그리하여 결국.

“학교 안 가? ……요?”

아이고, 인생이란.

꿈이 포도밭 사나이였는지 밭과 싱크로해 은폐 엄폐 상태였던 야쿠자는 거짓말 하나도 안 보태고 1미터는 펄쩍 뛰었다.

“아, 씨팔!”

찔리는 게 없으면 놀랄 이유도 없는데 저놈 저리 과민 반응하는 걸 보니 지은 죄가 많긴 한가 보다. 뭐, 나를 죽어라 노려보는 저 눈을 보니 죄가 많을 것 같다. 죄로 점철된 눈동자.

난 나뿐만 아니라 야쿠자도 학교에 가야 한다는 걸 강조하기 위해 다시 한 번 내 말을 반복했다.

“학교, 가야 하는데.”

“가!”

저놈은 언어능력이 좀 떨어지나 보다. 어쩜 저리 말을 간결하게 한단 말인가.

나를 가만히 노려보던 야쿠자는 들고 있던 파란색 고무 물뿌리개를 내팽개치고 휙 돌아서 온실로 들어갔다. 쫄쫄, 파란색 호스에서 물이 흐르고 있었다. 그 호스를 집어들어 야쿠자의 뒤통수를 내리치고 싶은 충동을 억누르며 입을 비쭉거린 나는 수도를 잠그고 그 잘난 뒤통수가 사라진 문 쪽을 바라보았다.

사람에게 하고 싶은 말이 딱 한 음절이기도 쉽지 않은 일인데, 아까도 느꼈지만 저놈은 진짜 무소의 뿔처럼 혼자서 가는구나.

그러거나 말거나. 나도 너랑 하고 싶은 말이 별로 없다만 지금은 네가 필요하단다.

난 머리를 몇 번 긁적인 다음 야쿠자의 뒤를 따라 온실의 문을 열었다.

후텁지근한 온실의 공기가 밀려왔다. 안 그래도 땀범벅이었는데 텁텁하게 감겨오는 공기 때문에 일찍 일어나서 피곤했던 몸이 축축 늘어지는 것 같았다. 온실 안은 열대지방에서만 자란다는 마약이라도 키우고 있는 건지 온도도 높고, 무엇보다도 습도가 높아서 마치 달리(Dalí)의 초현실화(畵)처럼 내가 녹아버린다 해도 납득할 수 있을 것 같았다.

야쿠자는 뭔가 들켜서는 안 될 것을 들킨 놈처럼 온실 한켠에 놓인 긴 벤치 위에 그 기다란 몸을 접고 앉아 머리를 감싸쥐고 있었다. 그러는 폼이 몹시도 짜증 나 보여 건드리면 좋지 않은 일이 일어날 것 같다는 느낌이 들었다.

그러나 사람이 어떤 행동을 할 때는 꼭 그 행동을 하고 싶어서라기보다 해야 하기 때문일 때가 많다. 난 학교에 가야 하고 학교에 가려면 야쿠자를 꼬셔서 학교로 보내야 한다. 그래야 내가 야쿠자의 뒤를 따라 학교에 갈 수 있으니까.

냐오옹!

“어?”

고양이 찾던 가슴, 고양이 울음소리 듣고 놀란다.

벤치 위에서 얼굴을 감싸고 있던 야쿠자가 허리를 굽혀 벤치 아래로 손을 집어넣어 실뭉치 하나를 끄집어내 무릎 위로 올렸다. 눈에 익은 실뭉치였다.

"네로야!"

내가 나도 모르게 큰 걸음으로 걸어서 야쿠자가 앉아 있는 벤치로 다가가 고양이를 향해 손을 내밀자 야쿠자가 무섭게 눈을 치켜떴다. 아따, 성질하고는…….

"그, 그거……."

나한테는 죽일 듯이 눈을 부라려놓고 커다란 손으로 고양이는 곱게도 쓰다듬고 있다.

"뭐?"

내가 손가락으로 고양이를 가리키고 있자 야쿠자가 퉁명스럽게 물었다.

"그, 그거 내 고양이인데……."

"네 고양이라고?"

엄밀히 말해서 내 고양이는 아니지만.

"네 고양이야?"

"뭐?"

"네 고양이냐고."

"네 고양이라는 거야, 내 고양이냐는 거야?"

뭔가 네와 내가 많이 지나간 것 같은데 헷갈린다. 인상을 쓰고 나를 올려다보던 야쿠자는 내가 멍한 표정을 짓고 있자 혀를 차고는 고개를 숙여버렸다. 못된 성질머리…….

난 입 안으로 구시렁거렸다. 나도 너 따위와 말 섞고 싶은 생각도 없고 얼굴 마주 보고 싶은 생각도 없다.

"앉지 마!"

깜짝이야!

달리 할 것이 없어 슬그머니 벤치 끝에 엉덩이를 붙였을 뿐인데 야쿠자가 버럭 짜증을 내며 내 멱살을 잡는 것이 아닌가? 아! 이놈 성질 한번 까칠하다.

보통 여자애들이었으면 동동 뜰 정도로 거친 손놀림이었지만 말했다시피 내 몸무게가 범상치 않은지라 한 손으로 들기엔 무리가 따라 발끝이 질질 끌리는 것이, 모양새가 보기 좋지는 아니했다.

난 말똥말똥 야쿠자를 올려다보았다.

"앉지 말라면 안 앉고."

말로 합시다. 말로.

점잖고 아무렇지도 않은 나의 말에 야쿠자가 기가 막힌다는 듯 헛웃음을 뱉었다.

"너 내가 안 무서워?"

너도 나이 먹어봐라. 열여덟 살짜리가 무서운가.

잠깐 나는 아까 불가살이들이 좀 무서웠던 것을 기억해내고 정정했다. 적어도 쪽수가 심하게 달리지 않는다면 무섭지 않다. 게다가 이미 여섯 대를 맞았는데 한두 대 더 맞는다고 다를 거 있을까.

그리고 솔직히 말하자. 야쿠자가 불도 없이 음침한 뒷골목에서 고무줄로 팔을 묶고 침 질질 흘리며 마약을 하고 있거나 사시미 칼을 혀로 핥고 있으면 좀 무서울 수도 있겠지만 환한 대낮에 온실을 배경으로 밭에 물 주고 있는데 뭐가 무섭겠는가? 게다가 고양이를 저렇게 조심스럽게 어루만지는데…….

그러나 정직이 언제나 통하는 법은 아니다.

"무서워요."

하하하하, 가증스러워라.

"근데?"

애가 또 이렇게 순진하다. 내 말을 믿는다.

"학교 가야 해서……."

뭐 거짓말은 아니었다. 나도 가야 하고 너도 가야 한다. 그건 알지?

절망적으로 유상우는 내 멱살을 놓고 손으로 얼굴을 쓸었다. 신경질이 난 것 같은 표정이긴 했지만 자기 안에서 격하게 성질을 부리고 있을 뿐 나를 때릴 것 같진 않은 얼굴이었다.

그러다 문득 시선이 내 뺨에 머물렀다. 뭐 안 쳐다봐줘도 보기 싫을 건 알고 있다. 아까 그 불가살이가 어찌나 세게 때렸는지 아직도 얼얼한 것이, 아마도 볼거리 하는 애처럼 부어 있을 것이다. 뒤통수에는 혹이 났을 수도 있다. 두고 보자, 불가살이! 내 뇌에 기스만 갔어봐라!

"기다려."

한참을 그렇게 서 있던 그놈은 통명스럽게 한마디 던지더니 고양이를 내 품에 턱 안겨주었다. 그리고 가타부타 말도 없이 온실 저편으로 걸음을 옮겼다.

이래놓고 어디로 튀어버리는 게 아닌가 의심스러워 내가 한 걸음을 따라 옮기자 휙 노려보는 꼴에 등골이 시릴 지경이었다. 기다리지, 뭐. 신뢰 사회는 좋은 것 아닌가.

"기다리자, 나비야! 범죄자는 범죄현장에 돌아온다니 네 유괴범도 돌아오겠지. 저놈이 무슨 짓 안 하던? 널 더듬진 않던? 더듬으면 크게 소리질러."

냥냥!

얘가 뭘 알겠어. 내가 얼마나 걱정했는지도 몰랐을 텐데. 저놈이 데려갔었구나.

나는 가볍게 한숨을 내쉬었다. 괜히 걱정했네. 다행이다.

온실 안에는 알 수 없는 향이 떠돌고 있었다. 더워서 흐르기 시작한 땀방울은 볼을 타고 흘러내렸지만 난 가만히 자리에 앉아 야쿠자를 기다렸다. 어디선가 희미하게 물 흐르는 소리가 들렸다. 흙냄새가 묘하게 싱그러웠다. 온실 안은 몹시도 조용해서 시간이 굉장히 천천히 흐르고 있는 것 같은 기분이 들었다.

야쿠자와 정말 안 어울리는 장소인데.

진짜 안 어울린다고 생각하며 두리번거리길 15분 남짓, 야쿠자놈이 교복에 가방까지 들고 나타났다. 의외였다. 하지만 15분이란 시간이 짜증을 감소시키는 데는 부족했던 듯 여전히 딱딱하게 굳은 표정이었다.

"왔네?"

대답을 할 거라고 기대하지도 않았다. 하지만 대답 없이 뭔가를 던질 거라고 생각하지도 않았다.

야쿠자가 뭔가를 툭 던졌다.

받으려고 손을 내밀었다.

떨어뜨렸다.

야쿠자 얼굴이 구겨졌다.

"제대로 못 해?"

갑자기 던지면 어떻게 받니. 게다가 난 고양이도 안고 있잖니.

들어보니 얼음을 하얀 봉지에 넣은 것이었다. 이걸 어쩌라고?

"이걸 어쩌라는 건가…… 요?"

오만상을 찌푸린 야쿠자가 긴 손가락으로 톡톡 자신의 뺨을 두드렸다. 아하! 무심코 봉지를 뺨에 갖다댄 나는 으으, 몸을 타고 흐르는 둔통에 진저리를 쳤다.

"학교…… 가는 건가?"

비닐봉지를 댄 채 묻자 야쿠자가 버럭 소리를 질렀다.

"가자며!"

성질하고는…….

내 손에서 거칠게 고양이를 받아든 야쿠자는 고양이를 바닥에 놓아주었다. 고양이는 암컷이었나 보다. 아니면 이미 야쿠자에게 순결을 빼앗겼거나. 야쿠자의 다리에 몇 번 고개를 비빈 고양이는 내 쪽은 쳐다보지도 않고 벤치 아래로 들어가더니 똬리를 틀었다. 나쁜 기집애, 내가 자기 때문에 얼마나 마음졸였는데…….

"네가 재를 데려온 거야?"

내 질문에 고양이를 바라보던 야쿠자의 시선이 내 쪽으로 향했다. 그러더니 인상이 조금 찡그려졌다.

"어떻게 알고 데려온 거야?"

못마땅한 얼굴로 나를 가만히 보던 야쿠자는 오라 가라는 말도 없이 성큼성큼 먼저 걷기 시작했다. 이렇게 노골적이고 직접적으로 무시당한 건 오랜만이라 기가 막혔지만 달리 방법도 없어 나는 그냥 야쿠자의 뒤를 졸졸 따랐다. 아, 야쿠자 따위에게 무시당하다니 타임리프한 황민서 성격 많이 죽었다.

얼음봉지 만들어줬으니까, 그리고 고양이도 주워줬으니까 참는다.

잠깐.

"너 고양이 탕 끓여 먹을 거 아니지?"

야쿠자가 우뚝 멈춰 서서 획 고개를 돌렸다. 아이고, 저 인상!

"냥냥아, 몸조심하고 있어."

나는 모르는 척 벤치 아래의 고양이에게 말을 걸었다. 고양이는 그새 야쿠자를 벤치마킹했는지 내 쪽을 바라보지도 않았다. 이틀 전에 소시지를 줬을 때는 저러지 않았는데…….

"언니 또 올게!"

다시 걷기 시작했던 야쿠자가 또 온다는 내 말에 다시 걸음을 멈추고는 내 쪽을 돌아보는 것을 나는 못 본 척했다. 그리고 걸음을 빨리해 야쿠자를 앞질렀다. 뒤통수를 뚫을 것처럼 느껴지던 시선이 한숨처럼 흩어졌다.

생각보다 야쿠자는 좋은 놈일 수도 있다고 생각했다.

……어디까지나 생각보다는.

“근데 저기는 어디? 온실이랑 밭이랑 누구 건가?”

“…….”

“온실 문 안 잠가도 되나? 훔쳐갈 것도 없어 보이긴 하지만…….”

“…….”

“고양이 먹을 건 줬나? 내가 마지막으로 봤을 때보다 몸은 더 좋아진 것 같긴 한데…….”

“…….”

“근데 진짜 학교 안 가려고 했나? 고3 아닌가?”

“…….”

“학생이 공부 안 하면 뭐 하나? 장래 희망이 농분가?”

탁, 하고 그놈의 손이 내 어깨를 잡았다. 아프게 잡았다. 이를 악문 꼴이 꽤나 열 받았나 보다. 어차피 함께 내려가는 길, 대화라도 하면 좋을 텐데 야쿠자놈은 대화를 싫어하는 것 같았다. 그러니 깡패가 되지 이놈아! 문명은 대화에서 시작한다고.

“조용히, 아아주 조용히 내려가자. 응?”

나는 고개를 끄덕였다.

샤워를 했는지 야쿠자에게서는 비누냄새가 났다. 정말 어울리지 않는 향…… 이어야 할 텐데 의외로 어울렸다.

“샴푸 뭐 쓰나? 난 펜틴 쓰는데…….”

"……."

"나 집에 들러서 옷 갈아입고 가야 하는데 산아래까지만 데려다 주면 우리 집까지는 내가 갈 수 있지 않나?"

"……."

"나 도와준 거 내가 많이 고마워하는 거 아나? 근데 좀 안 어울리는 것도 아나? 왜 도와줬나?"

이를 악물고 그놈이 돌아섰다. 또 시끄러웠나? 나 목소리 큰 편 아닌데……. 내가 헤헤 하고 비굴하게 웃으며 입을 다물자 야쿠자는 오만상을 다 찌푸리며 다시 고개를 돌렸다.

"그런데 저 온실은 진짜 야쿠…… 아니, 오…… 으응 건가?"

아우, 오빠 소리는 죽어도 못 하겠다. 옛날 유관순 열사가 이래서 돌아가셨구나!

"그럼 땅 좀 있는 건가? 서울 시내의 산이라 동산 가치가 꽤……"

"너,"

야쿠자놈은 다시 돌아섰다.

"차라리 반말해. 그 이상한 말투로 말하지 말고."

야쿠자는 잠깐 말을 끊었다가 한숨을 폭 쉬고 설명하기 시작했다. 내 입을 막으려면 자기가 말하는 수밖에 없다는 걸 깨달았나 보다.

"저거 내 거 아냐. 아는 사람 건데 내가 관리해도 된다고 해서 아침저녁으로 가서 관리하는 거야."

야쿠자는 다시 걷기 시작했다.

"아침저녁?"

공부는 언제 하나?

"응."

"돈 좀 되나?"

야쿠자가 우뚝 서서 뒤를 돌았다. 그러나 여태까지와는 좀 다른 표정, 짜증이 난다기보다 어이가 없는지 입을 벌린 채였다. 사람이 눈으로 말할 수 있다면 야쿠자의 눈이 하는 말은 '뭐 이런 게 다 있어?'일 것이다.

"돈 안 받아."

"그럼 왜 하나?"

"너 그렇게 말하지 말랬지!"

저도 모르게 두 주먹 불끈 쥐어 올렸던 야쿠자는 내가 기민하게 방어동작을 취하며 그 주먹을 올려다보자 머쓱한 표정으로 우뚝 멈췄다. 민망하겠지. 너도 인간이면 날 때리려고 한 게 민망하겠지. 나도 사실 민망하단다. 난 너랑 있는 것도 민망해. 오죽했으면 내가 이렇게 쓸데없이 떠들겠니?

야쿠자 주먹이 천천히 내려왔다. 거기 꽂혀 있는 내 시선도 따라 내려왔다.

"그걸로 나 때리려고 그랬어?"

나는 주먹에서 눈을 떼지 않은 채 물었다.

"아니."

아니긴, 여기가 밖이지 어떻게 안이야?

"그럼?"

"……."

"가위바위보!"

나는 보자기를 냈다. 멍하니 주먹을 쥐고 있던 야쿠자는 여전히 멍했다. 어쩐지 주변이 갑자기 조용해진 것 같기도 하다. 야쿠자가 눈을 깜빡이는 모습이 마치 슬로비디오처럼 선명하게 보였다. 눈을 감았다 떴을 때는 눈동자 속에 물음표가 있었다.

"내가 이겼다아아!"

내 목소리가 조용한 하늘 위로 치솟았다.

야쿠자의 눈은 꼭 광년이가 머리 풀어헤치고 피리부는 모습을 본 사람의 눈 같았다. 뭐 인정한다. 웃기려고 그랬다. 그랬는데 안 웃으니까 돌아버릴 것 같이 민망하다. 하지만 민망하다고 해서 그만 하면 안 된다. 그게 더 민망하다. 모르는 척 모르는 척.

"와아아아, 이겼다아아아아!"

야쿠자는 고개를 절레절레 저었다.

"내가 이겼으니 얘기해줘."

야쿠자가 군자는 위험한 길, 아니 미친 길로 가지 않는다는 듯 나를 무시하고 걷기 시작했을 때 나는 다시 재잘거리기 시작했다. 진짜로 말해두지만 난 말이 많은 타입은 아니다. 특히 열여덟 살에는 더 그랬다. 하지만 야쿠자의 포스, 함께 있으면 무거워지는 분위기 때문에 숨이 콱 막혀 죽는 것보다는 떠드는 게 낫다는 생각이 들었다. 오죽했으면 내가 웃기고 싶어서 미친 짓을 했겠는가?

정말이지 20초 침묵을 두 시간처럼 느껴지게 만들 수 있는 희한한 재주를 가진 놈이다.

"뭘?"

"아르바이트를 하는 것도 아니면 도대체 왜 온실에서 꽃에 물 주고 있어? 이담에 농촌 총각이 될 거야? 베트남 처녀 좋아해? 모르나 싶어서 말해주는 건데 서울에 살아도 베트남 아가씨랑 결혼할 수 있……"

"꽃 좋아해."

응?

잠깐 기묘한 침묵이 돌았다.

나는 하늘을 쳐다보았다. 파랗고 맑은 하늘, 내가 알고 있는 지구의 하늘이다. 나는 고개를 옆으로 돌렸다. 푸르디푸른 봄의 초목, 나무들은 싱싱하고 뻗어 있는 나뭇가지 사이로 청솔모가 고개를 갸우뚱거리고 있었다.

그런데.

뭔 소리냐, 그게. 아니, 뭔 소리냐가 중요한 게 아니라 어쩜 그렇게 안 어울리는 소리를 하는 거냐. 개날라리에 학교 알기를 뭣 같이 아는 놈이 꽃 좋아해? 내 보기에 꽃은 너 안 좋아할 것 같은데 말이다.

내가 열여덟 살로 타임리프한 것보다 더 위화감이 있는 얘기다. 야쿠자는 꽃을 좋아해.

"왜?"

"뭐가 왜야?"

"아니, 뭐……. 꽃을 좋아하는 애들은 뭐랄까, 감수성이 예민하거나 아니면 정적인 애들이잖아. 넌……."

넌 피바다가 어울리잖니. 응? 왠지 네가 꽃을 좋아한다고 하면 난무하는 시체, 강처럼 흐르는 핏물 사이로 꽃피운 애처로운 씨앗 하나가 생각나잖니, 응?

"그래?"

야쿠자의 표정은 대수롭지 않았다. 아니, 관심이 없었던 걸지도 모른다. 그냥 마지못해, 그렇다고 날 죽여서 암매장할 수는 없으니까 대꾸해준다는 기색이 강했던 것이다.

"아냐, 하긴……. 꽃 좋아하는 데 자격증 필요한가? 하고 싶은 대로 하는 거지."

"안 어울리긴 하잖아."

오호? 이것 봐라? 국어는 못해도 주제파악은 하는구나!

"그렇긴 해."

내가 동의하자 야쿠자의 시선이 힐끗 내 얼굴 위에 부딪치고 돌아갔다.

"하지만."

내가 덧붙였다.

나는 대한민국 검사 황민서, 비록 야쿠자의 씨앗이나 아직은 청소년인 이 아이에게 미래는 아름답다는 걸 이야기해줘야 할 의무가 있다.

"네가 하고 싶은 대로 하는 거지. 그게 제일 중요하지 않나?"

"어떻게 그러냐?"

머릿속에 반짝 백열등 5만 개가 켜졌다.

"왜 안 돼? 예를 들어서 네가 일본으로 유학 가서 야쿠자들을 때려잡아 오야붕이 되어 한국을 침노한다면 또 모르겠는데 넌 그냥 꽃을 좋아하는 것뿐이잖아."

이래도 되는지는 나중에 생각하자. 나라를 먼저 구하자!

나의 필사적이고 진심 어린 마음을 전혀 이해하지 못한 야쿠자가 피식 웃었다.

그래, 네 귀에도 말도 안 되게 들릴 게다만 그 말도 안 되는 일이 10년 후에 일어나는 걸 어쩌겠니? 네가 아직 세상을 좀 덜 살아서 잘 모르겠지만 세상에는 정말 현실성 없는 일이 무지하게 많이 일어난단다.

"그런가?"

"그러엄, 꽃은 정말 좋잖니."

피바다보다는.

그런데…… 재가 날 왜 저렇게 쳐다보지? 날 가만히 쳐다보던 야쿠자의 시선에 아침 햇살이 부딪쳐 반짝 빛났다.

"꽃이 뭐가 좋은데?"

응?

"향기도 좋고."

"……."

"예쁘고."

"……."

"보고 있으면 마음이 평화로워지고."

"……."

"보고 있으면 기분이 좋아지고."

"……."

눈과 눈이 마주쳤다. 더 말해야 하나? 꽃이 뭐가 좋지? 꽃이 뭐가 좋지? 먹을 수도 없고 먹을 수도 없고 먹을 수도 없고 먹을 수도 없…….

"그, 그런 거지? 하하하하."

내가 말을 더듬으며 어색하게 웃기 시작하자 표정 하나 없던 야쿠자가 얼굴을 천천히 일그러뜨리더니 마침내 큰 소리로 웃기 시작했다.

"하하하하하!"

어찌나 기분 좋게, 크게 웃던지 나는 잠깐 내가 뭘 했나 생각하는 시간을 가져야만 했다. 야쿠자는 허리를 잡고 숨이 넘어가도록 웃었다.

"왜, 왜 웃어?"

야쿠자는 심지어 괴로운지 눈썹을 찡그리면서까지 숨이 넘어가게 웃어대고 있었다. 난 웃다가 죽은 시체를 보게 될까 봐 괜찮으냐고 물어봐야만 했고, 말할 기력도 없는지 야쿠자는 손짓으로 괜찮다는 표시를 했다.

거참.

"그런가?"

간신히 웃음을 그친 야쿠자의 얼굴은 아까보다 훨씬 생기 있어 보였다.

"내 맘대로 해도 되나?"

"응. 사람은 누구나 자기가 행복해지기 위해서 사는 거니까. 야쿠자를 이끌고 한국을 침노하는 것만 아니면 괜찮아. 그건 절대로 안 된다!"

간신히 웃음을 그쳤던 야쿠자가 또 웃기 시작할 기세였으므로 나는 얼른 커다란 등짝을 다독다독 도닥여 진정시켜주었다. 이놈, 병이 있는 걸지도 모른다. 내가 병에 대해서는 좀 무지해서 그렇지 간질의 증상 중 하나가 이런 것일 수도 있지 않은가.

어떻게 된 건지는 몰라도 그 다음에는 의외로 분위기가 좋아졌다.

야쿠자는 여전히 말이 없었지만 더 이상 성질 부릴 생각이 없어졌는지 내가 뭘 질문하든 인상 찡그리지 않고 대답했다. 물론 단답형이긴 했다. 그래도 그게 어디냐.

놀랐던 건 야쿠자가 의외로 나무나 꽃에 대해 진짜 잘 알고 있다는 거였다. 내가 혼잣말하듯 "저게 뭐지?"라고 중얼거리면 야쿠자 역시 혼잣말하듯 "가문비나무."라고 대답했다. 그래서 일부러 이상하게 생긴 것까지 다 물어봤는데 다 대답했다. 하기야 '뽕따러가려다가없어진동네아낙의설움나무야.'라고 대답한다고 해서 내가 의심할 수도 없긴 하다. 알아야 의심하지.

어쨌든 공부는 못해도, 붙임성은 없어도 의외로 유식한 야쿠자구나 싶었다. 그리고 동시에 정상인이라면 다정하게 얼굴을 마주 보며 가르쳐줄 텐데, 하늘을 보거나 땅을 보고 대답하는 것이 야쿠자답다고도 생각했다.

고등학교 때라면 이런 생각을 하지 않았겠지만 대학을 들어가서, 그리고 그 후에도 내내 공부하면서 한 생각이 있다. 실제로 내가 미친 듯이 머릿속에 집어넣었던 지식의 대부분은 잘난 척하는 데 외에는 아무 쓸모도 없었다. 물론 난 낭비를 싫어하므로 머릿속에 있던 지식을 잘난 척하는 데 미친 듯이 사용했지만.

그러니까 그게 문제가 아니라 공부를 하면서 깨달은 건 바로 이거다.

정말로 우리가 뭔가를 알기 위해서, 뭔가를 하기 위해서 배워야 할 것은 따로 있는 게 아닐까?

그런 의미에서 생각해보자면 이 갱생 불가능할 것 같은 야쿠자는 이렇게 꽃에 대해 박식하니…… 음, 어디로 보내야 하지? 꽃 박람회 이런 데로 보내야 하나? 아니면 꽃가게를 차려줘야 하나?

"다 왔다."

내가 한참 야쿠자의 미래에 대해 생각하고 있는데 놈이 하산했음을 선언했다. 생각보다 훨씬 빨리 산을 내려왔다.

"어, 진짜네."

뭐, 야쿠자의 미래야 쟤네 엄마가 걱정하겠지.

그래도 인사는 해야 하지 싶어서 야쿠자를 돌아보았다.

"나 간다?"

"……."

"나 간다니까?"

"어쩌라고?"

음, 하긴 어쩔 수 없구나. 하지만 어쩌라는 건 아니었는데 왜 저렇게 상식 밖의 반응을 하는 거냐.

하지만 또 틀린 말은 아니면 바로 수긍하는 것이 내 장점이다. 시계를 보니 서두르면 어쩌면 지각은 면할 수도 있을 듯했다. 막 뛰기 시작하려는데 뒤통수가 근질근질하게 닿는 시선이 느껴졌다. 뒤를 돌아보니 야쿠자놈이 교복 주머니에 손을 찔러 넣은 채 이쪽을 물끄러미 바라보고 있었다.

저놈은 왜 바쁘게 학교 갈 생각은 안 하고 길 한가운데서 폼을 잡고 서 있는 걸까?

잠깐 그 시선을 받던 나는 문득 아까부터 내내 눈에 거슬렸던 걸 시정하기로 마음먹고 길을 거꾸로 뛰어 야쿠자에게 다가갔다.

뭐냐는 듯 인상을 찌푸린 야쿠자를 무시하고 나는 반도 잠그지 않은 야쿠자의 교복 셔츠 단추를 일일이 잠그기 시작했다.

"뭐 하는 거야?"

어찌나 매몰차게도 뿌리치는지 어지간해서 휘청거리지 않는 몸이 휘청했다. 여자에 대한 예의도 없는 놈.

"잠가."

"남이사!"

"잠가! 학생은 단정이 생명이야! 아까 가위바위보 졌으니까 내 말 들어!"

내가 눈을 부라리자 어이가 없다는 듯 야쿠자의 선이 예쁘장한 입이 벌어졌다. 입이 벌어지든 눈이 벌어지든 나는 다시 손을 뻗어 단추를 단정하게 채워주었다.

인물이 나쁘지 않아서 옷만 제대로 입으면 꽤 괜찮아 보일 텐데, 눈이 해태 눈인지 아니면 거울을 안 보는 건지 왜 이러고 다니는지 모르겠다. 마음 같아서는 머리도 좀 만져주고 싶었지만 주변 사람의 시선도 있고, 야쿠자의 옷은 그렇다 치더라도 몸에까지 손대고 싶지는 않아 참았다.

다 잠가놓으니 어째 제법 학생 같아 보여 뿌듯해져서 웃다가 문득 의아해졌다. 내가 뭔 짓을 한 거지? 왜 이런 짓을? 야쿠자 쟤는 왜 저런 눈으로 날 바라보는 거지? ……우리, 거리가 좀 가깝나?

위기 이론에 따르면 위기를 함께한 남녀는 사랑에 빠질 확률이 높다고 한다. 그러니까 위기 상황에 두근거리는 심장을 감지한 뇌가 그 이유를 상대로 잘못 인식함으로써 사랑에 빠지게 된다는 것이다.

……내가 왜 방금 이런 생각을 했지?

"안 늦었냐?"

"앗! 늦었다!"

나는 이제 확실한 지각이라는 생각을 하며 몸을 돌려 뛰기 시작했다.

시선 끝자락에서 야쿠자놈이 나를 어이없다는 듯 바라보다가 목 끝까지 채워놓은 단추 하나를 풀면서 피식 웃는 것이 보인 듯도 했지만 그런 것에 신경 쓰고 있을 때가 아니었다.

7. 음모의 냄새 1

모의고사가 다가오고 있었다.

사실 모의고사 중 제일 난감한 것이 학기 최초의 모의고사이리라. 왜냐하면 범위 자체가 애매한 데다가 실제로 수능에는 나오지 않는 가지각색의 쪼잔한 문제들도 서슴지 않고 나오기 때문이다.

물론 내가 모의고사를 못 볼까 봐 걱정하는 것은 아니다. 공부밖에 할 것 없는 고등학교 생활, 넘쳐나는 시간에 이것저것 책을 좀 들여다보니 순식간에 현역 감각을 되찾았다. 아니, 현역 이상이다. 수능이란 원래 잡지식이 많을수록 유리하고 오래 살수록 유리한 법이지 않은가.

혼자서 동그라미 일색인 문제집을 보며 씨익 한쪽 입꼬리를 끌어올려 웃었다. 난 어쩜 이렇게 잘났을까.

"호오."

낮은 목소리, 별생각 없이 고개를 돌렸다가 심장마비를 일으킬 뻔했다. 지금 내 심장은 열여덟 살짜리의 심장일 텐데 그래서 버틴 거지, 스물여덟 살의 심장이었으면 정말 죽을 뻔했다.

강주원이 그 뽀얗고 예쁜 얼굴을 가까이 들이대고 있었다. 내가 모르는 척 좀만 더 과격하게 고개를 돌렸더라면 그 고운 뺨에 입 정도는 맞출 수도 있었을 터. 물론 그러고 나면 강주원 친위대들이 돼지가 수학을 덮쳤다며 난리 좀 쳤겠지만.

그나저나 내 스물여덟 살의 감각으로 보기에 이놈, 이런 간격의 효과를 모르고 이러는 것 같진 않은데 공부해서 선생이 되어서 다행이다. 아니었으면 우리나라 제비계의 신성(新星)이 되어 수많은 가정을 뽀작내고 아줌마들의 가슴을 울렸을 것 아닌가?

“요즘 민서 예뻐지는데?”

이봐라. 이게 바로 ‘왜 흥부 부인은 제비의 다리를 고쳐주고 밥을 먹여주었는가?’의 주제와도 같은 한 문장이다.

요즘 예뻐지는데?

흥부 부인도 양심은 있으므로 ‘예쁘다’ 그러면 꼬신다고 생각한다. 그러나 ‘예뻐진다’라고 하면 전 단계보다 나아진다는 뜻이므로—받아들여선 안 되지만—받아들인다. 이게 바로 고급 제비들만 사용한다는 ‘어제보다내일이더나아요저넓은광야로함께뛰어보자’ 기술!

하지만 물론 예뻐져 보일 수도 있다. 왜냐면 최근 3킬로그램이 빠졌으니까. 워낙 건강했던지라 좀 덜 먹고 아침마다 뛰어주니 바로 3킬로그램이나 빠졌다.

문제는 모든 흥부 부인들이 이렇게 생각한다는 데 있다. '예뻐 보일 수도 있다.' 즉, 알면서도 먹히는 기술이라는 거다.

"민서는 오늘 수업 끝나고 나 좀 보자."

응? 데이트 신청하는 거야?

논리적으로 생각해보자.

괜히 뒷자리인 내 자리까지 와서 호오, 하고 아는 척을 한다.

+ 예쁘다고 칭찬한다.

+ 저녁에 만나자고 한다.

= 데이트 신청.

증명 종료.

"종례하기 전에 수업 끝나면 나한테 좀 와."

강주원이 눈가에 주름을 잡으며 웃으니 내 가슴에도 주름이 생겼다. 심장이 몸을 배배 꼬다가 문드러지는 것 같은 기분에 나도 모르게 입꼬리가 위로 올라갔다. 그리고 정신을 차렸을 때는 어느샌가 벌써 고개를 끄덕이고 있었다.

"네에."

내 목소리가 이렇게 순종적일 줄 몰랐다. 남들은 자유를 좋아한다지만 저는 복종을 좋아하여요.

그나저나 이상하긴 하다.

2학년 때 강주원과 말 섞어본 기억이라곤 내가 상을 받을 때마다 '잘했다.'라고 칭찬해준 것밖에 없었다. 제일 길게 말한 건 수학경시대회에서 우수상을 받았을 때, 내가 틀린 문제에 대해 질문하자 성심성의껏 답변해주느라 한 20분 정도 대화 나눴던 것 정도…….

좀 더 솔직해지자면 강주원이 날 좋아하진 않았다고 생각한다.

강주원은 그야말로 '인간적인' 사람으로 내 기준에는 그가 좀 무례한 쪽에 속하는 것이었고—물론 잘생겼으므로 난 용서했지만—그 쪽으로 말하자면 내가 재수 없었을 것이다.

2학년 초, 내가 반장 후보에 나가지 않겠다고 했을 때 그의 표정이 생각난다. 그 당시의 나는 '공부하기 위해' 반장을 하지 않겠다는 것이 뭐가 문제인지 몰랐다. 다른 클럽 활동도 하지 않겠다고 하는 것이 뭐가 문제인지 정말 몰랐다.

그렇지 않은가? 어른들은 공부를 열심히 하는 게 착한 학생이라고 말하곤 했다. 그런데 공부를 열심히 하기 위해 반장이나 클럽 활동을 하지 않겠다고 하는 게 왜 나쁜 걸까?

내가 그걸 희미하게나마 깨달은 건 연수원 생활이 끝난 후 준현 선배와 어울리면서부터였다. 준현 선배는 강주원만큼은 아니지만 나보다는 훨씬, 타인에 대한 관심이 많은 사람이었으니까.

그랬다. 나에게 결여되어 있었던 것은 바로 타인에 대한 관심이었다. 그리고 그런 부분이 강주원에게는 혐오스러웠을 수도 있겠다고 생각한다. 저 사람은 오지랖이 압구정 땅이었으면 굴지의 재벌이 되었을 사람이니까.

그렇다고 해서 지금의 내가 강주원이 옳다고 생각한다는 건 아니다. 사람마다 가치관은 다른 법이니 다르게 살 수밖에 없는 것이지 않은가. 다만 그것을 인정한다는 것이다. 사람마다 다르다. 그리 살 수도 있다. 그것도 나쁘지 않다.

나 같은 경우는 정말 죽도록 공부했고, 또 죽도록 공부했으며 계속 죽도록 공부했다. 이미 정해져 있기에 더 이상 생각할 필요가 없는 법이 좋았고 자기 할 일은 하지 않으면서 이러쿵저러쿵 말이 많은 사람들이 싫었다.

그래서 나는 노력했다. 다른 길이 있다는 것을 몰라서가 아니라 이 길이 더 옳다고 생각했기 때문에 이 길을 위해서 노력했다.

정해진 것은 따르는 것, 그것이 서로 함께 살아가기 위한 약속 아니던가? 자기 자리에서 자신의 일을 충실히 하는 것, 그게 옳은 일 아니던가? 어째서 자기가 해야 할 일을 하는 것보다 서로의 안부를 물으며 시간을 보내는 게 '인간적인' 일이라고 평가받는단 말인가?

아아, 강주원과 나 사이에는 넘지 못할 강이 있었다.

그러므로 나는 강준현과 사귀어야겠다. ……응? 강준현과 사귀…… 었더랬으므로 다시 사귀려는 거다. 타임리프를 했다고 해서 사랑이 변하는 건 아니니까. ……응? 강준현이 사시도 패스하고 잘생기고 멋지고 몸매가 좋아서 그러는 건 아니다. 사랑은 변하는 것이 아…….

에이, 어쨌든.

이왕 이렇게 된 김에 잠깐 준현 선배를 꼬시기 위한 제2차 유혹의 만리장성 프로젝트나 생각해볼까 싶어 나는 팔로 턱을 괴고 생각에 잠겼다. 하지만 아무래도 상황이 좋지 않았다.

일단 준현 선배는 고3이었고, 나는 12킬로그램쯤 더 빼야 했으며 무엇보다도 접점이 전혀 없다는 것이 문제였다. 고등학생 때 내가 준현 선배를 전혀 몰랐던 것도 당연하다. 서로 층이 달라 복도에서 우연이라도 마주칠 일도 없는 데다가 선도부 활동을 하는 걸 알았다 해도 내 일부러 대화를 나누기 위해 옷을 줄여 입을 수는 없는 노릇 아닌가? 만날 방법이 없다.

"뭐 해?"

내가 열심히 연습장에 학교 건물 배치도를 그리며 조우 가능 장소를 꼽고 있노라니 하루 종일 나를 흘끔거리던 송이가 궁금증을 이기지 못하고 말을 걸었다.

"응? 준현 선배랑 마주칠 수 있는 곳을 생각해. 어떨 것 같냐?"

"응? 준현 선배? 너 준현 선배 좋아해?"

"응."

나는 간단하게, 그리고 단정적으로 대답했다. 이것의 효과는 딱 하나다. 저 떡은 내 떡이니 건들지 마시오.

선수를 빼앗긴 송이의 얼굴이 붉으락푸르락해졌다. 그러나 여고생들의 암묵적 조약, '먼저 찜한 사람이 임자, 늦게 주장하면 나쁜 놈'에 의해 그녀는 한마디도 못 했다. 하하하하하, 얍삽

한 황민서. 하지만 난 10년 후에 선배랑 사귄다고. 어차피 내 거란 말이다.

"그럼, 편지 같은 거 보낼 거야?"

"아, 편지! 그런 방법도 있네!"

과연 먹힐까?

정말 나에게 어울리지 않는 방법이라 좀 고민이 됐다. 편지도 좀 가녀리고 여성스러운 애가 써야 감동이 있지, 나처럼 글씨체마저 건강한 애가 쓰면 무슨 도전장 같지 않을까?

"너, 준현 선배 좋아하는지 몰랐는데."

기회를 놓친 송이가 옆에서 기어들어가는 목소리로 한숨을 폭 내쉬었다.

물론, 진짜 열여덟 살 때는 안 좋아했다. 좀 미안하기는 하지만 10년 후엔 어차피 나랑 사귀니 지금 내가 하는 작업은 괜히 쓸데없이 자라날 감정들을 사전 제거하는 작업일 뿐이다. 그렇다. 지금부터 아예 옆구리에 끼고 키우는 거다. 손때 타지 않도록.

희희낙락, 유혹의 만리장성 시나리오에 대해 생각하고 있는데 옆얼굴에 송이의 시선이 따갑도록 느껴졌다.

"왜?"

"그냥. 너 좀 달라 보여서."

순간 뜨끔했다. 과연 여자애들의 감이란 무섭다.

하지만 어차피 상상도 못 할 텐데 뭐.

교육이라는 것이 시작된 순간부터, 아니 말귀를 알아듣기 시작한 순간부터 사람들은 말한다. 겉모습은 중요하지 않고 보이지 않는 그 이면의 것이 더 중요하다고. 그러나 실제로 사람들은 그렇게 행동하지 않는다.

예를 들어보자.

A가 갑자기 실종되었다. A를 그리워하던 가족들에게 A가 돌아온다. 그런데 그 A는 기억을 완전히 잃었다. 아무것도 기억하지 못하고 아무도 알아보지 못한다. 이 A는 A일까? 가족들은 당연히 A라고 받아들이고 돌봐주겠지만 실은 A가 아니다.

교육이 말하지 않았던가. 사람을 구성하는 것은 외모가 아니라 그 이면의 것, 그 사람의 마음, 그 사람의 기억, 그 사람이 보낸 시간이라고. 그 모든 것을 잃은 A는 더 이상 A가 아니다. 어떻게 아는가? 사실은 B가 A를 살해하고 A의 얼굴로 성형수술한 후 돌아다니다가 기억을 잃고 그 동네로 흘러들어왔는지.

그렇다면?

실은 A가 외계인에게 납치당해 뇌이식을 당했다고 치자. 그래서 그 마음, 그 사람의 기억, 그 사람이 보낸 시간을 그대로 간직한 채 텔레토비의 탈을 쓰고 돌아왔다고 치자. 그럼 가족들은 A를 받아들일까? 아니, 당장 그를 꼬꼬마 동산으로 돌려보내려 들 거다. 안 가려고 하면 때릴 수도 있다.

이런 식이다. 결국 어떤 의심을 하더라도, 어떤 의구심이 생기더라도 눈앞의 '외형'을 무시하는 것은 쉽지 않다. 그런 의미에서 나는, 열여덟 살의 거죽을 뒤집어쓰고 있는 나는 안전한 것이다.

그럼에도 불구하고 생각해보면 좀 서늘해지긴 한다.

나는 외모는 달라지지 않았겠지만 그 속의 나는 이미 열여덟 살의 내가 아니다. 내가 살아온 시간도, 기억도 달라져 있다. 그러므로 전혀 다를 수밖에 없다.

그러면 열여덟 살의 나는 어디로 간 것일까? 스물여덟 살의 나는 어떻게 하고 있는 걸까? 이런 나를 나는 정말 나라고 말할 수 있는 걸까?

생각이 깊어지려 해 나는 고개를 저었다.

결국은 이렇다. 많이 생각하고 오래 고민해도 결론은 하나다. 생각해봤자 달라지는 것은 없다. 내 자신만 괴롭힐 뿐.

앞문이 열리고 국사 선생님이 들어오시는 걸 보며 나는 가볍게 한숨을 내쉬었다. 그래, 일단은 지금 할 수 있는 일을 하자.

수업이 모두 끝난 후 나는 교무실로 내려갔다. 교무실 문을 열자 익숙하게 복잡한 교무실의 구조, 쌓여 있는 책들이며 프린트들 사이로 듬성듬성 보이는 선생님들의 머리와 뭘 잘못했는지 끌려와서 엎드려뻗쳐를 하고 있는 애들이 보였다. 그리고 그 사이로 뭔가 생각에 잠긴 듯 턱에 손을 괸 강주원의 뒤통수가 보였다.

진짜 사랑은 보기만 해도 웃음이 나온다는데 난 강주원을 진짜 사랑하나 보다. 이루어질 수 없는 사랑이라 하여 사랑이 아닌 것은 아니지 않은가. ……아아, 준현 선배는 어쩌지?

전혀 꿈도 꾸지 않고 있을 두 사람을 놓고 고민하며 나는 강주원을 불렀다.

"선생님."

내 목소리에 강주원이 쓱, 눈동자만 움직여 나를 보았다. 그리고 잠깐의 간격. 그 간격은 사람에게 참으로 수많은 생각을 하게 해준다는 것을 알았다. 특히 저렇게 까맣고 긴 속눈썹을 한 남자와 시선을 맞추고 있을 때면.

"어, 그래. 이리 와봐라."

강주원은 빈 옆자리 선생님의 의자를 끌어다가 앉으라는 시늉을 해 보였다.

"음……."

하기 곤란한 말이라도 하려는 것처럼 강주원이 신음을 흘렸다. 야, 이거 정말 이상하다. 물론 고백일 리는 없지만, 나는 이성적인 사람이지만, 곗돈 떼어먹은 계주도 아니고 선생과 제자 사이에 굳이 따로 불러내어 망설이면서 할 말이 뭐 있단 말인가?

주변의 소음이 갑자기 숨을 죽이는 것 같았다.

그때였다.

쾅!

아따, 분위기 좋았는데.

"너 이 새끼, 내가 못 잡을 줄 알았지?"

격하게 집중하고 있던 나는 깜짝 놀라 진저리를 쳤고 계속 말을 꺼내지 못하고 입만 달싹이던 강주원도 놀란 표정으로 문쪽으로 고개를 돌렸다.

몸에 착착 감기는 천연 가죽 채찍을 발견한 사디스트처럼 신이 난 학주가 자기보다 머리 하나는 더 큰 남학생의 귀때기를 잡아끌고 들어오는 중이었다. 강주원은 못마땅한 듯 혀를 쯧, 차고 고개를 돌렸다. 불만이 가득한 얼굴이었다.

사실 아직 체벌 논쟁이 구체화될 시기는 아니지만 이때도 체벌 반대파와 체벌 찬성파가 있었던 것은 사실이다. 나로 말하자면—그 누구도 물어보지도 않았고 얘기할 자격도 없었지만—그때도 지금도 체벌 찬성파로 애들은 맞아야 정신을 차린다는 쪽이었다. 덜 맞았으니 개길 생각도 나고, 덜 맞았으니 공부 안 하고 술 처마실 생각도 드는 거지, 제대로 맞으면 그런 생각 안 하는 법이다.

그렇다. 나는 '엄격하게, 더 엄격하게'를 주장한 한비자의 법치주의에 동의하는 인간인 것이다.

그러나 아까도 말했듯이 부드러운 남자, 강주원 씨는 그렇지 않다. 관계를 중히 여기는 사람이 폭력에 찬성할 리가 없다. 대화로 모든 것이 통한다는 어떤 의미에서는 순진한 그대. 나 같은 여자에게는 당신 같은 순진한 남자가 필요하오만 이미 내게는 강준현이 있으니 미안하오.

뭐라뭐라 한국어임에는 분명하나 '우오오오오'라고 들리는 포효 소리와 함께 퍽, 퍽, 하고 타작 소리가 시작되었다. 듣고 있노라면 어쩐지 몸이 배배 꼬이는 싱크로율 높은 소리 말이다. 아이고, 아프겠다.

그 리얼한 소리에 내가 맞는 것 같은 기분이 들 정도라 기분이 불편해져 나는 손으로 무릎을 문질렀다.

"좀 갑작스런 말일 수 있는데."

강주원도 심기가 불편한지 인상을 찡그린 채 빠르게 말을 뱉기 시작했다. 까맣게 예쁜 눈썹 끝이 조금 거칠게 휘어졌다.

"너, 3학년 유상우 아니?"

선생님들은 틀린 말씀을 안 하신다고 도덕 교과서가 말했을 때는 다 같이 늙어가는 처지에 설마 틀린 말 안 할까 싶었는데 정말이었다. 정말 갑작스럽다.

나는 뭐라고 대답해야 하나 고민했다. 알기야 안다. 뭐 그냥 아는 정도가 아니고 그놈의 과거, 현재, 미래를 안다.

과거 : 개날라리

현재 : 강도 높은 개날라리

미래 : 매국 야쿠자

그러나 여기서 '상우? 상우라뇨? 천하의 개날라리이자 야쿠자가 되어 한국을 침노하는 천하의 매국노가 될 바로 그놈 말인가요?'라고 말하거나 '내 뒷덜미를 잡았던 불가살이의 얼굴을 꽃을 좋아하는 발로 짓뭉갠 그놈 말인가요?'라고 묻는 것은 하수(下手)나 하는 일, 나는 그저 아무것도 모르겠다는 눈으로 강주원을 올려다보았다.

저 뒤에서는 박자도 규칙적인 타작 소리가 아직도 들려오고 있었다. 퍽, 퍽, 퍽, 퍽. 학주 팔 힘 좋다. 그러나 남자는 팔 힘이 문제가 아닌데.

"모르니?"

"이름만 알아요. 왜 그러세요?"

강주원은 한숨을 내쉬었다.

"잘 아는 사이 아니야?"

아니! 이게 무슨 짓인가! 도대체 어느 나라의 예의범절이 사람을 불러다 놓고 자기만 질문하고 대답은 하지 않는단 말인가! 질문에 질문으로 대답하는 것만큼 비겁한 일은 없다!

그러나 난 언제나 미남에게 약하다. 더 많이 사랑하는 자가 약자라는 말도 있지 않은가? 알고 싶은 게 있으면 언제나 말해 주리. 언제나 대답하는, 무엇이든 물어보세요의 황민서입니다.

"전에 한 번 제가 깡패한테 당할 뻔했는데 상우 오오우옹이 도와주셨어요."

오오우옹의 부분이 좀 에로틱했는지 강주원이 응? 하고 고개를 들었다. 그러나 천연덕스러운 내 표정에 사건의 본질을 파악하는 데 실패하고는 "그래?" 하고 그 길고 우아한 손가락으로 자신의 매끄러운 뺨을 톡톡 두드리기 시작했다.

"상우랑 친한 사이니?"

"그때 보고 끝인데요."

나는 명랑하고 발랄하게 대답했다. 물론 안 친하다. 그리고 앞으로도 안 친할 거다. 이 다음에 내가 그놈을 취조해 감옥에 집어넣을 거랑은 또 다른 문제고. 어쨌든 지금은 안 친하고 친해지고 싶지도 않다. 그리고 미래에도 친해져서 취조한 다음에 감옥에 집어넣는 건 아니다. 사실 미래를 생각하면 친해지는 건 더더욱 곤란하다. 친해지면 이 다음엔 어쩔 건데?

물론 날 도와준 건 고마운 일이고, 꽃을 좋아한다는 그놈이 심하게 나쁜 놈은 아닐지도 모른다는 건 안다. 게다가 고양이, 그러니까 버려진 고양이를 데려갈 정도로 아무렇지도 않고 태연하게 좋은 일을 할 수 있는, 의외로 비밀리에 다정한 놈이라는 것도 알겠다. 그러나 알고 나도 나쁜 놈이 세상에 어디 있겠는가? 꽃에 물을 주던 발로 불가살이의 얼굴을 뭉갠 그분은 선악이 공존하시는 분이겠지만 또 누군들 안 그렇겠는가? 꽃 좋아한다고 감옥 안 가면 세상 교도관들은 실직할 테고 안 그래도 높은 실직률이 더 올라가지 않겠는가?

퍽퍽퍽퍽!

뒤에서는 속도가 빨라지고 있었다. 이만큼 팼으면 학주도 팔이 아플 테니 얼른 다 패고 끝낼 생각이었는지 타작 소리는 차라리 황야를 달리는 말발굽 소리와도 같았다.

강주원은 그 소리가 신경이 쓰이는지 잔뜩 얼굴을 찌푸린 채 이제는 머리카락의 끝을 만지작거리고 있었다.

"그래?"

그는 혼잣말처럼 내 말을 확인하곤 뭔가 더 하고 싶은 말이 있는 사람처럼 입을 열었다가 다물었다. 아무래도 뒤의 타작 소리가 계속 거슬리는 표정이었다. 그것이 몇 번 반복되었다.

그리고.

강주원이 벌떡 일어섰다. 으잉?

놀란 내가 입을 벌리고 있는 사이 강주원은 그 멋지고 긴 늘씬한 다리를 두어 번 놀려 순식간에 애를 패고 있는 학주에게로 다가갔다. 그리고 박자에 맞춰 주기적으로 오르내리던 학주의 팔을 턱 잡았다.

"그만 하시죠."

꺄아아아아아아아아, 멋지구나! 정말 몰랐다. 선생님들은 그냥 꼰대인 줄만 알았는데, 나 모르는 세상에서 이런 멋진 활극이 벌어지고 있다는 건 정말 몰랐다.

강주원은 역시 각을 안다. 팔을 잡은 각, 그리고 비스듬히 학주를 내려다보는 각, 오오, 저 가슴을 발랑거리게 하는 유려한 선이여!

"강 선생!"

서열로 따지면 나이로 보나 짬밥으로 보나 한참 아래의 강주원. 학주의 눈초리가 한층 험해졌다. 지금 눈에서 뿜고 있는 살기만 생각하면 야쿠자 부럽지 않다. 사실 학생을 패냐 무고한 국민을 패냐의 차이일 뿐 팬다는 측면에서는 별다른 차이가 없기도 하다.

잠깐, 아주 잠깐이었지만 몹시도 험한 기가 오갔다.

자연스럽게 내 시선은 얻어맞고 있던 학생에게로 향했는데, ……응? 저 기럭지는 어디서 많이 본 기럭지?

서 있는 모습보다 엎드려뻗친 모습을 더 많이 보았기에 익숙한 엉덩이……. 오늘의 타작 대상은 야쿠자였고나!

"강 선생! 지금 이게 뭐 하는 짓입니까?"

"심하지 않습니까?"

거의 포효하는 학주에게 조금도 꿀리지 않고 강주원이 맞섰다. 나는 학주가 그대로 강주원의 팔을 뿌리치고 한 대 칠 거라고 생각했는데 의외로 학주는 얼굴만 벌게질 뿐 화를 억누르고 있었다. 하긴 잘못하는 학생을 패긴 쉬워도 동료 선생을 패는 건 정상인이라면 쉽지 않은 일이다.

그나저나 왜 야쿠자가 얻어맞는데 강주원이 흥분하는 걸까? 이제 와 생각하기에 강주원은 내내 얻어맞고 있는 게 야쿠자라는 걸 알고 있었던 것임에 틀림없다. 그리고 그때, 은혜 갚은 까치의 구타날 내가 봤던 그것, 그것은 학주를 싫어하는 표정이 아니라 학주의 손에서 벗어난 야쿠자를 자랑스럽게 여기는 것 같은 표정이었던 거다. 그리고 나에게 야쿠자에 대해서 묻던 강주원, 그 난감하고 어색한 표정…… 오, 마이 갓!

순식간에 인터넷으로 접했던 보이즈 러브(Boys Love)물, 극단적인 금단의 사랑 이야기가 머릿속에 파노라마처럼 펼쳐졌다.

"다른 애들 보지 마요."

"상우야."

쾅! 야쿠자의 손이 강주원의 머리 바로 옆의 벽을 짚었다.

"상우야, 이러면 안 돼. 여긴 학교야!"

"학교가 아니면 괜찮다는 얘긴가? 난 그런 거 신경 안 써요."

창에서는 눈부신 햇빛이 쏟아지고 있었다. 삭막한 학교 건물의 흰 벽이 뿌옇게 빛난다.

툭, 손에 들고 있던 교편이 떨어졌다.

망설이지 않고 단호하게, 그러나 천천히 허리를 굽힌 야쿠자의 입술이 강주원의 입술에…….

……으헉!

그런 눈으로 날 보지 말길 바란다. 솔직히 안 좋은가? 솔직히, 솔직히. 아무도 없다고 생각하고 말해보자. 좋잖아? ……아니면 말고.

나는 침을 꿀꺽 삼키고 출석부를 꼭 끌어안으며 흥미진진하게 사건의 추이를 살폈다.

"신 선생님 팔 아프실 것 같으니 이제 그만 제가 타이르죠."

"이놈은 타일러서 될 놈도 아니고, 강 선생네 반 학생도 아니지 않소?"

말릴 틈도 없이 학주가 발을 들어 엎드려뻗치고 있는 기다란 놈의 허리를 퍽 소리가 나게 걷어찼다. 그러나 그 독한 놈은 꿈쩍도 안 했다. 꿈쩍한 것은 강주원의 관자놀이였다.

나는 흥분했다.

그 다음은 활극이어야만 했다. 합의는 결렬되었다. 학주가 학생들을 패는 것을 즐기고 또 나름대로 지위상 그것을 허용받은 것은 사실이지만 정도가 지나친 것도 맞다. 그러나 그렇다고 해서 다른 선생님이 참견할 수도 없는 노릇인데 강주원은 감히 그 경계를 넘은 것이다. 그렇다고 해도 강주원이 슬쩍 내민 '두

루뭉수리넘어가기'의 수를 깔아뭉갠 것도 어른스럽지 못한 태도긴 하다. 어쨌든 그리하여 남은 것은 활극뿐. 전투의 혼이 활활 불타오른다! 꺄울!

그때였다. 깐깐한 목소리가 그 사이에 끼어들었다.

"그럼 제 학생이니 제가 데려가죠."

그리하여 인생 28년, 혹은 18년, 나는 똥 씹은 얼굴이 뭔지를 드디어 보게 되었다. 학주는 관용어구로만 사용되는 줄 알았던 바로 그 얼굴을 한 채 자기 반 토막만 한 생물 선생이 타박타박 걸어와서 엎드려 있는 남학생에게 일어서라고 하는 모습을 보고 있었다.

생물 선생은 심지어 6센티미터가 덜 자란 상태인 지금의 나보다도 5센티미터는 작을 듯한 키의 소유자였다. 까무잡잡한 것이 상당히 또랑또랑해서 나는 아마 그녀를 좋아했던 것 같다. 그래 봤자 붙임성 없었던 고등학교 때의 나와는 데면데면한 사이였겠지만. 생물이 저 야쿠자의 담임이었다는 것도 처음 알았다. 좋은 선생님인데 야쿠자의 담임이라는 일생일대의 오점을 남기게 되었구나.

기럭지도 길고 머리카락도 긴 야쿠자는 천천히 몸을 일으키더니 그렇게 맞고 아프지도 않은지 덤덤하게 손을 툭툭 털었다.

역시 저놈은 야쿠자! 도대체 어떤 인간이 긴긴 대화 시간 내내 맞고 허리를 까이고도 아무렇지도 않을 수 있을까? 과연 일본 열도는 아무나 통일하는 것이 아니다!

생물 선생은 목을 한껏 꺾고도 조금도 기죽지 않은 채 쯧쯧

혀를 차고는 돌아섰다. 그러다가 고개를 홱 돌리고 멀뚱하니 서 있는 야쿠자를 향해 빽 소리쳤다.

"얼른 이리 와!"

그제야 학주를 한 번 쓱 쳐다봐준 야쿠자는 무섭게도, 정말이지 무섭게도 웃었다. 씨익, 하고 마치 우리 집에 왜 왔냐고 묻자 꽃 찾으러 왔다고 대답하는 놈처럼 아무렇지도 않게 웃었다.

그렇게 처맞고도 웃을 수 있는 놈이 있다니 대단하다, 야쿠자! 엄청나다, 야쿠자! 너의 맷집이 K1에서 발휘되었더라면 더 더욱 좋았을걸 그랬구나!

학주의 발자국이 무슨 팝아트처럼 남은 허리께를 툭툭 털며 생물 선생을 쫓아가던 야쿠자의 시선이 문득 내 쪽으로 향했다. 안 보이기에는 너무 커다란 나는 그대로 야쿠자의 시야에 가 박혔고 난 섬뜩해진 야쿠자의 표정에 화들짝 놀라 사레가 들리고 말았다.

"콜록콜록콜록콜록!"

조용한 교무실에 울려 퍼지는 기침 소리. 서른 명도 넘는 사람들의 시선이 내게로 향했다.

"콜록콜록콜록콜록!"

기침을 하면서도 내내 시선으로 사람을 죽일 수 있었으면 벌써 죽였을 야쿠자의 시선이 한여름 아스팔트에 눌어붙은 껌처럼 내게 붙어 있다는 걸 느낄 수 있었다.

오늘 종례는 없다는 말을 하는 강주원의 표정은 복잡했다.

일단 선생님들끼리의 활극을 학생인 내 눈앞에서 펼쳤다는 것도 찝찝했을 테고 야쿠자와의 문제도 찝찝했을 것이다.

그랬다. 야쿠자는 정말이지 한참을 내 쪽을 노려보고 있다가 몸을 획 돌려서 나갔는데 교무실 문을 나서기 직전 쾅, 하고 주먹으로 문을 후려쳤던 것이다.

아니, 애꿎은 문을 왜?

뒤에서는 다시 학주의 열 받은 불평 소리가 커졌다.

뭐랄까, 참 요령 없는 놈이라는 생각이 들었다. 기분이 나쁘더라도 그걸 자기를 잡아먹지 못해 안달하는 선생님 앞에서 표출할 필요는 없을 텐데 융통성이라고는 3년 실직상태의 가장을 둔 집안에서 돈 찾는 것만큼이나 찾아보기 힘들다.

뭐 저렇게 융통성이 없으니 뚝심 하나로 무소의 뿔처럼 깡패가 되는지도 모르지.

어쩌면 강주원이 원했던 시나리오는 나처럼 바르고 훌륭한 모범생이 개날라리 폭력 학생을 선도하여 빛의 세계로 이끄는 것일 수도 있겠다 싶었다. 어떻게 나와 야쿠자의 아주 작은 만남에 대해 알았나 모르겠지만 그것이야말로 ET가 지구 소년을 만나 검지를 마주 댄 것만큼이나 우연이었을 뿐, 난 야쿠자와 더 엉킬 생각이 없다.

난 정말이지 깡패 새끼가 싫은 것이다. 깡패란 물리적인 힘을 가지고 타인을 억압하는 아주 심하게 나쁜 새끼들이다. 오죽했으면 내가 직업으로 그런 나쁜 놈들을 몽땅 때려잡는 검사를 택했겠는가?

"황민서!"

얼른 미래로 돌아가 나쁜 놈을 때려잡을 생각에 바닥만 보며 터덜터덜 걷고 있는데 뒤에서 들린 목소리는 몹시도 듣기 좋은 저음이었다. 나는 그 저음을 알고 있었다.

준현 선배.

"나랑 잠깐 이야기 좀 하자."

응? 오늘 나랑 얘기하고 싶은 사람이 왜 이렇게 많지?

8. 음모의 냄새 2

아이들의 시선이 느껴졌다.

우리 학교는 정문을 들어와서 정면으로 바라본 곳에 서 있는 5층짜리 교사를 중심으로 그 앞에는 거의 주차장으로 사용되는 소운동장이 있고 왼쪽에 있는 계단을 올라가면 스탠드로 둘러진 대운동장이 있다. 그리고 오른쪽에는 얼기설기 얽힌 등나무가 있고 그 그늘 아래에 운동장을 바라볼 수 있는 방향으로 벤치가 놓여 있다.

문제는 건물 구조가 이상해서 건물 안에서 대운동장도, 스탠드도, 벤치도 모두 볼 수 있는 사생활방지시스템이 자동으로 가동된다는 것이다. 누가 지었는지 몰라도 아이들은 눈 밖으로 내보내면 사고를 친다는 신념을 가진 분이셨음에 틀림없다.

나와 선배는 벤치에 나란히 앉아 있었는데 운동장을 지나는 아이들과 교실에서 우리를 힐끔거리는 아이들 때문에 나는 피부가 근질거릴 지경이었다. 그러나 선배는 태연했다. 이것이 바로 뭇사람들의 시선을 받는 교내 아이돌과 범인의 차이란 말인가.

"사람들이 우릴 쳐다본다는 느낌이 들지 않아요?"

"난 잘 모르겠는데? 왜? 불편하니?"

이봐, 마치 날 안 지 10년은 되었다는 듯한 그 태연한 태도는 무엇이란 말이오? 물론 나는 10년 후의 우리 관계 때문이라도 그대가 익숙하지만 그대가 나를 본 거라곤 얼마 전 아침에 내 복장을 지적했을 때뿐이잖소. 설마 그때 내 모습을 보고 반해서 여태 숙성시키다가 말을 건 것이라면…… 슬프지만 난 그대의 수준을 의심할 수밖에 없소.

"하실 말씀이 뭔데요?"

선배는 편하게 벤치에 앉은 채 오른 발목을 왼 무릎 위에 얹고 느슨하게 등받이에 팔을 걸치고 있었다. 의도한 건지 아닌 건지 모르겠지만, 멋있었다. 단추를 두 개 정도 덜 잠근 셔츠 사이로 엿보이는 하얗고 고상해 보이는 목덜미에서는 방금 순정만화의 책장을 찢고 나온 꽃돌이처럼 향기가 뿜어져 나오는 듯했다.

나는 나도 모르게 코를 벌름거렸다.

"상우, 알아?"

단 한마디, 준현 선배의 단 한마디에 한껏 공기를 들이마시다 말고 기분이 아스트랄해졌다.

해가 어스름하게 넘어가 길게 그림자가 늘어진 운동장만큼 사람을 센티멘털하게 만드는 것도 없을 것이다. 가볍게 부는 바람, 잘생긴 남자, 붉게 물든 주변의 풍경……. 그런데, 그런데 왜 이런 분위기 좋은 와중에 등나무 그늘 아래 나란히 앉아 야쿠자 이야기를 해야 하는 거냔 말이냐!

"선생님도 그걸 물으시더니."

"선생님?"

"담임 선생님이요."

"아아, 강주원 선생님? 강주원 선생님이 담임이야?"

그것도 모르다니. 나한테 관심 있었던 건 확실히 아니구려.

"네."

"그건 내가 말씀드린 거야."

뒤로 기대고 있던 준현 선배는 손을 벤치에서 떼고 자신의 다리 위에 올린 채 몸을 기울였다. 그리곤 비스듬히 고개를 기울여 내 눈을 똑바로 마주 보았다. 의도한 건지 아닌지 모르겠지만, 또다시 멋있었다. 아까와는 다른 각도로 벌어진 셔츠 사이로 하얀 쇄골이 우아한 자태를 뽐내고 있었다. 아우, 두근거리는구나. 모든 세상 근심이 멀어지는구나. 왜 자꾸 이런 것만 눈에 들어오는지는…… 비밀이다. 안 가르쳐줄 테다. 나도 몰라버릴 테다.

"뭘 말씀드려요?"

내 생각엔 이 좋은 날에 쓸데없이 야쿠자에 대해서 토론하는 것보다 내 남자…… 가 될 그대에 대해서 이야기하는 게 좋을 것 같은데, 아니면 우리…… 라든지.

"잔 다르크…… 에 대해서 어떻게 생각해?"

…….

웬 잔디 깎다 디스크 걸리는 이야기냐.

"잔 다르크요?"

"응."

내가 잔 다르크에 대해 뭔가 생각해야 하나? 아무 생각 없는데?

"남의 나라를 구하신 분이죠."

이 정도?

내 대답에 준현 선배가 풋 하고 웃음을 터트렸다가 무안한지 흠흠, 하며 입을 문질렀다. 귀끝이 빨개져 있었다. 아니, 왜 내가 사랑고백이라도 한 것처럼 좋아하는 건데?

"상우가……"

입을 가린 손가락 사이로 새어나오는 목소리는 억지로 숨을, 혹은 웃음을 참는 듯 억눌린 목소리였다.

"잔 다르크에 대해 묻더라고."

"물을 게 뭐 있다고 물어요?"

"뭐 하는 사람이냐고."

그 무식한 새끼! 잔 다르크를 모른단 말이냐? 영국과 프랑스의 백년전쟁에서 내내 승기를 잡고 있던 영국을 신의 계시—혹은 광증—로 몰아낸 프랑스의 여전사를? 우리 밀라 요보비치 언니가 분한 영화도 안 봤단 말이냐!

"영화도 안 봤나?"

내가 비아냥거리자 의아한 눈으로 준현 선배가 나를 바라보았다.

딸꾹!

'잔 다르크'가 몇 년도 개봉이더라? 그렇지. 밀라 요보비치의 '잔 다르크'는 아직 안 나왔다. 아마 그럴 거야.

"예, 옛날에 잔 다르크 영화 나오지 않았어요?"

"그랬나?"

설마 한 편쯤 안 나왔겠냐. 그 유명한 얘기가……. 누가 주연인지 몰라도 한 번은 나왔겠지.

"어어, 오래된 영화라서 몰라서 그렇지, 나왔을 거예요."

"넌 영화 좋아하나 보구나. 옛날 영화도 알게."

할리우드 블록버스터만 본답니다.

"……근데 그게 왜요?"

말을 돌리자. 언능 돌리자. 잽싸게 돌리자.

"나도 그게 궁금해서 물어봤지. 왜 뜬금없이 그게 궁금하냐고. 그랬더니 누가 자기더러 잔 다르크 같다고 했다는 거야."

여기서 나온 '누가' 설마 '나'는 아니겠지? 내가 그런 소리를 했던가?

하지만 선배는 내 얼굴을 똑바로 보고 있었다. 이럴 경우 추론해보자면 저 '누구'는 '나'일 확률이 높다. 내가 검지로 나를 가리키자 아니나다를까, 준현 선배는 고개를 끄덕였다.

"뭐 대답 안 하려고 하긴 했지만 결국은 네가 그러더라고 이야기하더라. 도대체 왜 그렇게 말한 거야?"

기억이 안 납니다.

"걔랑은 언제 이야기해본 거야?"

기억이 안 납니다.

"걔랑 잔 다르크랑 어디가 닮았어?"

기억이, 안 납니다.

내가 멍한 표정으로 고개를 연이어 흔들자 준현 선배는 흐음, 하고 콧소리를 내더니 다시 허리를 펴고 내 쪽을 바라보았다.

"제가 언제 그랬다는 이야기는 안 해요? 별로 만난 적도 없는데."

"안 하던데. 말 많은 놈이 아니라서……."

"굳이 따지자면 약수터에서 마주쳤을 때 같은데……."

그때밖에 만난 적이 없으니까.

"기억은 안 나요."

"그렇구나."

준현 선배는 잠깐 말을 끊더니 다시 자신의 다리 위에 팔을 올린 채 손으로 턱을 문질렀다. 뭔가를 곰곰이 생각하는 표정. 여기서 또 한 번 의도한 건지 아닌지 모르겠지만, 멋있다. 머리숱도 많으니 대머리 걱정 안 해도 될 것 같고 연습한 건지 몰라도 움직이는 모습 하나하나 다 예쁘고, 머리 좋아 매너 좋아……. 아무리 봐도 일등 신랑감이다. 아아, 내가 잡았던, 그러나 다시 잡을 봉이여!

"화내더라."

응?

"왜요?"

"잔 다르크가 여자라는 걸 알더니 화내더라고."

응?

"잠깐, 내가 무슨 얘기를 하다가 잔 다르크 얘기를 했던, 그게 야……, 상우 오우우웅이 여자 같다는 얘기는 아니었을 것 같은데요?"

"그렇게 이해한 거 같던데?"

"아, 아니라고 말해주죠!"

"내가 어떻게 알고?"

아아, 그래서 아까 그놈이 그렇게 일가를 몰살한 원수를 노려보듯 나를 노려봤던 건가? 죄 없는 교무실 벽을 한 대 쥐어박고 갔던 건가? 하지만 하지만, 요즘 같은 메트로섹슈얼 시대에 좀 여자 같다고 해서……. 언제부터 메트로섹슈얼이 유행하더라?

……에라이, 노려보든 말든.

"어쨌든 그렇구나. 그러니까 걔랑 별일 없었다는 거지?"

앞으로도 없을 거고요. 그런데…….

"그런데……."

"응?"

준현 선배가 가볍게 대꾸하며 몸을 일으켰다. 볼일을 다 봤으니 가려는 저 심플한 태도, 네 볼일은 정녕 야쿠자와 나의 관계뿐이더냐? 그 볼일을 너와 나의 관계로 치환해보지 않겠니?

"왜 선배가 상우 오…… 우웅 얘기를 저한테 물어봐요? 그것도 담임 선생님한테까지 말하면서?"

잠깐 생각하는 것처럼 고개를 기울인 준현 선배의 얼굴 위로 그림자가 졌다. 뭘 생각하니? 그래, 나와 야쿠자는 별일 없겠지만 너와 야쿠자는 별일 있는 것 같고 난 나와 너도 별일 있길 바란단다.

"말해주면 나랑 같이 어디 좀 갈래?"

"어디 가는데요?"

"대답하면 말해줄게."

잠깐. 말해주면 어디에 가는데, 어디에 가는 건지는 대답하면 말해준다고? 또 쪼끔 혼란스럽다? 최근 이렇게 혼란스러웠던 적이 또 있었던 것 같은데……. 언제였더라? 데자뷔인가? 왜 익숙하지?

"말해봐요."

"사촌이거든."

응?

기억났다! 최근에 혼란스러웠던 것! 야쿠자놈도 딱 이런 식으로 뭔가 혼란스럽게 말한다.

"그리고 그 녀석이 다른 누군가에게 관심을 가진 건 정말 오랜만이라서."

응?

준현 선배가 씩 웃었다.

열아홉 살 강준현의 목소리의 끝에 스물아홉 살 강준현의 난감한 듯한 목소리가 겹쳐지는 것 같았다.

"안 되는데. 난 이 사건을 맡으면 안 되는데."

잠시 후 나는 뭔가 속은 것 같은 기분을 느끼며 선배와 나란히 길을 따라 내려가고 있었다.

"옷 좀 갈아입어야 할 것 같은데 집에 들렀다 갈래?"

"어딜 가는데요?"

"음, 가보면 알아."

말해준대 놓고!

일단 우리 집 쪽으로 느릿느릿 걸어가면서 나는 본격적으로 선배를 취조하기 시작했다.

"둘이 사촌이라고요?"

"응. 어렸을 때는 꽤 친했는데 상우가 본격적으로 삐딱선을 타면서 좀 뜨음해졌지. 어렸을 땐 나이가 같으니까 둘이 쌍둥이란 소리도 많이 들었어. 그래 봬도 걔 옛날에는 귀엽고 착해서 인기가 많았거든."

자기 자랑하는 방법도 가지가지다.

1. 둘이 쌍둥이란 소리를 많이 들었다.

2. 둘은 비슷하다.

3. 그때의 야쿠자는 귀엽고 착했다.

결론. 고로 그때의 강준현도 귀엽고 착했다.

"왜?"

내 표정을 읽은 준현 선배가 물었다.

"아니, 옛날에는 선배랑 비슷했다면서 지금은 왜 저렇게 됐는지 모르겠어서요."

준현 선배의 얼굴에 어쩐지 쓸쓸한 것 같은 미소가 돌았다.

"뭐 걔가 소문이 안 좋아서 그렇지, 원래 착하긴 해."

착…… 한 사람 몇 명이 죽어야 금수강산을 피로 물들인 야쿠자도 착한 사람의 범주에 드는 걸까?

"착해요?"

"응. 원래 순하고 학교 친구들도 좋아하고,"

은혜 갚은 까치의 머리를 농구 골대에 박아대던 야쿠자가 떠오른다. 야쿠자는 정말이지 특이한 방식으로 좋아하는 감정을 표현하는구나. 이게 바로 말로만 듣던 SM인가?

"선생님들도 좋아하고,"

헐떡이며 죽을 것 같은 표정을 짓는 학주를 보고 천천히 호주머니에 손을 찔러넣으며 젊음을 과시하던 야쿠자, 그리고 그렇게 얻어맞고도 씩 웃어주던 야쿠자가 떠오른다. 나 같으면 그렇게 팼는데 그런 표정을 지으면 참 무서울 것 같다.

"공부도 열심히 하고,"

지각 시간이 가까워지도록 학교 갈 생각도 안 하던 야쿠자가 생각난다. 유유히 밭에 물만 주고 있던 야쿠자, 농부 야쿠자.

"뭐 여튼 그래."

사람을 해석하는 방법은 참 가지가지구나, 하고 깨달았다.

저런 야쿠자가 순하고 학교 친구들도 좋아하고 선생님들도 좋아하고 공부도 열심히 하는 거면 친구들과 싸운 적 없고 선생님들 말씀 잘 듣고 지각 한 번 한 적 없고 심지어 야쿠자를 제시간에 등교시키는 데까지 힘쓴 나는 뭘까? 초울트라사이언인고교생?

"너 학원이나 독서실 안 가?"

"음, 지금은 안 가요."

"왜? 학원이나 독서실도 안 가는데 야자는 어떻게 빠졌어?"

아이고, 예리하신 분.

"그냥, 어떻게 하다 보니 그렇게 됐어요, 뭐."

어떻게는…… 내가 타임리프했으니까 그렇게 됐지. 너도 나이 먹어봐라, 오래 공부 못 한다.

"야자를 아예 안 하기로 했어? 고2인데 그래도 돼?"

당신은 어떻게 된 거유?

"뭐 워낙 잘하니까 앞으로도 잘하지 않을까요?"

내 말에 준현 선배가 나를 묘한 표정으로 바라보았다. 그러더니 천천히 말했다.

"너 의외로 꽤 낙천적이다?"

나는 나도 모르게 걸음을 멈추고 고개를 돌려 준현 선배의 얼굴을 가만히 쳐다보았다.

"너, 의외로 꽤 낙천적이다?"

10년 후, 그러니까 일주일쯤 빠지는 10년 후에 술 마시고 콩팔칠팔 떠들어대는 나에게 선배가 대시하며 했던 말이다. (물론 사실 내가 대시를 유도한 거지만 아마도 죽어도 그건 모르겠지.)

잠깐 생각에 잠겼던 나는 그때 했던 말과 똑같은 말을 선배에게 했다.

"어차피 낙천적이든 비관적이든 상황이 변하는 건 아니니까요. 할 수 있는 것만 다 하면 돼요. 안 되는 것까지 발 동동 구르면서 애태우면 너무 힘들잖아요. 즐거우려고 사는 건데 뭘 하든 즐거울 수 있는 만큼만, 딱 그만큼만 하는 게 좋아요."

다시 한 번 말하지만 웃을 수 있는 사람은 힘든 시간을 보내본 사람이다. 남들 놀 때 나는 공부했고, 그게 옳다고 생각했기 때문에 한 거지 그것이 즐겁고 신나서 한 것은 아니다. 그러므로 그 모든 것이 지났을 때 나는 최대한, 정말로 최대한 즐겁기로 한 것이다.

"……학원도 독서실도 안 가고 어떻게 될 거라고 생각하면서 할 수 있는 것만 하겠다고?"

아유, 현실은 항상 다르다. 10년 후에 이렇게 말했을 때는 감동하면서 바로 나에게 대시하더니만. 하기야 지금은 강준현도 나도 죽도록 공부해보기 이전이긴 하다. 저 말이 와 닿는 건 나뿐이겠지.

그래서 저런 반응인 것이다. 절대로 내 몸무게 때문은 아닐 거다. 절대로 내 얼굴 때문은 아닐 거다. 절대로 내 가슴 사이즈 때문도 아닐 거다. ……그렇겠지?

"하하하하."

내가 멋쩍게 웃는데도 준현 선배의 얼굴에는 웃음이 없었다. 아, 혼자 웃는 게 얼마나 무안한 일인데 저렇게 진지하게 날 쳐다보는 거냐? 그렇게 진지하게 쳐다보면 내가 가슴이 얼마나 설렐지 알기나 하면서 저렇게 쳐다보는 거냐? 자꾸 이러면 내가 나도 모르게 침을 삼키게……, 꿀꺽.

목구멍으로 침 넘어가는 소리가 너무 크게 났다.

"하하하하."

나는 다시 한 번 영구처럼 웃었다. 그제야 준현 선배도 눈가에 주름을 잡으며 깔끔하게 웃었다. 웃는 모습도 참 뿌듯하여 나는 다시 한 번 반드시 덮치고 말……, 아니 다시 사귀고 말리라고 마음먹었다.

"근데 진짜 지금 우리 어디 가요?"

"상우한테."

다시 움직이기 시작했던 내 발이 딱 멈췄다.

"뭐라고요?"

"어이, 이봐. 이미 늦었다고. 넌 나랑 함께 가기로 했잖아?"

약속이란 깨지기 위해 존재한다는 걸 아직 배우지 못했나 보군. 원래 인생이란 그런 거지.

"싫어요. 난…… 그 오우오웅은 좀 불편하다고요."

멈춰선 나의 팔을 붙잡은 선배가 질질 끌어당기기 시작했다. 꿈쩍도 안 할 자신이 있었지만 꿈쩍할 수밖에 없었다. 왜냐고는 묻지 마라. 힌트를 준다면 내가 여자였기 때문이다.

"왜 불편한데?"

난 그대의 사촌이라는 깡패를 싫어하니까! 그대의 사촌이 피칠갑한 시체를 그대가 못 봐서 그러는데, 그놈이 정말 무서운 놈이라니까!

"그냥…… 불편해요. 난 안 갈래요."

"안 돼."

"왜요?"

"네 말대로 아무 관계도 아니라면 널 봐도 상우가 아무 반응 안 보일 거 아냐? 그럼 됐어. 다시는 귀찮게 안 굴게."

아니, 귀찮게 굴어주길 바라긴 하는데 말입니다.

"반응을 보이면요?"

"그럼 뭔가 있는 거니까 그때부터 다시 생각해봐야지."

뭐 이런 논리가 다 있단 말인가! 난 이런 논리 반댈세!

"싫어요! 나한테 좋을 게 없잖아요! 집에 갈래요!"

"안 돼. 늦었어. 나도 별로 이러고 싶진 않은데 좌우간 지금은 좀 그래."

"싫어요!"

"너 자꾸 이러면 교복 입은 채 끌고 가는 수가 있어!"

"어디로 끌고 가는데요?"

"시끄러!"

티격태격 나는 택도 없다는 듯 격렬하게 고개를 젓고 있었지만 실은 내 팔을 붙드는 선배의 손이 꽤 좋아 야쿠자가 아니라 야쿠르트 아줌마라도 찾으러 가줄 마음이 든 상태였다.

훗, 여자들이란.

10년 후면 사라질 나긋하게 닳은 골목의 기와지붕들 사이로

10년 전의 노을이 지고 있었다. 울부짖고 반항하면서도 속으로는 웃고 있던 나는 아직 어렸다. 그러니까 내가 뒤집어쓰고 있는 열여덟 살의 육신 때문이 아니라 마음도 그랬다. 나이는 숫자에 불과하다는 말은 흔히 쓰이는 의미와 아주 다른 의미로, 진짜인지도 모른다.

9. 이왕 이렇게 된 거

"누나, 상우 안 왔어요?"

"오늘 안 왔는데?"

어두컴컴한 술집에 들어간 준현 선배는 거의 엄마뻘로 보이는 아줌마에게 누나라고 부르며 야쿠자의 행방을 물었다. 코앞도 보이지 않을 정도로 어두운 술집, 콘셉트는 드라큘라임에 틀림없는 화장을 한 아줌마들이 들어가면서 나를 위아래로 꼴아봤다. 내가 너무 청초해서 쳐다보는 게 아니라면 뚱뚱해서 그런 걸 텐데 둘 중 뭐가 맞는지는 전혀 모르겠다.

음악이 쾅쾅 울리는 좁은 계단을 올라가며 준현 선배는 고개를 저었다.

"여기가 끝인데……."

우리는 술집 다섯 군데를 뒤졌다.

처음 간 데는 앞에서 머리 기른 귀신 콘셉트의 남자들이 끼룩끼룩 갈매기 소리를 내는 곳이었는데 돈이 모자라는지 의자가 없어서인지 사람들이 모두 서서 몸을 흔들어대고 있었다. 두 번째로 간 곳은 칠흑 같은 허름한 내부에 커다란 뮤직비디오를 미칠 듯한 음향으로 틀어놓은 곳으로, 극장식으로 나란히 앉은 사람들은 술을 마시거나 서로에게 기대 있었다. 심지어 귀가 떨어질 것 같은 그곳에서 자는 사람도 있었으니 노숙의 시작은 이곳에서부터라고 생각했다. 그리고 세 번째는 대학교 때 몇 번 가봤던, 말 그대로 호프집. 네 번째는 번쩍번쩍 조명이 돌아가는 록카페, 그리고 마지막이 방금 들렀던 요상한 아줌마들이 요상한 옷을 입고 요상한 화장을 하고 돌아다니는 아무리 봐도 룸살롱이다.

이 자식, 싹수도 노래가지고 벌써 이런 데를 다닌단 말야? ……근데 방금 준현 선배가 저 아줌마를 누나라고 불렀나?

"선배는 어떻게 이런 데 알아요?"

"이런 데가 뭘?"

"그냥 타락의 온상지잖아요."

내 말에 준현 선배는 재미있다는 듯 웃으면서 내 머리를 쓰다듬어주었다.

놀라운 것은 이런 타락의 현장에서도 준현 선배는 조금도 빛이 바래지 않았으며 마치 있어야 할 곳에 있는 것처럼 자연스러워 보였다는 것이다. 여전히 고결한 채 말이다.

역시 내 남자…… 가 될 놈.

"다 사람 사는 데지, 뭐."

선배는 손을 내리며 혼잣말처럼 말했다. 난 그 손이 떨어지는 것이 많이 아쉬워 말의 내용에는 관심도 없었다.

어느새 캄캄해져 있었다. 야자도 안 하면서 이런 시간까지 집에 안 들어가고 나돌아다니는 일 같은 건 내가 고등학교 때에는 상상도 못 했을 것이다. 그러니까 내가 정말 열여덟 살이었다면 이런 일은 안 일어났다는 거다. 그러니까 지금이니까, 이 특수한 상황이니까 생기는 일이라는 뜻이다. ……그런데 이게 뭘 의미하지?

"너무 늦었다. 미안해, 데려다 줄게."

피곤한 듯 눈두덩을 비비며 준현 선배는 가볍게 한숨을 내쉬었다.

"네."

늦은 건 별로 상관없었지만 이대로 계속 선배와 있다가 야쿠자와 만나는 건 바라는 바가 아니었으므로 나는 얌전히 수긍했다.

"그놈이 선배한테 나쁜 영향을 미치나 봐요."

"상우도 네 선밴데……."

아차.

"그…… 오웅이요."

내 말에 선배는 다시 웃었다. 나는 정말이지 이승복이 왜 공산당이 싫다고 외치고 입이 찢어졌는지 이해할 수 있을 것 같았다. 죽어도 할 수 없는 말이 세상에는 있는 것이다.

"왜?"

"선배랑 이런 데…… 안 어울려요."

사실은 어울렸다. 까마귀 속에 꽂아놔도 백로가 예쁘지 않을 리 없다는 의미로 어울렸다. 배경이 무엇이든 사실 그건 그렇게 중요한 게 아니니까.

"뭐 그 녀석도 자주 가는 데는 아냐. 보통 기분 나쁘면 시끄러운 데를 가는 편이라서 아는 곳은 다 들러본 거지."

"왜 기분이 나빠요?"

"아무 이유 없이 끌려가서 그렇게 얻어맞았는데 기분 좋을 리가 없잖아?"

"아무 이유 없이요?"

학주가 뽕을 맞은 것도 아니고 설마 아무 이유 없이 잡아다가 팼을까?

"이유가 없는 건 아니지만 그 이유는 한참 전에 일어난 일들이니까."

그렇군. 그러니까 벤 존슨 야쿠자를 따라잡지 못한 칼 루이스 학주는 그 원한을 가슴에 깊이 간직하고 하이에나처럼 벤 존슨의 등교를 노렸다가 급습, 밀린 매를 한꺼번에 풀어놨다는 뜻이렷다.

"하지만 선생님 입장에선 충분히 기분 나쁠 수 있다고 생각해요."

내 말에 준현 선배의 조용한 시선이 내 얼굴에 와 닿았다.

"태도 자체가요. 난 왜 그래야 하는지 이해 못 하겠는데……."

"그건 그래."

준현 선배는 씩 웃고 손을 내밀어 내 머리카락을 헝클어뜨렸다. 순간 10년을 다시 타임리프한 것처럼 현실감이 모호해졌다. 술에 취해 떠드는 내 손을 선배가 처음으로 잡았을 때와 같은 설렘과 비슷한…… 일 리가 없지 않은가.

사실 내가 본격적으로 선배를 꼬시겠다 결정한 이유 중에 하나는 선배의 이런 태도 때문이었다. 때때로 내가 뭔가 고집을 부리거나 우기기 시작하면 선배는 내 태도를 수정하려 하는 대신 방금처럼 말없이 내 머리를 헝클어뜨리곤 했다. 그리고 나는 그것이 좋았다. 어쩐지 못된 나를 다독여주는 기분이 들어서.

"가자."

결국은 난 다시 이 남자가 좋아지기 시작했다는 뜻이다. 잘생긴 것들은 나이를 막론하고 매력적이구나.

"근데……."

"응?"

"상우르…… 오우옹을 찾으려면 이런 데보다는 온실에 가봐야 하는 거 아니에요?"

"온실? 무슨 온실?"

준현 선배의 고개가 기울어지는 각도에서 나는 야쿠자와 온실의 관계를, 그러니까 꽃을 좋아하는 야쿠자라는 이율배반적인 구절을 선배가 모른다는 걸 깨달았다. 그래서 잘난 척을 보태, 온실의 존재에 대해 장황하게 떠들었다.

"네가 그걸 어떻게 알아?"

내가 야쿠자의 어울리지 않는 본성에 대해 어떻게 아는지를 설명해야 하나, 한다면 또 어떤 방식으로 해야 하나를 고민하고 있을 때였다.

"강준현!"

척 봐도 불량스러워 보이는 애들이 준현 선배를 불렀다가 나를 보고 놀라 걸음을 멈췄다. 마치 현실에 있어서는 안 될 판타지 속의 오거나 트롤을 봤다는 듯 충격받은 얼굴이었다. 뭘 보고 그러는 건지는 정확히 모르겠다.

"아."

짧고 대수롭지 않게 준현 선배는 아는 척을 했다.

"또 상우 찾으러 다니냐?"

역시 내 추측이 맞았다. 선배는 개날라리 야쿠자놈을 갱생시키기 위해 수험생인데도 불구하고 타락의 벌판을 표범처럼 헤매고 다니며 하이에나 야쿠자를 찾곤 했던 것이다. 그리고도 현역으로 대학에 입학해서 사법고시에 철커덕 붙는 걸 보면 꼭 내 남자로 만들어야겠다 싶다.

"우정에 있던데?"

헉, 저 방정맞은 놈. 위치를 알려주면 안 되는데.

"그래?"

대답하면서 준현 선배의 시선이 나에게로 향했다. 여기서 나는 악수(惡手)를 두고 말았는데 다름 아닌 준현 선배의 난초와도 같은 봉사정신에 감읍한 나머지 악동 같은 면을 간과했다는 거다. 나는 온몸으로 '난 가고 싶지 않아요. 여기서 난 이만.'을 표현했고 가만 있었으면 늦은 시간 때문이라도 날 보내줬을 준현 선배는 씩 웃고 내 튼튼한 팔목을 잡았다.

"같이 가자, 어딘지 알았으니까 금방 찾을 수 있어."

이런, 젠장.

저 머리에 무스 바른 불량 학생 놈은 젤이 나온 후에도, 왁스가 나온 후에도 평생 무스만 바르길.

그래도 작은 위안은 내가 도망가지 않을 걸 알면서도 선배가 내내 내 팔목을 잡고 걸었다는 거였다. 그건 자기도 잡고 싶었기 때문이 아닐까 소심하게 생각해본다. 사실 내가 도망가고 싶다면 자기가 팔목 잡은 것쯤으로 도망 못 가지는 않을 거라는 걸 모를 사람도 아니고, 잡기 싫으면 안 잡아도 되는데 잡았다는 건 분명 좋은 징조다. 게다가 난 과거, 아니 미래에 선배를 꼬셔봤던 사람 아닌가?

어쨌든 '우정'의 정체는 당구장으로 밝혀졌다. 그것도 엘리베이터도 없는 건물의 5층 꼭대기에 있는 당구장.

나는 경악했고 2층까지 내 손목을 잡고 올라가던 선배는 나의 호흡이 심히 거칠어지며 콧구멍에서 제어할 수 없는 뜨거운 김이 풍풍 뿜어지는 것을 보고 내 손목을 놓았다.

"천천히 올라와."

아니, 이봐. 천천히 '함께' 가면 안 될까?

운동을 그렇게 했는데도 모자랐던 모양이라고 생각하며 나는 성큼성큼 두서너 계단씩 뛰어오르는 선배의 뒷모습을 망연히 바라보았다. 유비무환이란 말이 떠오르며 내일부터 더 열심히 운동하겠다는 결심의 끝이 뿌듯했다. 시야에 맺힌 저 뒷모습은 어쩌면 저렇게 뿌듯한 장면일까? 키가 크고 늘씬하니 움직이는 모양새 하나하나가 그림이 된다. 사람들이 왜 돈도 안 나오는 예술 작품에 집착하는지 알 것 같았다. 상황이 어떻든 뭘 하던 중이든 보기만 해도 마음이 평화로운데 어찌 좋아하지 않을 수 있겠는가.

그러나 평화로운 마음으로 5층까지 기어올라갔을 때 보게 된 풍경은 전혀 평화롭지 않았다.

야쿠자를 찾으려는 듯 문 근처에 서 있는 준현 선배의 등 너머로 본 당구장 내부는 뿌연 담배 연기 사이로 마치 타락한 영혼의 대기 장소처럼 보였다. 그리고 타락한 영혼들은 지옥에 갈 때까지, 아니 구원받기까지 기다리기 심심했는지 담배를 꼬나물고 큐란 이름의 흉기를 휘두르고 있었다. 그뿐인가? 한국인들만의 대기 장소는 아니었던 듯 다국적 언어들이 판을 쳤다. 이따금 들리는 딱, 딱 하는 건조한 소리 사이로 시네루니 오마와시, 하꼬마와시 같은 왜국의 언어부터 쿠션, 쓰리쿠션 등 미국의 언어까지……. 세계화는 진정 멀리 있지 않다는 것을 깨달을 수 있었다.

준현 선배가 내부를 쓱 훑어보는 동안 나는 숨겨지지 않을 것 같은 몸을 준현 선배의 몸 뒤에 숨긴 채 못마땅한 마음을 감추지 못하고 있었다. 그런데 갑자기 앞이 허전해졌다.

이봐! 나가면 어째? 난 어쩌라고! 여기에는 여자가 하나도 없단 말이다!

나는 트럭 뒤에서 볼일보다 트럭이 출발했을 때의 황망함을 느끼며 손을 뻗었는데 그 손은 허무하게도 공중을 짚고 말았다.

"유상우!"

저 멀리 가버린 님…… 이 아니라 준현 선배는 순식간에 당구장을 가로지르며 야쿠자의 이름을 불렀다. 그리고 그 목소리에 당구대에 한쪽 다리를 걸치고 그 3백 이하는 시도도 말라는 맛세이 동작을 시도 중인 영혼이 고개를 들었다. 그 영혼의 입에는 담배가 물려 있었다. 하지만 어쩐 일인지 야쿠자의 눈은 선배가 아닌 나를 바라보고 있었다. 입이 절로 벌어졌다. 담배가 툭 소리를 내며 당구대 위로 떨어졌다.

"앗! 젠장!"

욕설을 뱉어내며 야쿠자는 녹색 천 위로 떨어진 담배를 집어 들고는 탈탈 털었다.

저 녀석은 어떤 유치원을 다녔기에 사람 얼굴을 보고 젠장 소리가 나오는 걸까?

그런데, 그런데…….

나는 깨달았다. 저 녀석이 어떤 유치원을 다녔는지는 문제가 아니었다. 문제는……, 문제는 그동안 늘 비딱하게 교복을 입은 야쿠자만 보았던 내가 사복을 입은 야쿠자의 모습을 처음 본다는 것이었다.

도대체 왜 그냥 하얀 티만 입었는데 어깨가 저렇게 예뻐야 하는 것인가?

머릿속이야 썩었든 말든 예쁜 어깨선과 단정한 목, 그 위에 얹혀 있는 수려하고 깔끔한 얼굴을 보니 담배를 물고 있었던 것조차 인정하고 싶은 기분이 드는 나는…… 타락한 것인가?

엄청난 장소였다. 한 걸음 들이밀었을 뿐인데 나는 벌써 타락했다.

"언제 끝나?"

잡으러 온 것치고는 담담하게 준현 선배가 묻고 나서야 나에게 꽂혀 있던 야쿠자의 시선이 떨어졌다. 그리고 얼굴이 세상에서 가장 살벌한 방식으로 구겨졌다.

"네가 재 데려온 거냐?"

"응."

"왜?"

"내가 데려다 줘야 하는데 요 앞에서 홍구를 만나서."

"그래서?"

대답하는 사람도 대답하는 사람이지만 참 질문도 많은 야쿠자다.

"당구 치는 사람 어디 갔나?"

거봐라.

점점 질문 많은 야쿠자의 말을 끊은 건 소가 되고 싶은지 코뚜레형 코걸이를 하고 있는 차력사였다. 어깨에 큐를 걸친 차력사는 마치 위협이라도 하려는 것처럼 목을 좌우로 꺾었는데 그때마다 목에 있는 금줄이 번쩍였다.

"여기 있는 거 안 보여? 눈 나쁘냐?"

…….

저렇게 진지한 표정으로, 그렇게 시비 거는 어조로, 이렇게 솔직하게 대답하면…….

소가 되고 싶은 차력사는 어안이 벙벙한지 잠깐 눈을 끔뻑였다. 포스로 보아 절대로 기(氣)로 눌릴 놈은 아니었는데 이상한 데서 진지한 야쿠자의 대답에 주화입마를 당했는지 표정이 얼빵했다.

"그래서 뭐?"

그러거나 말거나 야쿠자는 준현 선배에게 대답을 재촉했다. 그러나 이번에도 대답한 건 준현 선배가 아니라 소가 되고 싶은 차력사였다.

"이 새끼! 당구 치다 말고 뭐 하는 짓이야?"

"말하고 있잖아. 지금 말하는 거 안 보여?"

…….

그러니까 뭐 하냐고 물으면 말한다고 대답하는 게 맞긴 하다. 맞긴 한데……. 거참 애매한 놈일세.

야쿠자는 인상을 팍 찡그렸다. 거기까지만 했으면 괜찮았을지 모르겠는데 우리의 정직한 야쿠자는 한마디를 더 보탰다. 얘의 문제는 기(氣)는 '너 나랑 싸우자!'이고, 대답은 지나치게 진솔하다는 데 있는 것 같다.

"그리고 너 지금 이길 방법 별로 없거든. 나 같으면 십만 원 굳으니까 입 닥치고 있겠어."

물론, 야쿠자가 이기고 있고 또 역전될 확률도 별로 없는 데다가 십만 원이라는 거금이 걸린 게임이라면 소가 되고 싶은 차력사는 입을 닥치는 게 옳다.

그러나 어디 사람이 옳은 일만 하고 살던가?

상황 돌아가는 걸 보아 소가 되고 싶은 차력사는 진작부터 이 판을 엎고 싶었을 테지만 마치 지금 야쿠자의 발언 때문에 화가 나서라는 듯 큐를 있는 힘껏 당구대에 내려쳤다.

빠악!

한때는 단풍나무였던 큐가 허리가 부러지는 동시에 비명을 빠악 질렀다. 나뭇조각이 뿌연 담배 연기를 가르고 날아올랐다. 평화롭게 당구를 치는 척 야쿠자 쪽의 정황을 살피던 사람들이 눈을 크게 뜨며 한쪽으로 모였다. 본디 싸움 구경을 싫어하는 사람은 없다.

차력사는 포효했다.

"얘, 너 이리 와! 때려주마!"

사실은 좀 더 심한 욕설이 방언처럼 터져 나왔다. 만약 TV였다면 이런 식이었을 것이다.

"야 이 삐리리할 삐리 새끼, 삐리리리를 삐리해버릴까! 삐리삐리를 까부숴 삐리해 줄넘기를 삐리삐리……."

하지만 요약하면 저거였다. '얘, 너 이리 와. 때려주마.'

그리고 그 효율적이지 못한 긴긴 방언이 끝나기도 전에 준현 선배가 장승처럼 우뚝 서 소가 되고 싶은 차력사를 노려보는 야쿠자의 시선을 차단했다.

"이 삐리삐삐할 삐리삐리는 뭐야?"

(넌 누구니?)

"어차피 판은 엎어진 거니까 새 게임하시고 이번 게임비는 제가 물 테니 여기서 그만 하죠."

"이 삐리삐리한 삐리야, 저 삐리삐가 삐리삐삐삐한 걸 삐삐릿삐리하지도 삐리해 삐했냐?"

(얘야, 넌 재가 나한테 말도 안 되는 소리를 하는 걸 듣지 못했니?)

"제가 대신 사과드리겠습니다."

"이 삐리삐삣한 삣삐가 삣삐리하면 다야? 삐리리리릴리삐하지 못한 놈의 삐리들은 삐리삐삐를 콱 삐리삣삣해버릴……"

"삐리삣삣?"

그리고 소가 되고 싶은 차력사의 기나긴 삐릿삐를 단숨에 제압할 한마디, 야쿠자의 삐리삣삣이 터졌다. 순간 벼락 맞은 듯 정지했다가 다음 순간 뽕이라도 맞은 듯 차력사가 날뛰기 시작했다. 그런 차력사를 준현 선배가 몸으로 막으며 난감한 표정으로 야쿠자 쪽을 돌아봤다. 그러나 정작 야쿠자는 딱 한마디, 엄청난 파워의 삐리삣삣을 던져놓고 마치 야유회 나온 사람마냥 한가하기만 했다. 사실 심심해 보이기까지 했다.

야쿠자는 흘깃 내 쪽을 돌아보았다. 난 진정으로 어이가 없었다. 야쿠자 주변은 바야흐로 토네이도 직전의 흉흉함이 휘몰아치는 데 반해 오직 야쿠자만은 내가 왜 여기 있나 궁금한 표정만 짓고 있었던 것이다.

야쿠자는 들고 있던 큐를 바닥에 짚었다.

"야, 이 삐리삐리삣삐리삐삐 삐리삐리 삣삐 삣삐가! 삐삐삐삣삣삣삐리리리릿릴리삐!"

먹다 만 갈비 뺏긴 개처럼 침을 튀기며 울부짖던 소가 되고 싶은 차력사는 앞에서 자기를 필사적으로 막고 있는 준현 선배를 귀찮다는 듯 내려다보더니 손에 들고 있던 부러진 큐를 던지고 두 손으로 준현 선배의 어깨를 쥐었다. 한번 해보겠다는 듯 흉악하기 그지없는 기세였다.

"안 돼!"

나는 나도 모르게 소리를 질렀다. 우리 예쁜 준현 선배 다치면 어떻게 해!

그러나 내 목소리만 쓸데없이 크게 울렸다. 그리고 예상 외로 준현 선배는 다치지 않았다. 심지어는 밀리지도 않았다. 소가 되고 싶은 차력사는 분명 이십 대 후반쯤으로 보였고 근육도 울룩불룩 힘깨나 쓸 듯한 인상이었는데, 준현 선배가 가볍게 몸을 틀면서 양손을 틀어잡자 꼼짝도 못 하고 얼굴이 붉어졌던 것이다.

아, 이런, 이럴 때까지 멋있는 내 남자…… 가 될 놈이란 말이냐.

"이 삐리삐릿삐삐삐할 놈들을 보았나!"

자기 맘대로 되지 않자 더 분노한 소가 되고 싶은 차력사는 소가 되기 전에 혈압으로 죽을 것 같았다.

"삐삐삐삐 삐리릿! 삐! 리릿! 삐!"

소가 되고 싶은 차력사가 곧 득음할 것 같다고 생각하고 있을 때였다.

"거기 서."

야쿠자가 싸늘하게 큐 끝으로 한 사람을 가리켰다. 언제 보았는지 소가 되고 싶은 차력사의 친구가 스멀스멀 내 쪽으로 움직이고 있었다.

순식간에 사방이 조용해졌다.

우뚝 멈춘 소가 되고 싶은 차력사의 친구.

잠깐 시선이 오갔다. 준현, 소가 되고 싶은 차력사, 야쿠자, 나, 그리고 차력사의 친구.

그리고 소가 되고 싶은 차력사의 친구가 냅다 내 쪽으로 뛰기 시작했다. 한쪽에서 삐릿삐릿의 향연을 구경하던 사람들이 구석으로 와와 몰렸다. 나는 소가 되고 싶은 차력사의 친구의 손이 주머니 속에 들어가 뭔가 번쩍이는 것을 꺼내려고 하는 것을 보았다. 아니, 본 것 같았다.

그리고 당구공이 날았다. 응? 하면서 날았다. 보통 굴러가게 되어 있는 당구공이 공기를 가르는 모습은 낯설기 그지없었다.

빠아악!

아까 허리 부러진 당구 큐보다 좀 더 복합적인 소리가 소가 되고 싶은 차력사 친구의 뒷머리에서 폭발했다.

그리고는 아수라장이었다.

당구공을 던진 그 자세 그대로 왼손으로 들고 있던 당구 큐로 소가 되고 싶은 차력사의 친구2를 가격한 야쿠자는 당구대

위를 성큼 날아 내 쪽으로 왔다. 바람과 같은 속도였다.

"뭐, 뭐야?"

나도 모르게 몸을 뒤로 뺐는데 그러거나 말거나 내 투실한 손목에 야쿠자의 커다란 손이 감겼다. 그리고 그와 동시에 믿어지지 않게도 내 몸이 휙 날았다.

"으아아아아!"

중심을 잃은 나는 무릎으로 계단을 내려왔다. 쿵쿵쿵쿵! 야쿠자가 어이없다는 듯 나를 내려다보았다. 아이고, 내 무릎! 인간아! 세상 모든 사람이 너처럼 민첩한 줄 아느냐!

그때 당구장 안에서 무슨 액체폭탄 폭발하는 소리가 들리더니 사람들이 와와 나오기 시작했다.

"젠장!"

야쿠자는 욕설을 내뱉곤 내 어깨를 안아 일으켰다. 그리고 그대로 4층의 창문을 열었다.

나는 신을 찾았다. 신이시여, 제발 얘가 여기서 뛰어내리자고 하는 게 아니라고 말씀해주세요! 신이시여! 신이시여! 계시면 말 좀, 님하!

신은 없다.

야쿠자가 내 어깨를 쥐고 창문 위로 끌어당겨 뛰어내린 것과 동시에 구경하던 순박한 사람들이 와와 몰려 지나갔고 그 뒤에 깡패분들로 보이는 몇몇 사람들이 쫓아 내려오는 것이 내가 그 건물에서 본 마지막 장면이었다.

마치 단풍잎 떨어지듯, 하지만 실제로는 쇠뭉치 떨어지듯 나는 4층 아래로 휘날렸다.

"꾸워어어어어어어어어!"

나는 필사적으로 손을 내밀었지만 잡을 것은 아무것도 없었다. 아무것도 없었다! 아무것도 없었다! 아무것도 없었다아!

"꾸워어어어어어어어어!"

생의 마지막 순간, 살아온 인생이 파노라마처럼 스쳐 지나간다던데 내 인생은 스물여덟 살 때까지 갔다가 컴백한 관계로 헷갈리는지 펼쳐지지 않았다. 그저 눈앞에서 창문이 멀어지고 조그매지고 유난히도 까만 것 같은 밤하늘 위로 지나가는 전깃줄이 선명했을 뿐이다.

풀썩!

등 뒤에 닿는 이상한 감각을 느낄 새도 없었다. 그대로 데구루루 굴러 또 떨어졌다.

으윽!

"으윽!"

둔통이 허리와 발목께를 강타했다. ……근데 둔통? 4층에서 떨어졌는데 어찌 그냥 둔통일 수가?

눈을 뜨자 캄캄했다.

아아, 죽어서 안 아픈 거구나. 그래도 다행이다. 한 큐에 깔끔하게 죽었으니. 괜히 많이 아프다가 죽으면 억울하다. 내 그래도 착하게 살았던 것이 인정을 받…….

갑자기 시야가 밝아졌다.

"일어나."

나는 내 몸을 밀어내는 야쿠자의 동작에서, 그리고 먼저 일어나서 나에게 손을 뻗어 일으키는 야쿠자의 동작에서 야쿠자가 나를 있는 대로 끌어안아 내 머리를 감싸 안고 뛰어내렸다는 것을 깨달았다.

저 모자란 머리로 생각하기에도 내 두뇌가 국보급…… 아니, 그게 문제가 아니라 이게 말이 되는 소린가?

뒤를 돌아보니 부서져 내린 차양이 처참했고 황당한 표정의 아줌마가 뛰어나와 차양 한 번, 나 한 번, 그리고 야쿠자 한 번을 쳐다보고 그리고 어머니, 어머니를 부를 태세로 입을 벌리고 있었다.

내가 얼떨결에 손을 뻗자 야쿠자는 내 손을 잡고 뛰기 시작했다. 나도 뛰었다. 다른 선택의 여지가 없었다. 선택이란 걸 하려면 생각이라는 걸 해야 하는데 지금은 생각은커녕 숨을 쉴 틈도 없었다.

결국 나는 야쿠자를 따라 미친 듯이 뛰기 시작했다.

사람들이 많은 길이었다. 와와 하는 시끄러운 고함 소리가 멀어졌다. 별로 고급스러워 보이지 않는 붉고 노란 네온사인들이 까만 밤 공기 위에 둥실 떠 있었다.

얼마나 뛴 다음일까. 계속해서 아팠을 것임에 분명한 오른쪽 다리의 통증을 더 이상 견딜 수 없어진 게.

"자, 잠깐."

내가 숨을 헐떡이며 말하자 야쿠자가 멈추며 돌아보았다. 약간 흐트러진 호흡을 가다듬으며 야쿠자는 시선을 뒤쪽으로 향했다. 누가 쫓아오는지 안 쫓아오는지를 보려는 듯 아주 숙달된 도망자의 태도였다.

"왜?"

"다리 아파."

"다리가 왜?"

너도 뚱뚱해봐라. 아까 거기서 뛰어내리고 이렇게 뛰면 관절이 견디기 힘들거든!

"쿠션 역할을 한 건 난데, 날 깔아뭉갠 네가 왜 아파?"

진짜 이해가 안 간다는 듯 야쿠자가 다시 물었다. 얜 왜 이렇게 만사 진지한 거야?

"몰라! 아파!"

내가 신경질을 부리며 시큰거리는 발목을 움켜쥐자 야쿠자는 다시 뒤쪽을 바라보았다. 그러든 말든 고개를 숙이자 이마에서 땀방울이 똑똑 바닥으로 떨어져 내렸다. 비 오는 것보다 못할 것이 하나도 없었다. 씨이.

"……너 울어?"

놀란 목소리, 나는 발목을 움켜쥔 채 얼어붙었다.

무슨 생각을 하는 인간이면 이 상황에서 내가 운다고 생각할 수 있냔 말이다. 그러니까 물론 이 상황은 이유 없이 당구장에 끌려가서 삐리삐리 향연을 감상한 후 4층에서 뛰어내려 차양을 부수고 밤거리를 전력질주하다가 다리를 삔 상황이긴 하다. 연약한 애들이거나 진짜 열여덟 살이면 무서울 수도 있겠다.

그러나.

난 연약하지도 않고 열여덟 살도 아니다. 게다가 더 무서운 것, 그러니까 야쿠자가 종로 마성파와 붙었을 때 나온 시체 사진 같은 걸 신물 날 만큼 봤다.

"많이 아파?"

그러나 알 리가 있나. 당황한 야쿠자는 심지어 목소리 끝이 갈라지기까지 했다.

어째야 하나.

나는 눈을 훔치는 시늉을 하며 고개를 들었다. 아무리 나라도 도저히 이 상황에서 '땀이거든? 우헤헤헤.'라고 할 자신은 없었다. 아니, 할 자신은 있었는데 그러고 나서 살아남을 자신이 없었다. 살벌 야쿠자가 날 살려줄지 확신이 없었다.

땀으로 번들거리는 내 얼굴, 물론 뺨도 온통 땀투성이다. 그리고 눈물과 땀의 성분은 궁극적으로는 동일하다. 안 그래도 좀 모자라 보이는 야쿠자가 구분할 리가 없겠지? 없어야 하는데…….

"그렇게 아파?"

아까까지 살기등등했던 야쿠자의 표정이 많이 수그러들었기에 나는 한층 더 오버하여 시무룩한 표정을 지으며 고개를 끄덕였다. 살짝 고개를 외로 꼬자 내 스스로의 연기에 도취되어 정말 눈물이 나올 수 있을 것도 같았다. 그래, 한 1분만 힘주면 또르르, 또르르르.

야쿠자의 시선이 내 얼굴에 와 닿는 것이 느껴졌다. 그것이

의외로 굉장히 다정해서 나올 뻔했던 눈물이 쏙 들어갔다. 고개를 들자 눈이 마주쳤다. 방금 전 한 인간의 머리통에 당구공을 소개해주고 다른 인간의 어깻죽지에 당구 큐를 소개해줬던 야쿠자는 그런 일이 없었다는 듯이 한없이 차분해져서 나를 바라보고 있다. 심지어 호흡도 완벽하게 정돈된 상태였다.

야쿠자는 말없이 등을 돌려댔다.

나는 기겁했다. 야쿠자는 나를 놀라게 하기 위해 이 세상에 태어났나 보다.

"업혀."

"시, 싫어."

"업혀."

얘, 얘야. 내가 이런 말까지는 하기 싫은데 네가 나보다 20센티미터가 넘게 큰 건 사실이지만 무게는 내가 너보다 더 나갈 수도 있거든!

야쿠자는 여러 번 말하는 타입은 아니었다. 내가 계속 고개만 도리도리 젓고 있자 나를 확 끌어당겼다. 중심을 잃은 나는 무릎이 꺾이는 동시에 펴기 위해 노력했지만 늦었다. 결국 나는 야쿠자의 목에 매달리고 말았다.

"무겁지?"

"응."

……빈말로라도 아니라고 해봐라.

"많이 무거워?"

"응, 엄청."

솔직한 야쿠자. 그래, 거짓말을 하지 않는 건 좋은 거지. 워싱턴도 어린 시절에 거짓말을 하지 않아서 미국을 세웠잖니? 넌…… 조직을 세운다는 문제가 있지만.

그대로 말없이 우리는, 아니 야쿠자는 걸었다.

밤이긴 했지만 환한 네온의 조명 아래 사람들이 우리를 힐끔거리는 게 느껴졌다. 좀 부끄러웠지만 생각해보면 야쿠자 쪽이 훨씬 부끄러울 것 같았으므로 난 가만 있기로 했다. 사실 기분이 썩 나쁘지 않았다.

마치 옛날 청춘 영화의 한 장면 같다고 생각했다.

패싸움, 여자를 구해서 나온 남자, 그리고 나란히 걷…… 진 않고 포개져서 걷고 있는 밤길.

고전이 왜 고전인지 알겠다. 유치하다. 그러나 기분이 나쁘지 않다.

"아!"

"왜?"

내가 깨달음의 탄성을 지르자 야쿠자는 약간 흘러내린 내 몸을 추슬러 올렸다.

"준현 선배!"

"걔가 뭐?"

"어떻게 해? 다치지 않을까?"

"됐어. 안 다쳐."

야쿠자의 목소리가 너무 퉁명스러워 더 묻기 어려웠으나 난 물어봤다. 어렵다고 해서 내가 포기한 게 뭐 있던가?

"왜 안 다쳐?"

"거기 있는 놈들 떼로 덤벼도 강준현 못 이겨."

"왜?"

야쿠자는 대답이 없었다. 하루에 10개 이상 질문을 받지 않는 자동 차단 기능이라도 있는 듯했다.

그러나 확실한 건 내가 야쿠자의 말을 믿고 있다는 것이었다. 내 생각에도, 그러니까 '나는 탱크에 깔려도 안 죽어' 류의 착각일지 모르겠지만 준현 선배에게 큰 문제가 생길 것 같지 않았다. 그것이 준현 선배가 문(文)과 무(武)를 겸비했기 때문이든, 그 사람들 전부를 쌈 싸먹고도 남을 만큼 능구렁이기 때문이든.

"너네 사촌이라며?"

"너 몇 번 타야 해?"

"왜 사촌이라고 말 안 했어?"

"집 어디랬지?"

"근데 되게 친한가 보다?"

"버스, 은행 앞에서 타는 거 맞아?"

"선배가 나랑 너 친하냐고 묻던데?"

"야!"

야쿠자가 성질을 부리며 걸음을 멈췄다.

"여기 던져놓고 가기 전에 대답 못 해?"

"608-19, 자양동, 맞아. 네 대답은?"

야쿠자는 어이없다는 듯 잠깐 한숨을 내쉬더니 대답했다.

"그래, 그냥, 별로."

그리고 다시 걸음을 옮기기 시작했다.

"마지막 질문은?"

"그건 질문이 아니잖아. 어쩌라고?"

의외로 머리가 좋은 놈이라고 생각했다. 그리고 힘도 좋고.

나를 업고도 별로 무거운 기색 없이 야쿠자는 씩씩하게 걷고 있었다. 의외로 그 녀석의 등짝은 몹시도 편했고 그래서 나는 이것저것 생각하지 않기로 했다.

오늘의 활극은 내가 실제 열여덟 살이었다면 끔찍한 일이었겠지만 지금의 나는 그냥 좀 신기하기만 했다. 흥분이 지속되지 않는 것은 나이 먹었다는 증거 같은 걸지도 모른다. 하지만 어쨌든 지금의 나는 나다. 그러니까 이걸로 됐다.

나는 그냥 야쿠자의 어깨에 머리를 기대면서 마지막으로 꼭 하고 싶은 한마디를 했다.

"너 룸살롱은 다니지 마."

야쿠자는 대답 없이 피식 웃었다.

별이 없는 서울의 밤하늘 위로 인공위성 하나가 반짝였다.

10. 장난 아닌 사람들

모의고사가 끝난 후 교장 선생님은 정말로 1등부터 30등까지 써 붙였다. 물론 내가 충격을 받을 이유는 없었다. 내 이름은 당당히 맨 앞에 위치했으며 심지어 만점에서 꼴랑 2점 빠진 점수였으니까.

이 정도면 사사오입하면 만점이다.

"너 장난 아니다."

마음속으로는 덩실덩실 봉산탈춤을 추며 겉으로는 아무렇지도 않은 척 쿨한 표정으로 대자보를 보고 있는데 휘이, 하는 높은 휘파람 소리와 함께 준현 선배가 말을 걸어왔다. 난 웃음으로 답했다. 그 웃음의 이름은 '댁도 장난 아니시면서.'

3학년 1등은 선배였다. 그것도 3점 빠진 점수. 간단히 말하자면 둘 다 딱 한 문제씩 틀렸는데 나는 2점짜리를 틀리고 선배는 3점짜리를 틀렸다는 거다.

후후후후, 우리는 장난 아닌 사람들. 그래서, 그래서, 우리이느은 하아나.

서로 마주 보는 눈길 뒤로 BGM이 흐르는 것 같았다.

내가 느끼하게 쳐다보는데도 지지 않고 그 시선을 받아내던 선배는 내 느끼함을 튕겨내고도 남을 만한 상큼한 미소를 짓고는 말했다.

"그래서 그날, 어땠어?"

그날?

내가 고개를 갸우뚱했다. 그러나 꺾어진 목이 45도 지점을 지나기도 전에 나는 그날이 어떤 날인지 기억해냈다.

그날, 온갖 타락의 장소 투어를 한 후 담배 연기 자욱한 당구장에서 내가 쇠로 만든 꽃잎처럼 떨어져 내렸던 그날, 내 무게에 내 다리를 접질려 야쿠자의 등짝에 업혀 둥기둥기 집으로 돌아가야만 했던 그날.

"그날이 뭐요?"

"그날, 상우가 집까지 데려다 줬어? 상우가 별말 안 해?"

말할 틈도 없었다.

우리 집으로 가는 버스를 타기도 전에, 아니 버스 정류장 근처에 가기도 전에 우리는 누군가와 눈이 마주쳤다. 정확히 말하자면 우리를 험악하게 노려보고 있는 누군가와 눈이 마주친 것이고 더 정확히 말하자면 야쿠자의 시선이 먼저 상대와 부딪쳤고 그 시선을 따라 내 시선이 움직인 것이다.

"뭐야, 아는 사람이야?"

야쿠자가 내게 물었다.

처음이었다. 누군가의 머리통을 쥐어박고 싶은 충동을 이렇게 강하게 느낀 것은……. 이 자식의 머리에는 꽃만 차 있나 보다.

"은혜 갚은 까치잖아!"

"은혜 갚은 까치?"

아차.

애매한 상황이었다. 나는 눈앞에서 짝다리를 짚고 선 험악한 인상의 아이를 알아보았으나 야쿠자에게 그 아이가 누군지 설명할 방법이 없었다.

"왜…… 그 있잖아! 네가 농구대에다가 머리를 박아대던……."

"이건 또 무슨 현진고 최고 꼴통과 최고 밥통이 크로스한 거냐?"

내 말이 끝나기도 전에 빈정거리는 은혜 갚은 까치의 말에 나는 누가 꼴통이고 누가 밥통인지 고민했다. 둘 다 야쿠자에게나 어울리지 나에게는 어울리지 않는 말이었기 때문이다.

그러나 그 고민은 그렇게 길지 않았다. 나의 자세한 설명에 눈앞에서 불량식품 5만 개를 먹은 불량한 얼굴로 우리를 노려보던 아이의 정체를 파악한 야쿠자는 더 이상 시간 낭비를 하지 않았던 것이다.

야쿠자는 그 길고 튼튼한 다리를 들어올려 은혜 갚은 까치의 배를 냅다 걷어찼다.

"으윽!"

은혜 갚은 까치가 허리를 굽히는 것과 동시에 야쿠자는 뛰기 시작했다. 나는 뒤돌아보지 않았지만 뒤에서 닭이 날갯짓하는 소리가 들려 까치들이 추격을 개시했음을 알았다. 나를 업고도 야쿠자는 어찌나 날래던지 나는 그 등짝에 꼭 붙어 있는 것밖에 할 수 있는 게 없었다.

막 출발하려는 버스에 야쿠자는 날름 올라탔다.

"출발해요!"

버스 운전기사 아저씨는 갑자기 180센티미터도 넘어 보이는 기다란 녀석이 널따란 녀석을 업고 뛰어오르자 놀란 듯 내 말이 끝나기도 전에 차를 출발시켰다. 나를 내려놓으며 이마를 훔치는 야쿠자의 어깨 너머로 분해서 파닥거리는 까치들이 보였다.

"너, 뭐가 되려고 이래?"

사람이 별로 없었던 버스 안, 자리에 앉자마자 내가 물었다.

"저쪽으로 앉아."

내 쪽을 바라보지도 않고 돌아온 퉁명스러운 대꾸에 몹시도 무안해졌다. 사람이 별로 없긴 해도 야쿠자놈이 2인석에 가 앉기에 별생각 없이 그 옆에 앉았는데 0.1초도 되지 않아 이놈의 야쿠자, 나의 자리는 거기가 아니라는 걸 알려주다니 희한한 재주가 있는 녀석이다. 사람 불편하게 만드는 재주.

나는 벌떡 일어나서 건너편 좌석에 앉으며 다시 물었다.

"너 뭐가 되려고 이러냐고!"

야쿠자는 안 들린다는 듯 시선을 창 밖에 고정한 채 오만상을 찌푸렸다. 옆얼굴이 예쁘긴 하지만 그게 문제가 아니다. 나는 다시 일어나서 야쿠자 앞좌석으로 옮겨 얼굴을 들이대며 조금 더 목소리를 높였다.

"너 뭐가 되려고 이러는데?"

"뭘 묻는 거야? 질문을 명확히 해."

질색하는 표정으로 고개를 뒤로 빼며 야쿠자가 내뱉었다. 다시 좀 무안해졌다. 생각해보면 방금 격렬한 운동의 여파로 내가 주제를 넘었다. 야쿠자가 뭐가 되든 말든 나랑은 상관없는 일이며 엄밀히 말해 나는 야쿠자가 뭐가 되는지 알고 있지 않은가? 그래, 야쿠자는 바로 야쿠자가 된다. 일본을 제패하고 한국을 침노한 육시할 야쿠자!

게다가 야쿠자의 머릿속에 꽃만 들었다고 보기에는 모호한 것이, 논리적이긴 하다. '너 뭐가 되려고 이래?'는 질문이 아니다. 저 질문에 '나는 야쿠자가 되려고 이럽니다.'라고 대답하는 건 정말 정신 나간 짓이니까.

그래서 나는 질문을 바꿨다.

"아까 걔들은 뭐야?"

"나도 몰라. 나만 보면 기를 쓰고 덤벼드는데 어떻게 해?"

"왜?"

"몰라."

"모를 리가 있어?"

야쿠자의 표정이 기묘하게 변했다. 마치 미적분학 문제를 앞에 둔 유치원생처럼 순진무구한 얼굴이었다. 야쿠자는 질문했다.

"알면 안다고 하지, 왜 모른다고 하겠어?"

어, 또 맞는 말이다.

"갑자기 덤벼들었단 말야?"

야쿠자는 귀찮다는 듯 턱을 손등으로 쓱 문지르며 말했다.

"언제부터인지는 기억 안 나고, 하여튼 정말 그랬어. 저놈들뿐 아냐. 그냥 지나가다 보면 덤비는 놈들이 있어."

"아니, 왜?"

"그건 그놈들한테 물어야지."

……왜 자꾸 내가 바보 같은 질문을 하고 있다는 느낌이 들지? 왜 자꾸 밀린다는 기분이 들지? 다른 놈들도 이래서 얘한테 덤비는 걸까?

"그래서 그 덤비는 놈들을 때려준 거야?"

"응."

"왜?"

"그럼 맞아?"

음, 맞는 소리다. 이유 없이 맞을 필요는 없다.

"그냥 피하기만 하는 건?"

"그럴 수 있으면 그렇게 해."

음, 왜 자꾸 할 말이 없지? 이렇게 그냥 넘어가면 안 되는데 왜 자꾸 이놈 말이 맞는 것 같지? 이거 좋은 징조가 아니다.

"너 술 마시지 마."

뜬금없는 나의 말에 야쿠자가 또 오만상을 찡그렸다.

"무슨 소리야?"

"아까 준현 선배랑……."

딸꾹! 왜 준현 선배 이름만 나오면 야쿠자놈의 얼굴이 저렇게 살벌해지는 걸까?

"……그러니까 여기저기 돌아다녔는데 다 술집이었어."

내 목소리의 끝은 기어들어가고 있었다.

"강준현이랑 돌아다닌 데가 술집인데 왜 나한테 와서 술을 마시지 말래?"

"그러네."

그게 끝이었다. 그렇게 간단하고 단순한 것이었다.

문득 세상 사람들이 야쿠자만큼 단순하다면 세상에 전쟁이 없을 것 같다는 생각이 들었다. 세상 사람들은 복잡한데 야쿠자는 혼자 간단해서 문제가 생기는 건지도 모르겠다.

"무슨 생각해?"

선배의 말에 나는 야쿠자에 대한 생각을 멈췄다. 그리고 보니 내가 왜 야쿠자를 생각하고 있는 거야?

"야쿠……, 아니 상우 오우오웅이 선배한테는 별말 안 해요?"

내가 묻자 선배는 조용히 고개를 저었다. 하기야 그때 당구장에서 하는 꼴을 보니 선배와 다정하게 대화를 할 만한 사이는 아닌 것 같았다.

"근데 그놈은 왜 선배를 그렇게 싫어해요?"

사선을 함께 넘어서인지 한결 친해진 느낌으로 우리는 복도를 따라 걷기 시작했다. 여전히 주변의 시선이 느껴졌지만 그러거나 말거나.

"안 싫어해."

"싫어하는 거 같던데?"

"아냐."

잠깐 망설였던 선배는 어쩔 수 없다는 듯 말을 이었다.

“사실 싫어할 만하니까 싫어하는 거겠지.”
“응, 그런 성격인 거 같았어요.”
선배가 우뚝 걸음을 멈췄다. 두어 걸음 앞서나가던 나는 그 무언의 압력, ‘나를 돌아봐.’를 이겨내지 못하고 뒤를 돌아보았다. 사실 정말 뒤를 돌기 싫었던 것이, 이럴 때 뒤를 돌면 상대가 원하는 대로 구구절절 설명해야만 한다.
“네가 그걸 어떻게 아는데?”
것 봐라. 당장 설명을 요구하지.
“그냥 보면 알죠.”
“뭘?”
“그러니까 생각보다 단순하고 생각보다 정직하고 생각보다 곧이곧대로라는 인상을 받았다고요.”
“……생각은 어땠기에?”
난 웃었다. 역시 예리하다.
굳이 따지자면 선배와 나는 같은 종족일지도 모른다. 사람의 말 속에 숨어 있는 진의를 잘 잡아낸다. 심지어 말하는 사람 자신도 깨닫지 못하는 무의식까지도 알아낸다. 그건 기본적으로는 머리가 좋아서고 그 다음은 냉정해서이다. 상대를 객관적으로 바라볼 수 있는 것이다. 우리 같은 사람은 즐기기는 해도 빠져들진 않는다.
하지만…….
“뭐 어쨌든 그런 타입, 피곤해요.”
“뭐가?”

"너무 솔직하면 부담스럽잖아요."

순간 나는 실수했다는 걸 알았다. 아니나다를까, 준현 선배도 그걸 놓치지 않았다. 준현 선배는 표범과이긴 하지만 하이에나를 사촌으로 둔 만큼 집요하게 나를 추궁하기 시작했다.

"뭐가 부담스러워?"

"야……, 상우 오웅이요."

난 야쿠자의 전법을 채택하기로 했다. 대답은 대답인데 대답이 아닌 야쿠자만의 눈뜨고 헛소리하기 전법.

"왜 부담스러워? 사귀라고 한 것도 아닌데."

"그러게요."

"솔직히 말해봐. 어떻게 된 거야?"

"뭐가요?"

"상우랑 너."

난 눈을 초롱초롱하게 뜨려고 노력하며 선배를 마주 봤다. 창 밖은 봄 햇살에 비친 나무들로 녹음이 짙었는데, 그러거나 말거나 나는 바보처럼 보이기 위해 안간힘을 쓰는 중이었다.

"너 상우에 대해서 꽤 잘 알고 있잖아. 도대체 찾으려면 온실로 가야 한다는 얘기는 어떻게 나온 거야?"

"내가 그랬던가?"

"솔직히 말해봐. 상우, 너 좋아하지?"

"그걸 왜 나한테 물어요?"

"네가 알고 있으니까."

아! 분하다. 이런 방법이 있구나.

야쿠자처럼 ‘그걸 왜 나한테 물어?’라고 되묻는 것까지는 성공했는데 이런 식으로 반격하는 법이 있다는 건 생각하지 못했다. 나의 이 똑똑한 두뇌로 이걸 생각하지 못하다니. 졌다! 분하다! 강준현이 나보다 토끼 뒷다리 털 속의 벼룩 마을만큼 대처 능력이 좋구나. 하지만 변명하자면 이건 순전히 상대에 대한 신뢰도의 문제다.

나는 야쿠자에 대한 신뢰도가 바닥에 가깝고 그러므로 야쿠자가 알고 있을 것이라는 등의 생각을 하지 못한다. 그리고 야쿠자도 아마 내가 자기가 알고 있을 거라고 기대한다는 사실에 대해 부응하고자 하는 의지가 별로 없을 것이다. 하지만 나는 다르다. 나는 뭐든 알고 있을 만한 사람이고 또 상대의 기대에 부응하고자 하는 강렬한 의지가 있는 사람이다.

그게 아니더라도 나처럼 아는 건 다 이야기해야 직성이 풀리는 잘난 척쟁이는 모르는 척, 못 알아듣는 척은 도저히 못하는 법이다.

“뭐, 좋아하는 건지 아닌지는 몰라도 신경 쓰는 건 맞아요.”

아, 모르는 거 있다. 야쿠자 눈에 도대체 무슨 하자가 있기에 이러는지는 모르겠다.

“정확히는 모르겠지만 여하튼 뭔가 있긴 있어. 걔 언제 풍 맞은 적 있어요? 머리에 문제 있어? 아님 눈?”

그날 이후 뒤통수가 따가워 죽을 지경이었다. 등하교시간, 체육시간, 점심시간……. 야쿠자는 시체 주변을 맴도는 킬리만자로의 하이에나처럼 나를 바라보았다. 노골적이고 직접적으로.

누가 솔직한 성격 아니랄까 봐 쳐다보는 것도 그렇게 정직하고 확정적이며 대담한지 모르겠다.

“도대체 왜 그렇게 쳐다보는 거야.”

내가 중얼거리자 선배가 피식 웃었다.

“남자가 여자를 왜 본다고 생각하는데?”

“……보기 좋아서?”

잠깐의 진공과도 같은 공백이 지나간 후 선배가 풋 하고 웃음을 터트렸다. 그 웃음이 이해가 안 가는 것도 아니고 내 쪽에서도 웃기려고 한 말이었는데 기분이 나빴다. 그 공백 때문이다. 순간적으로 떨떠름한 우주가 ‘이요오오옹’ 하는 소리를 내며 지나간 듯한 그 황당한 공백. 이 사람도 희한한 재주가 있군. 웃기려고 작정하고 웃겼는데 사람을 이렇게 기분이 나쁘게 만들다니.

“걔 나쁜 애 아냐.”

“히틀러도 알고 보면 나쁜 사람 아니랍니다.”

“진짜야. 그냥…… 좀 특이한 환경에서 자란 것뿐이야.”

“어떤 환경이기에?”

어지간한 환경이면 안 될 거라고 생각했다. 그런 내 눈빛을 읽었는지 선배는 가볍게 한숨을 내쉬며 시선을 돌렸다.

아이고, 가볍게 아랫입술을 깨문 저 태(態)도 예쁘구나. 아직 고등학생이라 그런가. 곱구나 고와. 예전에는 아줌마들이 어린 총각들을 보고 곱다고 하는 것이 이해가 가지 않았는데 이제 이해가 가는 걸 보면 나, 나이가 들긴 들었나 보다. 스물여덟 살이긴 한가 보다.

선배는 한참을 뜸을 들였다.

빈약한 나의 상상력에는 대통령의 아들이거나 삼성의 숨겨진 자식이 아니라면 그다지 생각나는 특이한 환경이 없었으므로, 저리 뜸을 들이는 건 단순히 저다지도 예쁜 태를 좀 더 오래 보여주고 싶어서가 아닌가 싶을 정도였다.

"윤이화라고 알아?"

"아니요."

모르는 이름이다. 상황으로 보면 우리나라 조폭쯤 되나? 야쿠자는 우리나라 조폭의 후계자였던 걸까?

"우리나라 유도 역사상 가장 많은 메달 보유자야. 1978년부터 3회 연속 아시안 게임과 올림픽게임 금메달리스트였어. 전무후무한 기록이지."

응?

"엥?"

"그리고 유민수도 모르겠지만 말야."

알고 싶지 않아졌다.

"대한 합기도계의 신화인데 현재 국내에서 제일 큰 도장을 운영하고 있기도 하고, 또 협회장이기도 하지만 무엇보다 분관되어 약했던 대한 합기도류를 하나로 통일하고 정리했다는 데 가장 큰 의미가 있는 사람이지."

"그러니까 그 두 분이 지금……."

"응, 상우 부모님. 우리 이모랑 이모부셔."

음, 확실히 예상치 못하게 특이한 환경이군.

"그래서?"

"그래서 상우는 어렸을 때부터 도장에서 자랐고 옹알이는 기합이었으며 걸음마하다가 넘어질 때 이미 낙법으로 넘어졌다는 거지."

어디 하나 부러뜨려놓고 싸워도 지기 힘들겠구나.

"뭐 좀 특이한 환경이긴 한데, 그거랑 쟤가 저러고 돌아다니는 거랑 무슨 상관이에요?"

"잰 싸우는 거 싫어하거든."

뭣이? 그건 마치 LG 사장이 삼성 파브를 보면서 애니콜로 통화하는 것과 비슷하게 배신감이 느껴지는 문장인데? 야쿠자가 싸우는 걸 싫어해?

"근데 외아들이야. 게다가 보면 알겠지만 천부적으로 운동신경이 좋아. 이모랑 이모부는 애가 유도를 할 것이냐 합기도를 할 것이냐를 놓고 싸우긴 해도 다른 걸 시킬 생각은 전혀 없었지. 그리고 집안 분위기인데……. 자연스럽게 좀 폭력적이야."

선배는 씩 웃었다.

"생활이 대련이랄까."

잘도 웃음이 나오겠습니다. 생활이 대련이라는데, 애가 저렇게 컸는데 잘도 '좀' 폭력적이겠습니다.

이거 장난이 아닌 사람들이잖아.

"그래서 비뚤어졌다고요?"

"뭘 또 비뚤어지기까지. 그냥 좀 남의 말을 듣지 않는 것뿐이야. 어렸을 때 쟤 정말 순하고 귀여웠어."

어렸을 때 순하고 귀엽지 않은 대한민국 국민을 찾아보기란 정말 어려운 일이다.

"그리고 지금도 귀엽잖아."

하는 짓을 보면 귀가 없으면 없지 귀엽진 않다. 저 키와 저 덩치, 저 성격과 저 미래가 뭐가 귀여울까.

"네 말은 들을지 몰라."

"걔가 내 말을 왜 들어요?"

"사람한테 관심 보인 것도 처음이고 또, 아마……."

선배의 입가에 수상쩍은 미소가 돌았다. 뭔가를 꾸미는 듯한, 아주 재미있어하는 듯한 미소 말이다.

"널 좋아하는 것 같거든. 잘 달래면 될 것 같기도 하단 말야."

"뭘 달래요?"

돈을 달래? 뭘 달래?

"글쎄, 나도 별로 내키는 상황은 아니지만……. 효율성이라는 측면을 생각하면 사람 일, 내 맘대로만 되는 건 아니니까."

"뭔 소리예요?"

"그러니까 제일 빠르고 쉬운 길을 택해야 한단 말야. 확인해 볼래?"

확인해? 뭘? 이 사람이 이렇게 말을 듬성듬성 하는 타입이었던가? 아니면 타임리프를 하면서 내 뇌세포가 다치기라도 한 거야? 왜 이렇게 말을 알아듣기 어려운 거야?

선배가 한 걸음 다가와 나와의 거리를 좁혔다. 아주 잘난 얼굴이 가까워졌다. 가슴이 자동반응으로 조금 더 거세게 뛰기 시작했다. 길게 늘씬한 팔이 천천히 내 얼굴을 향해 올라오기 시작했을 때 나는 나도 모르게 눈을 질끈 감았다. 오오, 이제 저 얼굴이 내 얼굴로 다가오고 입술과 입술의 거리가 가까워오며…… 잠깐, 그런데 여기는 학교잖아? 이 남자…… 뭘 하겠다는……, 응?

어깨 위로 묵직한 무게가 느껴졌다. 눈을 뜨자 비스듬히 허리를 굽힌 준현 선배의 두 팔이 내 어깨 위에 올라와 있었다. 하지만 준현 선배의 시선은 내 얼굴을 향해 있지 않았다. 내 어깨 너머 뒤쪽, 복도 끝의 어딘가. 비스듬히 올라간 입꼬리는 선배가 자신의 짐작이 맞았을 때 언제나 보여주던 익숙한 것이었다. 나는 고개를 돌려 준현 선배의 시선이 향한 곳을 바라보았다.

같은 교복을 입고 있어도 명암도 채도도 다른, 심지어 선명도조차 다른 듯한 한 사람이 다가오고 있었다. 어떻게 한 건지는 몰라도 원근 따위는 깡그리 무시한 채 엄청 잘 보인다. 빠르다. 날렵하다. 노래 하나가 생각난다. 퀴즈탐험 신비의 세계……. 정글…… 사자…….

우~ 오~ 우오~ 우~ 오~ 지! 구우는! 숨! 을! 쉰! 다!

난 눈이 휘둥그레졌다. 소리 하나 없이, 그러나 모든 이들의 시선을 잡아끌며 순식간에 다가온 야쿠자가 복도에 서 있는 모두를 무시하고 내 앞에 우뚝 멈춰 섰다. 시선이 딱 마주쳤다. 어찌나 붙어섰는지 나는 그 시선을 마주하기 위해 목을 뒤로 꺾어져라 젖혀야 했다.

아까부터 시선을 느끼지 않았던 건 아니다. 하지만, 하지만 도대체 이 단순하고 직설적이며 노골적인데다가 염치도 없는 이 반응은 무엇이냔 말이다.

"왜?"

내 물음에 입술을 굳게 다물고 세상의 온갖 인상을 쓰고 있던 야쿠자의 귀 끝이 천천히 달아오르기 시작했다. 그것이 화를 눌러 참느라였는지, 아니면 자신이 여기 서 있는 이유를 생각해내서였는지는 모르겠다.

하지만 그 반응이 어딘지 날 자극한 것은 확실하다.

다르다. 나와는 정말 다르다. 준현 선배가 나와 영혼의 쌍둥이라 해도 좋을 정도로 비슷한 타입이라면 야쿠자는 나랑 비슷한 곳이라고는 한 조각도 없다. 너무나 다르니 이걸 뭐라고 해야 하지? 괴롭히고 싶어? 놀리고 싶어? ……아니면 이런 기분을 뭐라고 하지? 귀여워?

야쿠자는 나를 한 번 쳐다보고 여전히 내 어깨에 팔을 올리고 있는 준현 선배를 바라본 다음, 다시 나를 보았다.

"나한테 할 말 있어?"

나는 이중 턱이지만 당당하게 치켜들며 물었다. 턱이 하나였다면 좀 더 도도해 보이고 좀 더 못돼 보였을 수도 있었을 텐데, 아쉬웠다.

준현 선배가 피식 웃는 게 느껴졌다. 못됐다. 하지만 준현 선배도 못됐지만 나도 못됐으니까 할 말은 없다. 선배와 나는 못될 수 있을 때 양껏 못될 사람들이다. 눈앞에 있는 이 야쿠자는 안 그럴 사람이고.

아니, 잠깐 이건 뭔가 착취와 피착취가 경도된 느낌인데? 우린 나중에 검사가 되고 얘는, ……얘는 야쿠자가 되는데?

난 순간 혼란을 느꼈다. 마치 내가 순진한 열아홉 살의 어린양을 괴롭히는 불리(bully)라도 된 듯한 기분이었지만 저 순진한 열아홉 살의 어린양은 후에 야쿠자 떼를 이끌고 조국을 침노해 종로 바닥을 피바다로 만드는 리얼 악(惡) 야쿠자이신데?

아, 머리 아파.

"할 말 없으면 가."

머리가 아플 때는 못되게 구는 게 최고.

하지만 사실 내가 스물여덟 살이었기 때문에 이렇게 느슨하게 대꾸할 여유가 있었던 것뿐이었다. 머릿속으로 야쿠자와 나의 현재 상황과 미래에 대해 고민하는 동안에도 내내 나를 노려보고 있던 야쿠자의 기세가 어찌나 흉흉하던지 무서울 정도였다. 어린놈이 벌써부터 기(氣)가 있다. 도대체 어떻게 하면 가만히 있는데 점점 살기등등해질 수 있는 거냐. 이게 조절 가능한 거라면 연기자로 내보내도 될 것 같았다. 어떤 만화에서 눈썹이 떨리는 것만으로도 죽을 듯한 슬픔을 표현했다더니 얘는 주변 공기의 흐름을 제압함으로써 살기를 표출한다. 난 놈 같으니라고.

야쿠자는 화를 눌러 참듯 가볍게 한숨을 내쉬며 나에게서 시선을 뗐다. 그러나 준현 선배에게 시선이 옮겨갔을 때는 별로 화를 눌러 참을 생각이 없어 보였다.

태연한 척 내 어깨에서 미동도 않던 준현 선배의 미세근육들이 긴장하는 것이 느껴졌다. 나 역시 태연한 듯 야쿠자를 바라보고 있었지만 나도 모르게 약간 숨을 죽였다.

어째서 화를 내는 거든, 그 이유가 순진한 것이든 말든, 본연의 피는 속이지 못하는 법.

아아, 정녕코 왕후장상, 아니 야쿠자의 씨는 따로 있었단 말이냐!

11. 장난하는 사람들

되돌아온 시간도, 살벌한 시간도 어김없이 물리학의 법칙 그대로 흘러간다. 일각이 여삼추와 같은 대치상황, 그러나 현 상황을 타개할 만한 사람은 적어도 구경하고 있는 십 대 중에는 없어 보였으며 선생님들은 주변 백 미터 이내에 보이지 않았다. 그리하여 결국엔 또다시 잘난 내가 나설 수밖에.

"하고 싶은 말 있어?"

"있어."

즉각적인 대답, 애가 또 솔직은 하다.

"뭔데?"

"손 치워."

질문한 건 나지만 야쿠자가 하고 싶은 말이 있는 대상은 준현 선배였다.

"뭐?"

선배는 아무렇지도 않다는 듯 되물었지만 난 안다. 슬그머니 아무도 모르게 손을 내렸다. 구렁이 담 넘어가듯 말이다. 조금도 쪼잔해 보이지 않게, 자존심도 상하지 않게 정말이지 스리슬쩍 손을 내렸다. 저것도 재주지 싶다.

"학생회장은 연애질해도 돼? 교칙에 어긋나는 거 아냐?"

"연애?"

"너랑 무슨 상관인데?"

나는 '연애' 부분에 대해 설명하고 싶었는데, '연애' 부분에 대해 확정하고 싶었는데 준현 선배는 그럴 기회를 주지 않았다. 대신 용감하게도 선배는 개겼다. 자신은 살며시 손을 내려놓은 적 없다는 듯 개겼다. 장하다, 강준현! 용감하다, 강준현!

목숨이 두 개가 아니라면 유도계의 신성과 합기도계의 거성의 아들에게 덤비는 이 남자는 진정한 용자(勇者)!

하지만 사실 논리적으로 생각해보면 이 싸움은 야쿠자에게 불리하다. 당장 선배를 아프게 할 수는 있겠으나 선배는 학교의 총아, 초 범생 학생회장이니 후환이 적지 않을 것 아닌가?

내가 간과한 것은 이 모든 것을 생각할 능력이 야쿠자에게는 없다는 것이었다.

언젠가 약수터에서 내 뒷덜미를 잡았던 불가살이를 향해 발이 날아갔던 것과 비슷한 스피드와 강도로 주먹이 날아왔다.

"으악!"

나는 비명을 지르며 고개를 얼른 숙였다. 미안하오, 선배. 나 살겠다고 내 몸만 피해서.

그러나 걱정할 필요 없었다. 준현 선배는 야쿠자의 주먹과 거의 비슷한, 아니 그보다 더한 민첩성으로 가볍게 몸을 젖혀 야쿠자의 주먹을 피함과 동시에 점프해서 저만치 멀어졌던 것이다. 오오, 날렵한 내 남자…… 가 될 놈!

여자아이들이 꺄악꺄악 시끄럽게 지르는 소리가 복도를 울리는 것과 동시에 저만치 서 있던 남자애들은 일정한 거리로 다가와 자연 링을 만들었다.

물론 이걸로 상황이 종료된 건 당연히 아니었다. 가만히 있으면 야쿠자가 아니다. 선배가 워낙 민첩하게 피한지라 중심을 잃을 만도 하건만 야쿠자는 그대로 창틀을 가볍게 짚어 원심력을 사용해 붕 돌더니 다시 선배에게 덤벼들었다.

아니, 얘야. 지금 이게 싸울 일이니? 말이면 바른 말이지 '너랑 무슨 상관인데?'라는 질문에 어째서 주먹으로 답하는 거니?

그런데 난리 났다. 다들 왜 이렇게 좋아하는 거냐?

남자애들이 좋아하는 건 이해한다. 이들은 어차피 격투기나 권투 같은 무지막지한 스포츠에서 사람 얼굴이 피자 찐빵 되는 걸 보면서 좋아라 하지 않던가? 그런데 여자애들! 여자애들도 어머어머 하면서도 손가락 사이로 다 본다. 어쩜 이럴 수가!

야쿠자의 두 번째 주먹도 빗나갔지만 발차기는 안 그랬다. 모래주머니 옆구리 터지는 격한 소리가 났다. 하지만 그 다음 순간, 배를 정통으로 맞은 선배가 허리를 굽히는가 싶더니 번개같이 뻗어나간 주먹이 야쿠자의 뺨에 작렬했다.

"오오!"

그 다음부터는 개싸움이었다. 선배가 야쿠자 몸 위에 올라타고 주먹을 휘두르다 자세가 바뀌어 야쿠자가 패고, 번개같이 일어서서 한 발로 까고 도망가다가 또 몇 대 쥐어터지고.

그 모습을 보면서 '배경음악으로 로망스만 흘러나오면 눈밭에서 싸우는 연인들을 방불케 할 텐데.'라고 말하면 내 사상이 불순하다고 할 텐가? 잘생긴 것들이 하니 별게 다 그림이었다. 나도 모르게 넋을 잃고 바라보다가 정신이 든 건 피를 본 이후였다.

"잠깐! 스톱! 그만! 그만!"

내가 벼락같이 소리를 질렀다.

울림통 좋은 내 배에서 터져 나온 목소리에 다들 멈칫했다. 원래 뭐든 크고 볼 일이다. 위압감이 있잖아.

선배를 깔아뭉개고 막 얼굴을 향해 주먹을 뻗으려던 야쿠자가 놀란 표정으로 날 돌아보는 틈을 타 선배가 손바닥으로 야쿠자의 얼굴을 밀어내며 몸을 빼냈다. 그대로 잠깐 선배 쪽을 돌아보았던 야쿠자도 천천히 몸을 일으키더니 손을 툭툭 털었다.

가관이었다. 야쿠자는 광대뼈 부근이 벌겋게 달아올라 있었고 할퀴기도 했는지 오른 뺨에서 귀 뒤쪽까지 한 줄기 핏자국이 쭉 그어져 있었다. 내가 못 본 새 머리도 쥐어뜯겼는지 까치집이다. 물론 옷차림은 말할 필요도 없다. 원래도 단정함과는 거리가 멀었는데 이제 아예 잠겨 있는 단추가 없다. 잠길 단추도 없는 것 같다. 다 튀어나갔나 보다.

"뭐 하는 짓이야? 학교에서!"

준엄해지려고 노력했지만 내가 야쿠자를 나무라는 모습은 마치 기니피그가 킬리만자로 표범에게 잔소리하는 모습과 흡사했다는 걸 인정한다. 일단 키 차이가 너무나 장엄하여 나부터가 도무지 엄숙할 수가 없었던 것이다. 부피로 승부하는 것도 한계가 있는 법이니까.

그래도 내가 최선을 다해 엄하게 나무라고 있는데 담담한 표정으로 나를 내려다보던 야쿠자가 천천히 입을 열었다. 그리고 그것은 타임리프 이후 내가 들은 모든 언어 중 가장 충격적인 언어였다.

"교칙을 어기잖아."

교칙을 어기잖아.

교칙을 어기잖아.

교칙을 어기잖아.

교칙? 교칙? 지금 야쿠자의 입에서 학교 교(校), 법칙 칙(則), 학교의 법칙이라는 말이 나온 건가? 세상에나, 세상에나, 이는 마치 스님이 고스톱을 치다가 연속으로 뻑을 만나 '지쟈스!'라고 하는 것과 비슷한 충격이다.

그러니까 지금 교복도 제멋대로 입고 수업에도 안 들어오고지 맘대로 학교를 들락날락하는 불가살이 킬러, 사람 머리로 농구 골대에 종을 울리기도 하고 당구공과 사람 머리 중 뭐가 더 강한가 실험해보기도 하는 야쿠자가 교칙을 어겨 사람을 쥐어팼다고 말하고 계신 것이다.

하하하하하, 의외로 세상에는 재미있는 일이 많다. 이건 아마도 21세기, 아니 22세기까지도 통할 유머인 것 같다.

어딘지 어색한 표정으로 서 있는 야쿠자 뒤에서, 분명 팬 것보다 더 많이 맞은 듯한 몰골의 준현 선배가 코피를 훔치며 퉁퉁 부은 눈도 아랑곳하지 않고 씩 웃었다.

전에 야쿠자도 그러더니 이 시대의 유행이 맞고 나서 웃는 건가 보다.

곧이은 강주원의 등장으로 일은 깔끔하게 정리되었다. 강주원이 '선생님'이라는 지위에 있는 사람이었으며 그 지위는 20세기의 고등학교에서는 아직 먹어주던 지위였기 때문이다.

야쿠자는 이런 류의 인간들이 흔히 남기는 '두고 보자.'라는 말이라든지 주먹을 쥐어 보이는 동작 같은 것도 없이 그냥 담담하게 나 한 번, 선배 한 번 쏘아보고는 바람처럼 사라졌다. 그 외에도 남들과 좀 다른 면이 있었다면 남들 다 다니는 복도가 아닌 2층 창문으로 사라졌다는 것 정도였을 것이다.

이놈이 4층에서 뛰어내릴 때부터 알아봤어야 하는 건데. '군자대로행(君子大路行)'이라더니 군자가 아닌 야쿠자는 남들 다니지 않는 길로만 다닌다.

"쟤 왜 저래?"

강주원이 물었지만 나에게 물은 것은 아닌 것 같은 말투였다.

"제가 말씀드렸잖아요."

준현 선배가 붉게 부은 코를 문지르며 대답했다.

"흐음."

따갑고도 따가운 눈초리가 옆얼굴에 느껴졌다. 그 눈초리 사이에는 '왜?'라는 의문이 강하게 들어 있었으므로 나는 불쾌했다.

"왜요?"

원래 성격대로 했다면 '뭘 봐?'라고 하고 싶었지만 상대가 강주원이었으므로 나는 백만 배 순화해서 말했다.

"너 솔직히 말해봐."

"뭘요?"

"상우랑 정말 아무 관계도 아냐?"

"아닌데요."

강주원과 준현 선배의 시선이 의미심장하게 부딪쳤다. 그리고 강주원의 시선이 다시 나에게로 향했을 때는 눈 위에 '이거 왜 이러시나.'라고 적혀 있었다.

"방금 확인했잖아."

말을 한 것은 강주원이 아니라 준현 선배였다.

"뭘요?"

"방금 상우가 다가와서 시비 건 게 정말 교칙 때문이라고 생각해?"

물론, 그렇게 생각하지 않는다.

"아, 이놈의 미모란."

내가 한마디 하자 강주원 강준현, 양(兩) 강 씨들의 얼굴이 일그러졌다. 뭐냐, 이놈들은? 방금까지 야쿠자가 날 좋아한다고 설득하고 싶어하는 것 같더니 확 바뀐 이 태도는 뭐냐! 언제부터 자기들이 진실만을 말했다고.

"그러니까 쟤가 널 좋아하는 거 맞지?"

강주원이 물었다. 난 사실 야쿠자가 '날 좋아하나'보다 그게 왜 이렇게 강주원한테 절실한 건지가 더 궁금했다. 정말 내 상상이 맞았던 건가? 강주원 지금 질투하나?

"그야 제가 모르죠."

"그럼 쟤가 왜 저러는 거라고 생각하는데?"

"제가 매력적이라서?"

"어디가?"

이번에 물은 건 준현 선배였다. 이 사람이 이렇게 솔직하고 호기심이 많다.

"……십이지장?"

그렇게 나는 십이지장이 매력적인 여고생이 되었다. 그리고 잠깐 멍한 표정을 짓고 있던 양(兩) 강 씨들의 깔끔한 얼굴이 마치 금이 가듯 무너졌다.

"푸하하하하하하하!"

"와하하하하하하하!"

난 옛말 그른 거 없다고 생각하는 쪽이었는데 그를 때도 있었다. 웃는 얼굴에 침 못 뱉기는커녕 총도 쏠 것 같다.

강주원과 강준현은 지나가던 다른 선생님들이 뭐 그리 재미있느냐고 같이 웃자고 할 때까지 아주 오래오래 웃었다.

"잠깐 얘기 좀 하자."

강주원은 눈물을 닦으며 말했다.

"휴우."

내가 한숨을 내쉬자 강주원이 코코아를 내려놓으면서 왜 그러냐는 듯 쳐다봤다.

"좀 그래요."

"뭐가?"

"선생님이요. 요즘 나랑 하고 싶은 말이 많은 것 같은데……. 그게 좀 그렇거든요."

"왜 내가 너랑 하고 싶은 말이 많은데 좀 그래?"

강주원은 나와 마주 보는 방향의 의자를 빼고 앉았다.

학생 상담실은 처음이었다. 내가 고등학교 때 워낙 상담할 일이 없는 아이이긴 했다.

28년 평생에 처음 상담실에 앉아 있으려니 기분이 묘했다. 그것은 물론 내가 진짜 열여덟 살이 아니라서 느끼는 위화감도 위화감이었지만 상황이 돌아가는 것이 수상하기 그지없는 까닭도 있었다.

"나랑 하고 싶은 말이 많은 거지, 나랑 이야기하고 싶은 건 아니거든요."

같은 말, 다른 어감. 강주원은 내 말을 알아들었다. 그는 한 모금 마신 커피를 내려놓으며 빙긋 웃었다.

"황민서, 내가 생각했던 것과는 아주 다른데?"

당신도 내가 생각했던 것과 다르다우.

"어떻게 생각하셨는데요?"

"그냥 공부만 하는 착한 학생이라고 생각했지."

실제로 열여덟 살 때는 그랬답니다.

"그런데 매력적이기까지 한 착한 학생이에요?"

"하하하하!"

강주원은 다시 웃기 시작했다. 웃는 건 좋은 거고 웃어야 복이 온다고 하긴 하는데 강주원이 웃는 포인트는 기묘하게 불쾌한 구석이 있다.

"자, 그럼 내가 매력적인 황민서와 이야기하고 싶은 게 아니고 무슨 할 말이 많은 걸까?"

웃음기를 지우지 못한 채 강주원은 본론에 들어갔다.

"야쿠……, 유상우 선배 이야기요."

젠장, 야쿠자를 선배라고 불러야 한다니.

"그래?"

"내가 궁금한 건!"

나는 열혈 검사 황 검사의 눈빛으로 강주원을 쏘아보려 했지만 강주원이 대개의 피의자들과는 너무나 다른 외모를 가진 관계로 내공의 전부를 사용하는 데 실패했다. 꼭 그래서는 아니었겠지만 어쨌든 강주원은 여유만만하게 내 눈빛을 받으며 심지어 빙그레 웃기까지 했다.

"한 건?"

"선생님하고 상우 선…… 아음하고 무슨 사이냐는 거예요."

아, 죽어도 못 하겠다. 선배란 단순히 먼저 태어났다고 되는 게 아니지 않나.

"무슨 사이는……. 선생님하고 학생이지."

이 사람아! 그냥 선생님하고 학생이라서 그렇게 관심이 많나?

"내 생각에는 상우가 너에게 관심이 있는 것 같아."

"제 생각도 그래요."

"왜 그럴까?"

"제 매력 때문이 아닐까요?"

"풋!"

……도대체 이게 뭐 하자는 플레이일까.

"제 십이지장이 얼마나 매력적인지 선생님이 못 보셔서 그런가 본데 한 번 본 사람은 절대 잊지 못하고 다시 찾……"

"와하하하하하하! 너 왜 이렇게 웃기니!"

강주원은 뭐가 그리 좋은지 내 말이 끝나기도 전에 상담실이 떠나가라 웃기 시작했다. 물론 내가 일부러 웃긴 거긴 한데 저렇게까지 웃으니 아놔, 기분이 영…….

"좋아, 그렇다고 치자."

웃음을 그친 강주원이 흐트러진 머리를 쓸어올리며 고개를 좌우로 흔들었다. 뭐? 그렇다고 치자?

"그런 관계로 내가 부탁하고 싶은 게 있어."

"곤란해요."

딱 자른 나의 말에 강주원의 얼굴에서 웃음이 그대로 굳었다.

"……왜?"

그리고 자세를 바로 했을 때는 느슨한 태도는 말끔히 증발되어 있었다.

당연히 곤란하지. 뭘 부탁하고 싶은지는 대강 알겠다. 대개 어른들의 생각이란 비슷하고 나도 생각만이라면 어른하고 똑같은 메커니즘으로 할 수 있으니까.

어른들의 생각이란 비뚤어진 열아홉 살 야쿠자의 갱생을 위해 녀석이 어쩐지 관심을 보이는 내가 녀석을 돌보길 바라는 것, 그러나 여기에는 대전제가 있다.

"선생님이 무슨 말씀을 하시는지 알겠는데 저도 고2고, 시간이 많지 않아요."

그뿐 아니라.

"그뿐 아니라 지금 선생님의 말씀은 그냥 선생님과 학생 사이에서 할 수 있는 말은 아니잖아요. 선생님은 명확하게 야……, 상우 서우움을 제 위에 놓고 계시다고요. 저 공부할 시간도 모자라는데……."

"음, 그렇구나."

강주원은 순순히 인정했다.

"그럼 이렇게 말하자. 난 교육이란 대학 진학률과는 무관하다고 생각하는 사람이야."

내가 말했지 않나. 이 사람이 이렇게나 인간적이다. 물론 교육에 있어서 대학 진학률이 절대적이지는 않더라도 중요하다. 무관하다고는 할 수 없다. 과정만 중시해서는 될 일이 없는 법이다. 결과 지상주의까지는 아니더라도 무시해서는 안 되지 않을까?

"그리고 동시에 상우가 저렇게 방황하는 데 일조한 사람이기도 하지. 난 책임이 있어."

"네?"

"그리고 넌 상우에게 신경을 좀 쓴다고 해서 문제가 생길 타입은 아니라고 생각해."

이것은 그, 말로만 전해지던 '나는나쁘지만너는강하다그러니날도와줘' 전법?

내가 뭘 몰랐다면 강주원이 무슨 짓을 했기에 야쿠자가 저리 방황하는지도 궁금했을 테고 그러므로 적당히 말려들어 줬겠지만, 난 뭘 모르는 것과는 한참 멀다. 때가 묻을 대로 묻었고 알 만큼 안다. 더 정확히 말하자면 모르는 거 빼고는 다 안다.

"선생님."

나는 정중하게, 세상의 온갖 진지함을 담아 강주원을 불렀다. 강주원이 "응?" 하고 나를 보았다.

"전 이제 야쿠자의 가정환경을 알아요."

극적 효과를 위해 나는 잠깐 말을 끊었다. 이 시점에서 내가 웃었다면 긴장이 풀렸겠지만 나는 시종일관 무표정했고 눈빛도 흔들리지 않았다. 고로 강주원의 표정도 함께 진지해졌다.

"야쿠자의 꿈도 알고요."

"야쿠자?"

이런 제길, 실수다.

"상우 선배를 부르는 저만의 애칭이에요."

그 순간 강주원의 진지함이 깨졌다. 어쩔 수 없이 나의 진지함도 깨졌다. 에라, 모르겠다!

"어쨌든. 그놈이 집에 원하는 바와 자기가 원하는 바가 달라서 방황하는 영혼이라는 건 알겠어요. 아니 심지어 그놈 몸과 머리가 원하는 바도 달라서 더 힘들 거라는 것도 알겠다고요. 하지만 세상이 얼마나 힘든 건데요. 세상에 힘들게 사는 사람이 얼마나 많은데 저렇게 어리광부리는 놈을 돌봐줘야 해요?"

"물론 네 말은 맞아."

강주원의 목소리는 부드러웠다. 녹아드는 목소리란 무엇인지 확실히 보여주기로 작정한 목소리였다.

"나는, 그리고 너는 세상사람 전부를 돌볼 수는 없어. 하지만 눈앞에 있는 사람은 도울 수 있지."

심지어 저음이기까지 했다.

"그게 사회 윤리야."

……윤리?

"그게 우리가 할 수 있는, 해야 하는 일이라고."

내가 윤리에 약하다는 걸 강주원은 어떻게 안 걸까? 게다가 저런 목소리로 '윤리'라고 속삭이면…….

"우리가 할 수 있는 일은 하는 게 옳지 않을까?"

윤리…… 윤리…… 윤리…….

"하지만, 그걸 왜 제가……."

윤리…… 윤리…… 어흑.

"처음이라니까."

"네?"

"상우가 누군가에게 관심을 갖는 거 처음이라니까."

강주원은 자신의 말에 신뢰를 더하려는 듯 세상에서 가장 솔직한 사람이 지을 수 있는 표정으로 웃었다.

"어렸을 때는 안 그랬지만 자라면서 별로 누구에게 관심을 가져본 적이 없어. 어쨌든 자기 맘대로 되지 않는다고 생각하는 건지 아니면 사람에게 질려버린 건지 모르겠지만."

"솔직히 말해주세요."

강주원이 말을 멈추고 나를 똑바로 바라보았다. 이럴 때 안 어울리는 말이지만 잘났구나. 몹시도 잘났구나. ……아니지, 이게 문제가 아니고! 정신 차리자! 강주원을 마주 봐도 정신만 차리면 산다!

"선생님이랑 무슨 사이예요? 가족이죠?"

"응. 사촌이야."

강주원은 순순히 인정했다.

사촌이라……. 그러면 강주원과 강준현은 성만 같은 게 아니었군. 그래서 그렇게 아는 척을 했고 둘 다 야쿠자에게 관심이 많으며……. 음음, 각이 나온다.

"그래서 내가 상우 우오옹을 개과천선 시켜줬으면 좋겠어요?"

"그래. 도와줘."

이렇게까지 솔직하게 나오면 또 약해지는데…….

나는 잠깐 고민했다. 고민하는 동안 내 시선은 강주원의 얼굴 위에 있었고 강주원은 꼼짝도 않고 나를 마주 보았다. 뭐 생각하면 그는 선생이고 나는 제자니 눈을 피할 이유는 없겠지만 대개의 사람들이 이렇게까지 눈을 마주치는 것을 불편하게 생각한다는 걸 고려하면 강주원도 보통은 아니다.

하지만, 하지만.

아무리 아버지와 어머니의 강압, 그리고 사촌인 강주원과 강준현의 장난이 있었더라도 그런 무쇠팔무쇠다리를 소유한 세기의 반항아를……. 게다가 성격은 당장 각목으로 후려치고 싶을 정도로 곧이곧대로 진실하고 솔직한, 운동신경은 발군에 쳐다만 봐도 도전하고 싶어지는 상판대기의 소유자를 내가 갱생시켜야 해?

물론 의외로 꽃을 좋아하고 고양이를 주워다가 기르는 착한 구석이 있을 수도 있는 놈이지만.

물론 나를 불가살이들의 손에서 구해주기도 했고 내가 넘어졌을 때는 업어주기도 했지만.

물론 가끔, 아주 가끔 귀엽다는 생각이 들기도 하지만.

그리고 나는 정의의 황민서, 야쿠자가 저지른 모든 일을 무마할 수 있다면 뭐 굳이 강주원과 강준현이 원하지 않아도 야쿠자를 갱생시켜야 할 수도 있지만.

고개를 들었을 때 강주원의 만면에 퍼져 있는 미소를 보며 기가 막혔다. 지금 그들의 별거 아닌 장난으로 조국이 어떻게 되는지 알면 저리 웃지는 못하리.

“그러니까 수신제가치국평천하(修身齊家治國平天下)라는 말이 괜히 나온 게 아니라고요.”

내가 중얼거리자 강주원의 고개가 비스듬히 기울어졌다. 그러다 나와 눈이 마주치자 눈꼬리를 길게 늘이며 웃는다. 그 모습이 어찌나 예쁘던지 그 와중인데도 나도 모르게 따라 웃고 말았다.

“옳은 일을 할 수 있는데 안 하는 건 비윤리적인 거지.”

젠장, 이놈의 윤리! 그놈의 저음! 저놈의 미모!

졌다. 나는 내가 할 수밖에 없다는 걸 깨달았다. 어쩔 수 없다.

“알겠어요, 뭐.”

그리하여 이렇게 나의 야쿠자 개과천선 프로그램, 코드명 ‘나라를 구하라’가 시작되었다.

12. 프로젝트 개과천선

미션이 떨어지자 나는 갑자기 활기를 찾았다. 미션 수행은 근 20년간 나의 생명과도 같은 일이다. 어쩌면 타임리프 후 나를 휩쓴 우울은 수행할 미션의 부재 때문에 발생한 걸지도 모르겠다. 물론 지난 20년간 나의 미션은 공부였다. 미션 수행기간 동안 나는 거의 머신이었다. 터미네이터는 사라 코너와 존 코너를 죽이기 위해 미래에서 파견, 주어진 임무를 마칠 때까지 불굴의 의지를 보인 머신이었고 미션에 있어서 나의 롤모델은 터미네이터였다. 수단과 방법을 가리지 않고 미션 완수!

"이번엔 무슨 생각 해? 너 요즘 왜 공부 안 하고 계속 딴생각만 해?"

매일매일 공부만 하던 애가 공부 빼고 다 하면 무슨 일이 생긴 건지 궁금한 것이 당연한 심리다. 준현 선배와 야쿠자의 혈투의 난(亂) 이후 나는 나름 유명인사가 되어버렸다. 특히 송이는 이 흥미롭고도 신비로운 상황에 대해 궁금해 죽겠다는 표정으로 며칠째 내 얼굴을 살피고 있었다. 하지만 미션 프로젝트를 구상하느라 바빴던 나는 미처 송이를 신경 쓸 겨를이 없었다.

“응. 어떻게 유상우를 꼬실까 하는 생각.”

경악이 빠른 속도로 송이의 얼굴을 잠식했다. 그 경악의 이름은 아마도 ‘미쳐가는 친구에 대한 동정’이었던 것 같다. 차라리 준현 선배를 꼬시는 게 낫다고 생각하는 표정이었다는 것에서 나는 좀 감동했다. 송이는 진정한 친구였다.

“왜? 너 안 이랬잖아. 너답지 않아.”

이 부끄러운 반응은 뭘까. 아니, 그보다 이 순간 책상을 박차고 일어나며 ‘원래 내가 어땠는데? 나다운 게 뭔데!’라고 하고 싶어지는 이 부끄러운 충동은 뭘까.

“내가 뭘……. 그러니까 꼬신다는 게 걔를 남자로 보고 어떻게 해보겠다는 게 아니라……. 야, 나 눈 높다?”

“응?”

송이의 얼굴이 떨떠름해졌다. 그 표정에서 ‘넌 눈 높으면 안 될 것 같은데.’라는 아주아주 불쾌한 기색이 느껴졌지만 난 무시했다. 지금이니까 네가 그런 표정을 짓지 몇 년 지나봐라. 난 눈 높아도 된다. 언제나 중요한 건 지금이 아니라 미래라고.

“난 일편단심 준현 선배라고.”

도랑 치고.

“저런 상날라리가 우리 학교 학생이라는 건 학교의 수치잖

아. 그냥 학생답게 만들기 위해 계도할 방법이 없나 생각하는 거야."

가재 잡고.

송이가 날 바라보았다. 딱히 반박할 말은 없는데 떨떠름해서 뭐라도 말하고 싶은 저 표정. 힘드냐? 나도 힘들다.

"도대체 네가 왜?"

다 나의 매력 때문이지. 죽일 놈의 매력.

"그러게나 말이다."

아마도 죽어도 모를 것이다. 나도 나를 모르는데 넌들 나를 알겠느냐. 사실 내가 문제가 아니라 저 야쿠자의 머릿속이 문제지만 말이다.

본디 사람이 다른 사람을 알기란 거의 불가능한 법이다. 헤르만 헤세도 '사람은 타인을 알 수는 없다. 다만 이해할 수 있을 뿐이다.'라고 말했다. 사람이라는 존재 자체가 어쩌면 비논리적인 건지도 모른다. 그냥 왜 그런지는 몰라도 그렇다는 결과 하나만을 납득하고 넘어가는 수밖에 없는 걸 수도 있다.

하긴 무슨 상관이람. 나라만 구하면 되지.

"좌우간. 유상우 어딨을까?"

"아우, 난 상우 오빠는 좀 그래. 뭔가 무서워."

"무섭긴. 싫지."

그래, 싫다. ……아닌가?

확실히 옛날처럼 사막전갈 피 빨아먹고 사는 흡혈모기를 보는 것 같은 기분은 사라졌다. 그냥 고등학생이라는 느낌이 강하니까. 아니, 좀 커다랗고 그럴싸하게 생긴 고등학생이라는 느낌.

"근데 도대체 왜?"

"음, 묻지 마. 설명하기 어려운 일이야."

"도대체 뭐기에? 궁금하니까 말이나 해봐."

내가 이 시점에서 '나라를 구하는 일'이라고 했을 때 네 반응이 궁금하지만 그 반응을 볼 만큼 내가 간이 배 밖으로 나오진 않았구나.

"너 유상우 패거리들이 어디에 자주 출몰하는지 알아?"

송이가 나를 빤하게 쳐다보았다.

"패거리? 상우 오빠는 거의 혼자 다니잖아."

역시 친구도 없는 놈이었어.

"그래?"

"몰려다니는 거 싫어하나 봐. 그래서 선생님들이 상우 오빠가 소각장 뒷산에 있는 걸 좋아하기도 한대."

얘도 참 특이하다. 유상우를 싫어하는 게 뻔히 보이는데 그래도 꼬박꼬박 오빠라 불러준다. 하긴 그래서 내 친구가 된 걸지도 모르겠다. 친구는 친구, 오빠는 오빠라 부르는 저 절대 뚝심! 그나저나…….

"소각장 뒷산?"

"응. 애들이 거기서 담배 많이 피우는데 상우 오빠가 있으면 아무도 거기 못 가니까 오히려 담배 피우는 애들은 줄어들잖아."

이런 게 바로 진정한 이이제이(以夷制夷)!

역시 사람은 대화를 해야 한다. 이렇게 실마리가 풀리기도 하는 법이니까.

뜻밖의 곳에서 프로젝트 가동의 동력을 찾아낸 나는 그날 방과 후, 소각장으로 향했다.

그동안 관심이 없어서 그렇지 찾기 어렵진 않았다. 소각장 근처에 가니 쓰레기 소각하는 냄새 사이에 섞여 아주 불법적인 냄새가 피어오르고 있었던 것이다.

그랬다. 이곳이 바로 비행 청소년들의 탈선 현장이었다.

나는 학교가 형식상 막아놓은 팻말을 지나 뒷산 쪽으로 들어갔다. 종아리까지 자란 풀들이 내가 지나칠 때마다 오소소소 스치는 기분 나쁜 소리를 냈다. 사람의 손이 닿지 않은 뒷산은 전혀 맑고 밝은 분위기가 아니어서 금방이라도 귀신이 나올 것만 같았다.

어둠의 자식들은 아무도 가르치지 않아도 어둠을 찾아 잘도 기어온다. 쓰레기 소각장 뒤에 있는 어둠의 숲에 기생하는 어둠의 자식들 같으니라고.

나는 야쿠자가 여기에 있을 것이라는 확신이 들었다. 난 이런 곳이 싫지만 나라를 구하기 위해서는 싫은 일도 불사해야 하는 법, 정의로운 나는 땅을 딛는 발에 더욱 힘을 주었다.

사람의 발자국이 만든 길을 따라 올라가길 얼마 지나지 않아 좀 더 불법적인 냄새가 짙고 선명해졌다. 규칙적인 호흡 소리가 들려 나는 불법의 현장이 그리 멀지 않음을 직감적으로 깨달았다.

이 안에 비행 청소년 있다.

기분이 싸해져 휙 나뭇가지를 젖혔다.

딱!

나뭇가지 끝에 뭔가가 되게 걸렸다. 나뭇가지를 타고 손에 전해진 진동이 꽤나 강한 걸로 보아 아마 그 나뭇가지 끝에 맞은 무언가는 무척이나 큰 충격력을 흡수했을 것이다.

헉!

커다란, 아주 익숙하고 커다란 어깨가 보였다. 그 어깨에서 뻗어나간 팔이 이마를 짚고 있었다. 커다란 손가락 사이로 얼핏 보이는 이마와 검은 머리카락이 몹시도 익숙했다. 아마도 방금 나한테 맞은 건, 아니 내가 젖힌 나뭇가지에 맞은 건 나와 뭔가 인연이든 악연이든 뭔가 있긴 있는 것 같은 야쿠자.

비명은커녕 소리도 내지 않았다는 게 정말 야쿠자답다. 많이 아팠을 텐데.

정말이지 더 이상 느릴 수 없을 것 같은 동작으로 야쿠자가 천천히 손을 내렸다. 그리고 손이 내려가는 것과 같은 속도로 잔뜩 찌푸린 얼굴이 나타났다. 스물여덟 살이 열아홉 살의 얼굴을 보고 겁을 먹는다는 것은 부적절한 일이지만 세상에는 적절한 일만 일어나는 것은 아니니까.

재는 어쩜 저리 어른스럽고 샤프하고 무엇보다도 위협적으로 생겼단 말인가.

하늘이 트인 공간인데도 채 날아가지 못하고 머물러 있던 담배 연기가 눈을 따갑게 만들었다. 그래서였다. 내가 하늘을 쳐다본 건……. 절대로 고작 열아홉 살이 날 쳐다보는 시선을 마주 보기 어려워서는 아니었다. 절대로, 절대로.

나는 고개를 젖혀 하늘을 바라보았다. 인상을 잔뜩 찡그린 채 나를 바라보던 야쿠자는 내가 하늘을 바라보자 자기도 모르게 덩달아 시선을 하늘로 옮겼다.

애가 이렇게 단순하다.

난 하늘을 바라보는 야쿠자를 보고 그만 웃고 말았다. 아직 덜 익긴 했지만 단단하게 선이 잡히고 있는 턱이 제법 흐뭇했다. 하지만 눈치도 없이 고개를 내린 야쿠자는 실실 쪼개고 있는 나를 보더니 흐음, 하고 애매한 소리를 냈다.

눈이 마주쳤다. 아니, 야쿠자는 내 눈을 바라보고 있었고 내 눈은 야쿠자의 손을 바라보고 있었다. 야쿠자의 눈도 내 시선을 따라 자신의 손으로 향했다. 정확히 말하자면 자신의 손가락 사이에 끼워져 있는 담배 위로.

내가 뭔가 말하기 전에 담담하게, 유려한 선을 그리며 야쿠자의 팔이 움직였다. 그리고 손가락 사이로 입술이 사라지고 담배 끝이 빨갛게 타올랐다. 저 여유 있는 동작……. 정말이지 덩치나 포스로 봐서는 열아홉 살이라고 믿을 수가 없다. 저러니 10년 후에는 일본을 제패하지.

"왜 왔어?"

어찌나 조용하게 말하는지 거의 말하지 않는 것처럼 느껴졌다. 잠깐 나는 대답할 말을 찾지 못해 멍하니 서 있었다. 그리고 보니 야쿠자와의 대화에서 내가 자꾸 말문이 막히는 건 저 녀석이 말을 잘해서가 아닌 것 같다. 그럼 왜지?

"너 때문에 온 건 줄 어떻게 알아?"

"그런 말은 안 했는데."

맞다. 그런 말은 안 했다. 그냥 왜 왔냐고 물었다. 얘가 의외로 똑똑하다. 의외로 정말이지 똑똑하다.

"담배 피우러 왔어?"

내가 대답할 말을 찾지 못하고 또 머뭇거리자 야쿠자는 가볍게 웃었다. 그리고 농담임에 분명한 말을 전혀 농담이 아닌 것 같은 표정과 말투로 말했다. 웃는데도 농담처럼 들리지 않기는 힘든데, 참 어려운 놈이다.

시선은 계속 내 얼굴에 붙들린 듯 머물러 있었다. 저 희한한 시선 때문에 그런 걸까.

나도 모르게 야쿠자의 얼굴을 빤히 쳐다보고 말았다. 내 시선이 너무나 노골적이었는지 야쿠자는 불편한 표정을 지었다.

"뭘 봐?"

"담배 피우면 키 안 커."

내 대답에 입으로 담배를 가져가던 야쿠자의 손이 공중에서 멈칫했다. 그리고 잠깐 생각하는 표정을 지었던 야쿠자가 고개를 끄덕였다.

"하지만 나 충분히 큰데……."

그렇긴 하다. 야쿠자는 충분히 크다. 이미 크다. 충분히 크다.

그런데 지금 이런 대화가 어울리는 상황인가?

나무의 푸른 잎 사이로 기울어지는 햇살이 비처럼 쏟아지고 있었다. 기묘하게 조용했다. 야쿠자는 야쿠자인데, 이곳은 탈선의 현장인데, 비현실적이게도 묘하게 두근거리는 공기가 있었다. ……가만, 방금 내가 뭐랬지? '두근'이랬나? 뭐야? 뇌가 미쳤나, 왜 그런 단어가.

"그래도 머리 나빠지니까 피우지 마."

"흠."

야쿠자는 대답 대신 담배를 쥐지 않은 손을 뻗어 옆에 있던 나뭇가지를 꺾었다. 건조한 소리를 내며 나뭇가지가 부러져나갔다. 아니, 꽃 좋아한다며 나무는 안 좋아하는 거야? 담배를 피우지 말란 나를 때리지 나무가 무슨 죄가 있다고 나무를 꺾니? 뭐 그렇다고 해서 나를 때리란 소리는 또 아니지만 말이다. 나무가 아프다고 하는 소리가 네 귀에는 들리지 않냐는 거지.

그리고 대답이 돌아왔다.

"알았어."

이럴 줄 알았다. 어차피 이럴 거면서 나무는 왜……, 응? 알았다고?

나는 순간 야쿠자가 뭘 알았는지 물어보고 싶은 강한 충동에 휩싸였다. 야쿠자가 안 것이 내가 야쿠자가 알았다고 생각한 바로 그것인지 확인해보고 싶어진 것이다.

정말정말정말정말 야쿠자는 나를 좋아하나 보다. 안 그러면 어떻게 이렇게 말을 잘 들을 수 있어? 이렇게 쉽게, 간단하게…….

잠깐! 세상에는 좋아해도 말 안 듣는 놈들이 널려 있다. 물론 사회적으로 제일 좋은 남성형은 좋아하든 싫어하든 말을 잘 듣는 놈이겠지만 개인적으로 제일 좋은 남성형은 좋아하면 말을 잘 듣는 남성형이다. 이놈이 의외로 연애계에서는 우등인자였단 말인가.

갑자기 눈앞에 앉아 있던 평범한, 아니 평범하진 않지만 별것 아니었던 야쿠자가 좀 다르게 보였다. 물론 원래부터 이 야쿠자는 길쭉하고 광채 나는 외모의 소유자였지만 머리는 썩어 있다 여겼는데 뭐랄까, 가능성을 발견했달까.

"너 말야, 나랑 공부할래?"

너무 직접적이었다.

들고 있던 담배를 끄고는 버릴 데를 못 찾아 두리번거리다가 주머니에 넣으려던 야쿠자가 손을 반쯤 주머니에 넣은 채 고개를 들어 내 쪽을 바라보았다.

"뭔 헛소리야?"

야쿠자는 대한민국 고등학생 전부가 다 하는 '공부할래?'라는 말을 아무런 죄책감 없이 헛소리로 규정했다.

"나랑 공부하기 싫어?"

"내가 왜 너랑 공부 같은 걸 해야 하는데?"

또 시작이다. 별로 대꾸할 말이 없는 대답을 하는 거.

"나라를……."

내가 아무리 진실을 좋아한다고 해도 '나라를 구해야 하니까.'라고는 말 못 하겠다.

"네가 날……."

내가 아무리 부끄러움을 모른다 해도 '네가 날 좋아하잖니.' 라고는 말 못 하겠다.

이럴 때는 인맥을 파는 게 최고지. 너 준현 선배 사촌이라며?

"너 준현 선배 사……."

나는 늘 생각해왔다. 야쿠자놈, 참 표정 없다고. 정확히 말하면 표정이 없다기보다 어른스럽다고 해야 하나, 묘하게 지친 표정이었다. 만사에 관심이 없다는 듯 아주 피곤해 보이는.

그러나 그건 그나마 표정이 있는 것이었다는 것을 알게 되었다. 순식간에 마치 가면이라도 씌운 것처럼 얼굴이 차갑게 변했기 때문이었다. 아무리 나라도 흠칫할 정도로.

딸꾹질이 나올 것 같았다.

"그 자식이 뭐?"

"아무것도 아냐!"

이런, 제길. 나도 모르게 아무것도 아니라고 얘기했다. 쫄았다. 서른 시간 끓인 라면 국물보다 더 바짝 쫄았다. 맞다. 얘, 준현 선배 싫어하지.

"뭐야? 왜 말을 하다 말아?"

왜 말을 하다 말긴, 네 인상을 봐라. 말을 계속할 수 있는 인상인가. 어쩌면 좋단 말인가.

"아냐아냐, 그냥 말 안 할래. 됐어, 나 갈게."

"뭐?"

어이가 없다는 듯 인상이 확 구겨졌다.

이해한다, 이해해. 어이가 없을 것이다. 지금 내가 한 짓은 굳이 탈선의 현장으로 찾아와 불러내더니 '할 말이 있는데 말 안 할래, 비밀!'이라고 하는 광녀의 짓과 다르지 아니하다. 하지만 어쩔 것인가?

"말해."

야쿠자가 해맑게 손을 흔들며 몸을 돌린 내 팔을 확 잡아 돌리며 짜증스럽게 내뱉었다. 내 몸이 확 돌아가기가 정말 쉽지 않은 일인데 어찌나 절도 있게 돌아가는지 야쿠자 이놈, 힘 한번 장사로구나!

그런데 무슨 부모를 죽인 원수 사이도 아니고 사촌 이름이 좀 나왔다고 저렇게 '갈아 마실 테다. 밟아버릴 테다. 부숴버릴 테다.'라는 극단적인 표정을 짓는 걸까.

"말 안 할래."

"너 지금 나랑 뭐 하자는 거야?"

야쿠자는 전형적인 야쿠자스러운 성질을 확 부리며 쥐고 있던 내 손목을 확 뿌리쳤다. 내 몸이 다시 크게 흔들렸다. 아, 이것도 쉽지 않은 일인데…….

"내가 말 안 하겠다는데 왜 난리야?"

에고!

내가 이게 문제다. 욱하면 스물여덟 살의 성질이 나온다. 열여덟 살답게 얘를 열아홉 살의 야쿠자로 보지 않고 스물여덟 살의 검사로서 열아홉 살의 개날라리로 본다. 아아, 실존이란.

더 구겨질 수 없을 것 같았던 야쿠자의 인상이 더 구겨졌다.

나도 모르게 덤벼들었던 나는 나도 모르게 어깨를 움츠렸다. 머릿속으로 격하게 은혜를 갚던 까치의 모습, 준현 선배 코피 터진 모습 등등이 확확 지나갔다. 그 중 가장 무서웠던 건 역시 인간의 목이 꺾어져서는 안 되는 방향으로 꺾어지던 불가살이의 모습이었다.

맞으면 많이 아프겠지?

그러나 아무 일도 일어나지 않았다. 나는 움츠린 어깨를 펴지 않은 채 눈동자만 굴려 야쿠자를 살폈다. 여전히 찌푸린 인상을 펴지 않은 채로 야쿠자가 나를 노려보고 있었다. 눈이 마주쳤는데도 꼼짝도 안 한다. 안 때릴 건가?

나는 천천히 어깨를 폈다. 하지만 여전히 야쿠자는 미동도 안 했다.

"너 혹시 여자는 안 때리냐?"

내가 묻자 야쿠자의 얼굴에 뭐라 설명하기 힘든 표정이 떠올랐다. 뭔가 화가 난 표정 같기도 했고 짜증스럽다는 표정 같기도 했지만 어떻게 생각하면 단순히 뭐라 대답해야 좋을지 모르겠다는 표정 같기도 했다.

잠깐 그대로 나를 쳐다보던 야쿠자는 고개를 돌리며 퉁명스럽게 대답했다.

"아니, 때려. 세게 때려. 그러니까 말해."

그래, 때리는구나. 그것도 세게. 장하다. 상 받을 일이다, 정말.

하긴 나도 영화에서 남자주인공이 여자는 안 때린다든지 이런 소리 하다가 여자한테 열나 맞는 거 보면 좀 짜증 나더라.

"그 자식이 뭐?"

야쿠자는 다시 한 번 물었다. 얘가 또 의외의 부분에서 집요하다.

"준현 선배가……."

나는 빤히 야쿠자의 얼굴을 쳐다보았다.

그런데 얘는 왜 이렇게 잘생긴 걸까? 야외에서 보니 더 잘생겼네. 이렇게 생겨서 왜 야쿠자 같은 걸 할까? 사람은 본디 생긴 대로 놀아야 하는데 야쿠자는 좀 각지게 생겨야 하는 거 아닌가? 얘는 곱디곱게 생겨서……. 그래, 호스트바 같은 데도 있잖아. 추천 종목은 아니라도 야쿠자보다는 나은 것 아닌가. 아니면 차라리 연예인? 하긴 성질이 이 모양인데 사인해달라고 오는 팬들을 쥐어패면 형사 사건이다.

"야!"

……응?

나는 그냥 올려다보았을 뿐인데 야쿠자의 얼굴이…… 점점, 점점 빨개진다.

하지만 문제는 그게 아니었다. 야쿠자 얼굴이야 빨개지든 노래지든 아니면 사이키 조명이 돌아가든 내가 무슨 상관이겠는가.

문제는 겁나게 머리를 굴리느라 올려다보았을 뿐인데 그런 내 시선을 정면으로 받은 야쿠자, 그러니까 인상을 찌푸린 채 나를 바라보고 있는 깔끔한 선의 턱, 유약한 데 없이 남자다운 어깨, 그리고 까만 눈동자……. 그렇다고 쳐도 나는, 나는 왜 빨개지는 건데!

이건, 거짓말이야. 말도 안 돼!

당황이 피부를 타고 온몸으로 번졌다. 야쿠자와 나는 굳기라도 한 것처럼 뻣뻣이 서서 서로를 쳐다보고 있었다. 나는 고개를 올린 채, 야쿠자는 약간 고개를 숙인 채. 마치 장승이라도 된 것처럼…….

뭔가 말을 해야 된다고 생각했다. 이대로 이렇게 있으면 점점 더 어색해질 뿐이라고. 그러나 오히려 그런 압박이 더더욱 머리를 텅 비게 했다.

심리학자 에드먼드 미첼은 그의 논문에서 사람은 당황하거나 놀랐을 때 무심코 진실을 이야기하는 습성이 있다고 했다. 그러나 그는 틀렸다. 틀렸음에 틀림없다.

당황하니까, 머리가 텅 비어버리니까 말도 안 되는 헛소리를 하게 되지 않는가.

내가 한 헛소리란 이러하다.

"그러니까 선배가 너 생각보다 좋은 애라고……."

여기까지는 뭐 그럴 수도 있지.

"그래서 널 더 알고 싶어졌어."

하지만 이건 아니잖아. 이게 뭐야? 널 더 알고 싶어졌다니! 내가 왜 야쿠자랑? 내가 왜 야쿠자를? 아니, 물론 나라는 구하더라도 이렇게 낯부끄러운 방식으로 구하는 건 아니잖아!

말이라는 것은 내가 부끄럽다고 생각하고 말해도 상대가 듣기에는 아무렇지도 않은 것이라고 생각했다. 내가 죽도록 부끄럽다고 생각해야 상대도 조금 부끄럽다고 생각하게 되는 것이라고.

아니었다.

내가 좀 부끄럽다고 생각했던 말이 야쿠자에게는 미칠 듯한 감응으로 가 닿았음에 틀림없다.

맙소사, 나는 붉어진 토마토 장승을 보게 되었다. 애가 머리부터 발끝, 아니 귀 끝까지 노을 색, 저러다 죽지 않을까 걱정이 될 정도였다.

"뭐, 뭐냐?"

부스럭, 하고 뒤에서 나뭇잎 소리가 나더니 누군가의 놀란 목소리가 들렸다. 그게 누구든 말을 더듬을 수밖에 없을 것이다. 확실히 이상하다. 토마토가 되어 서로 마주 보고 있는 야쿠자와 나는, 어떻게 생각해도 그림이 되지 않는다.

"뭐냐? 너네 지금 연……."

'연애하냐?'라고 묻고 싶었을 그 아이는 마주 보고 서 있는 두 명의 토마토 중의 1인의 정체가 야쿠자라는 것을 확인하고 입을 다물었다. 그리고 야쿠자와 눈이 마주치기 전에, 나에게서 눈을 떼지 못하고 있는 야쿠자가 정신을 차리기 전에 절대로 나타난 적이 없다는 듯, 그러니까 담배 따위는 피우고 싶었던 적도 없다는 듯 사라졌다.

바람이 불지도 않았는데 나무꼭대기에서 잎사귀 하나가 팔랑팔랑 떨어져 내렸다. 그 잎사귀가 땅에 닿기 직전, 거의 숨을 멈춘 것 같았던 야쿠자가 천천히 숨을 내쉬었다.

"어디서 공부할 건데?"

사시 합격자 명단에서 내 이름을 발견했을 때도 이렇게 짜릿하지는 않았던 것 같다.

13. 프로젝트, 혹은……

퉁퉁 불은 야쿠자를 본 적이 있는가? 난 있다.

잠실도서관의 커다란 책상, 내 건너편에 앉은 퉁퉁 불은 야쿠자의 온몸에서는 지옥의 유황불 같은 분노, 아니 심통이 뿜어져 나오고 있었다. 그리고 그 살기가 주변 1미터를 소용돌이치는 불붙은 지옥의 강의 열기처럼 태우고 있어 야쿠자 옆자리는 텅 비어 있었다.

신기한 일이었다. 열람실이 꽉 차 있는데도 사람들이 그 녀석 옆에서 공부하기보다는 다른 자리가 비기를 기다리고 있다는 것은…….

나는 가볍게 한숨을 쉬었다. 그리고 어쩔 수 없이 일어나 번호표를 바꿔들고 야쿠자의 옆에 가 앉았다.

"뭐, 뭐야?"

이따금 웅성거리는 소리 외에는 조용한 열람실, 야쿠자의 목소리가 그 적막을 찢었다. 참으로 당당한 놈이다.

"쉿!"

쉬이, 하고 내가 입술에 손을 대보이고는 기둥에 붙은 '정숙' 표시를 가리켰다. 야쿠자는 멋쩍은 표정을 지으며 머리카락을 쓸어올렸다. 커다란 손 사이로 보이는 얼굴은 약간 상기되어 있었는데 그것이 자기가 낸 큰 소리 때문인지 아니면 내가 옆자리에 앉았다는 사실 때문인지는 잘 모르겠다.

뭐든 간에.

내가 책을 펴고 공부하기 시작하자 야쿠자는 물끄러미 내 옆모습을 쳐다보았다. 야쿠자는 몰래 보는 것도 아니고 대놓고 집중적으로 내 옆모습을 탐구하기 시작했다. 쳐다봐서 닳을 살이었다면 난 짝짝이 얼굴이 될 판이었다.

그렇게 얼마나 지났을까. 누가 이기나 해보자는 듯 꼼짝도 않던 야쿠자가 한숨을 쉬더니 벌떡 일어났다. 내내 그 시선을 모르는 척하고 있던 나는 나도 모르게 덥석 그놈의 팔을 잡았다.

그런데 이런, 고등학생의 팔이 왜 이렇게 건장하고 튼튼한 거야? 단단한 팔 위로 불거진 푸르스름한 정맥이 손바닥에 선명하게 느껴지잖아.

이번에만은 내가 먼저 빨개진 거 같다.

내가 조용히 하랬다고 말도 못 하고 뻣뻣하게 굳은 야쿠자놈이 잠시 주위를 두리번거리더니 허리를 굽히고 내 귀에 속삭였다.

"책 빌려올게."

숨결이 귓가를 간질였다. 나는 또다시 붉어지는 만행을 저질렀다. 다행이 야쿠자는 그런 내 얼굴을 보지 못했는지 가볍게 몸을 돌려 성큼성큼 열람실을 가로질러 밖으로 나갔다.

야쿠자의 뒷모습이 완전히 사라진 후에야 나는 길게 한숨을 내쉬었다.

이게 무슨 짓이냐. 왜 도서관에서 얼굴을 붉히고 있는 거냐. 그것도 도서관에 들어와서 세 시간 동안 퉁퉁 부어 있는 야쿠자가 좀 가까이 왔다고! 내가 옆자리로 가니까 그제야 책을 빌리러 가는 야쿠자가 귓가에 숨 좀 불어넣어 줬다고!

그런데 쟤 냄새는 여전히 좋네.

나는 아직도 손바닥 안에 남아 있는 야쿠자의 체온을 느끼며 도리질 쳤다. 야쿠자놈은 체온이 높다. 하긴, 그렇게 열이 펄펄 나니 그걸 식히기 위해 하늘을 씽씽 날아다니는 건지도 모르지. 난 다시 야쿠자가 사라진 방향을 바라보았다. 무슨 홍해의 기적처럼 야쿠자가 지날 때마다 사람들의 일사불란한 시선이 한 번씩은 야쿠자의 면상 위에 머물렀고 야쿠자가 사라진 지금도 선명하게 그 흔적이 남아 있었다. 저기 속닥이는 저 여학생들은 분명히 야쿠자 이야기를 하는 중일 거다.

나는 피식 웃었다. 얘들아, 늬들이 쟤 정체를 알면 깜짝 놀랄 거다.

야쿠자의 정체는 바로, 바로…… 내가 지금 탐구하는 중이지.

난 책상 위에 팔꿈치를 괴고 손바닥 위에 턱을 올려놓았다. 그래, 난 지금 야쿠자의 정체를 탐구하는 중이다. 단순할 것 같았던 야쿠자의 정체는 생각보다 훨씬 복합적이었다.

야쿠자는 나쁜 놈. 이 심플하고도 아름다웠던 공식이 해체된 후 새로운 공식을 세우는 건 생각보다 쉽지 않았던 것이다.

야쿠자는 반항아 같았지만 은근히 순종적이었고 무뚝뚝해 보였지만 은근히 자상했고 말이 없는 것 같았지만 은근히 할 말은 다 했으며 학교에 안 다니는 것 같았는데 은근히 결석도 없었다.

당최 감을 잡을 수 없는 놈.

평일에 둘 다 야자를 땡땡이치고 도서관에서 만나게 된 것은 강주원의 전폭적인 지지가 있었기에 가능한 것이었다. 뭐 거기에 별 불만 없이 따른 건 그럴 수 있는 일이었지만 주말인 오늘까지 내가 도서관에 오잔다고 이렇게 쉽게 오다니 싱거울 정도였다. 물론 아까 팔짱 끼고 악마의 자식 같은 눈빛을 보낸 건 뭐, 예상했던 반항의 10분의 1도 안 되는걸. 난 한 대 맞을 줄 알았단 말이다.

늘 단정치 못한 교복차림이었던 야쿠자가 오늘은 사복차림이라 그런 느낌이 들었던 건지도 모른다. 그러니까 저런 옷을 입은 저렇게 예쁜 아이와 도서관에 오는 것은 죄악이라는 느낌. 버스 정류장에 서 있는 야쿠자를 보는 순간 '잘났다! 참으로 잘났다!'라는 감탄사가 온몸에 전류처럼 휘몰아쳤더랬다. 내 느낌이 이럴진대 도서관이 익숙하지 않은 야쿠자야 저런 외모로 와 앉아 있기 얼마나 낯설 것인가?

진한 자줏빛 브이넥 아래로 드러난 반듯하니 넓은 어깨는 만지고 싶다는 충동을 불러일으킬 정도로 예쁘다. 그래, 만지고 싶다. 저 어깨를 쓸고 얼굴을 팍 갖다 묻고 싶다.

아, 어린놈에게 이런 기분을 느끼다니. 난 변태였던 걸까. 옛날, 아니지 10년 후에 준현 선배한테도 이런 기분이 들진 않았던 것 같은데…….

그런데 저놈은 내가 정말 좋은 걸까?

내가 이래 봬도 엉뚱한 데서 좀 순진해서 잘 모르겠는 것이 있다. 열아홉 살의 남자아이들이란 도대체 무슨 생각을 하는 걸까? 내가 열여덟 살이었을 때는 정말 공부 말고는 아무것도 몰랐는데 야쿠자도 그럴 것이라는 생각은 들지 않지만……. 또 저놈 하는 짓을 보면 그럴 것 같기도 하다. 주먹질하고 그놈의 꽃 말고는 모를 것 같기도 해.

하지만 남자애들은 십 대 때 성욕이 가장 강……, 쿨럭쿨럭! 바, 방금 내가 무슨 생각을!

어쨌든 이대로 가면 된다. 이대로 야쿠자를 공부시키고 세뇌하여 건실하게 만들면 된다. 쌈박질 안 하는 착하고 정상적인 인간으로. 그거면 된다.

마음속으로 몇 번이나 상황을 단순화하려고 노력하고 있는데 책 몇 권이 책상 위에 툭 올라왔다. 내가 고개를 돌리기 전에 야쿠자가 옆자리에 풀썩 주저앉았다. 아따, 터프하기도 하다.

난 야쿠자가 내려놓은 책을 훑어보았다. 절로 표정이 아스트랄해졌다. 책 제목이 참으로 가관이다. '종자 생산과 관리', '육종학 원론', '만화로 보는 식물사'.

"꽃 좋아해."

꽃 좋아한다더니 정말 좋아하나 보다. 이리 안 어울릴 데가. 시베리아에서 꽃무늬 하와이언 비키니를 입은 것과 비슷한 느낌이 든다.

얘는 뇌에 문제가 있는 게 틀림없다. 어쩜 이리 정상적인 데라고는 한 군데도 없을까? 모름지기 정상적인 고등학생이라면 수학, 영어는 아니더라도 역사나 기술, 뭐 이런 걸 봐야 하는 게 아닐까?

내가 자길 쳐다보는 걸 모르는지 야쿠자는 무표정하게 책을 펼치고는 별 감흥 없이 책장을 넘기기 시작했다. 그리고는 신기하게도 집중해서 책에 빠져들기 시작했다.

신기한 이유는 이거다. 대개 몸을 쓰는 인간들은 책과 친하지 않다. 책과 친한 인간은 몸을 잘 쓰지 못한다. 신은 인간에게 보통 한 가지만 허락하기 때문이다. 그런데 야쿠자는 짐승과도 같은 몸놀림을 타고 났는데 책과도 친해? 아니, 설마 이 야쿠자가 말로만 듣던 완전체?

야쿠자를 가만히 바라보고 있노라니 뭔가가 마음에 걸린 듯 가볍게 눈살을 찌푸리곤 깊이 생각하는 것처럼 손가락을 톡톡 두드리기 시작했다. 답지 않게 섬세해 보이는 손가락 끝에서 그림자가 길어졌다 짧아졌다 한다.

야쿠자가 생각을 한다니! 3개월 된 아기가 모빌을 보며 바람의 방향과 물체의 운동에 대해 사색하는 것과 비슷한 기분을 불러일으키는 모습이다. 아스트랄해, 아스트랄하다고.

"뚫어지겠다."

점입가경(漸入佳境), 갈수록 기가 막힌 야쿠자 구경을 하느라 넋을 잃고 있던 나는 야쿠자가 조용히 입을 열었을 때 그게 나에게 하는 말인 줄 몰랐다.

"그만 쳐다봐."

책에서 눈을 떼지도 않은 채 한마디 덧붙인 야쿠자가 그 커다란 손을 들어 내 얼굴을 슬쩍 밀어냈다.

이 자식, 모르는 줄 알았더니 다 알고 있었군. 생각보다는 음흉하다.

나는 가볍게 눈을 흘기고 연습장을 한 장 넘겨 확률의 세계로 돌아왔다. 확률 역시 여타 수학이 그렇듯 몇몇 공식을 적용하면 문제를 푸는 데는 별 어려움이 없다. 난 옛날부터 확률 문제를 좋아했는데 일단 재미있고 실생활에 연결이 쉽다는 것과 확률이란 분야의 성격이 굉장히 과학적인 동시에 미신적이라는 이율배반적 성격을 지니고 있다는 것 때문이었다.

확률상 주사위를 여섯 번 던지면 1, 2, 3, 4, 5, 6이 골고루 나와야 한다. 그러나 주사위를 여섯 번 던지는 동안 계속 1이 나왔다고 해서 일곱 번째 던질 때 1이 나오지 않는다는 것은 아니다. 1이 나올 확률이 줄어들지도 않는다. 매 사건은 독립적이다. 그러나 대개의 경우 사람들은 계속 같은 숫자가 나오면 다음에는 그 숫자가 나오지 않을 것이라 생각한다.

문득 뭔가에 생각이 미친 나는 문제를 풀던 손을 멈췄다.

그렇다면 지금 야쿠자와 내가 하고 있는 일은 어쩌면 미래에는 조금도 영향을 미치지 않는 것이 아닐까. 지금 야쿠자가 '생각보다 괜찮은 녀석'이라는 사실은 미래의 이 녀석이 '진짜 야쿠자'가 된다는 사실에 조금의 영향도 미치지 않는 완벽하게 독립된 사실인 것이 아닐까?

하지만 사람의 일이란 게 어떻게 꼬이면 이런 녀석이 그렇게 무섭게 변할 수 있을까. 사람이 사람을 죽인다는 건 쉬운 일이 아니다. 그것도 단체를 조직해서 피바다라는 말이 어울릴 정도로 사건을 일으킨다는 건 더더욱 쉬운 일이 아니다.

나는 그런 사람들은 처음부터 어떤 어두움을 갖고 있을 거라고 부지불식간에 생각하고 있었나 보다.

문득 그때 TV에서 본 녀석의 얼굴이 떠올랐다. 지금보다 좀 더 나이 들어 보였고, 지금만큼 예쁘장했으며, 지금보다 좀 덜 순진해 보이던 얼굴……. 차갑고 지치고 될 대로 되라는 듯 무서운 게 없어 보이던.

나는 의자를 반쯤 빼고 몸을 비스듬히 기댄 불량하고도 편한 자세로 흥미진진하게 책을 읽는 야쿠자놈을 한 번 쳐다봐 주고 다시 수학 문제로 돌아갔다.

나라를 구해야 한다. 하지만 그 와중에 야쿠자도 구할 수 있으면 좋겠다.

정말 황당하게도 점심을 먹으러 나가자고 하자 야쿠자는 방해받았다는 듯한 표정을 지어 보였다. 시간은 1시가 다 되어가서 뱃속에서 나는 소리로 젓가락 행진곡을 연주할 수도 있을 것 같은데 쇠도 뜯어먹는 나이라는 이놈은 배가 안 고픈 걸까?

"배 안 고파?"

내가 묻자 야쿠자는 잠깐 생각해보더니 배고프다는 표정을 지었다. 바보인가 생각했는데 달리 생각해보면 뭘 해도 최고가 되는 건 어려운 법, 주먹계의 최고가 되는 이놈도 나름의 집중력이 있나 보다. 그래그래, 긍정적으로 생각하는 게 좋은 거지.

도서관을 나서서 슬슬 계단을 따라 내려와 근처의 분식집으로 들어갔다. 손바닥만 한 분식집은 사람들이 한 차례 쓸고 지나간 지 얼마 지나지 않아 테이블이 채 정리되어 있지 않은 상태였다.

자리에 앉아 아줌마가 치워주길 기다리는데 야쿠자놈이 그 큰 손으로 척척 그릇들을 쌓더니 배식구에 갖다놓았다.

"아이고, 총각 고맙네! 잘생긴 총각이 성격도 좋아!"

음? 뚱뚱하고 안 예쁜 나는 성격도 나쁘지만 어쩔 수 없다. 이미 한 박자를 놓친 나는 그냥 씩씩하게 끝까지 앉아서 야쿠자만 쳐다보았다.

확실히 야쿠자는 학교 밖에서 좀 더 생동감이 있어 보였다. 그리고 보면 모친도 저놈 팬클럽이었다. 학교 애들에게는 공포 외의 다른 감정을 불러일으키지 못하는 저놈은 설마 아줌마들의 귀염둥이? 모친이 얼굴을 좀 밝히는 건 사실이지만 사람 보는 눈이 아주 없지는 않다는 걸 생각하면, 그리고 산전수전 다 겪은 아줌마들이 사람 보는 눈이 까다롭다는 걸 생각하면 저놈은…….

"애인이 잘생겨서 좋겠어. 아가씨, 복도 많네."

맞다. 아줌마들은 오로지 외모만 보기도 하지.

주문을 받던 아줌마가 야쿠자를 칭찬한 건 뭐, 그럴 수 있다. 그러나 '아가씨 복도 많네.' 부분에서 나를 위아래로 훑어본 것은 심히 마음에 들지 않았다. 그 훑어보는 듯한 시선의 의미가 뭔지 알아서 더 기분 나쁘다.

"너 의외로 손이 재다?"

"가끔 하니까."

"집에서?"

"아니, 아는 분 집에서."

그 말을 끝으로 야쿠자놈은 입을 다물었다. 아는 분이라, 그 아는 분이 서울에 동산 좀 갖고 계신 그분일까? 그분이 바로 온실도 갖고 있고 야쿠자놈을 식모로도 부려먹을 수 있는…… 가만, 그분이 이놈을 야쿠자로 만드는 거 아냐?

"아는 분 누구?"

"넌 몰라도 돼."

물론, 몰라도 된다. 세상에 꼭 알아야 되는 일이 어디 있는가? 하지만 사람 사는 일이 어디 그렇기만 하던가. 아무 이유 없이 궁금하기도 하고 아무 실속 없이 물어보기도 하고…….

우리의 야쿠자가 그렇지 않다는 건 알겠다. 필요한 말만 한다. 그래서 보면 볼수록 알 수 없다. 사람이 본능적으로 자신이 모르는 것에 공포심을 갖는다는 걸 생각해보면 그래서 다른 사람들이 얘한테 덤비고 싶어하는지도 모른다.

사실 사람이란 것이 오해받는다는 느낌이 들면 자신을 변호하고 싶어지기 마련인데 이놈은 심지어 그런 것도 없는 것 같다. 가끔 표정이 무표정해지는 것 외에는 별다른 감정표현도 하지 않는다. 그래서 한 대 맞고 끝날 일도 열 대쯤 맞고 끝난다. 아니, 끝나긴 하는 건가? 어떻게 자라면 이렇게 되는 거지?

"뚫어지겠다. 왜 자꾸 쳐다봐?"

때마침 나온 떡볶이와 라면을 받아들면서 야쿠자가 툭 던지듯 말했다.

아까도 생각했지만 참으로 의뭉스러운 놈이다. 단 한 번도 내 쪽을 본 적이 없고 나와 시선이 마주친 적도 없는데 내가 자기를 보고 있는 건 어떻게 알았을까? 그리고 사람이 말을 걸었으면 그 다음에는 나를 보고 대화를 지속하고자 하는 의지를 표명하는 것이 옳을 텐데 어쩌자고 아무 일도 없었다는 듯이 라면을 먹기 시작하는 걸까?

아, 미스터리.

"넌 도대체 어떤 정신세계를 가졌으면 이렇게 생겨먹을 수가 있냐?"

"내가 왜?"

"이상하잖아."

"눈 두 개, 코 하나, 입 하나. 왜?"

"아니, 여기서 '생기다'는 그 '생기다'가 아니고……."

아놔, 이 야쿠자……. 설마 정말 저 '생기다'를 진짜로 '생기다'로 알아들은 건가? 얘는 왜 동남아 노동자도 아니면서 '한국말 어려워요.'를 외치고 있는 건데…….

"그러니까 왜 그렇게 말을 안 하냐고."

"무슨 말?"

음, 또 이렇게 물으니 난감하다.

"뭔가 하고 싶은 말."

"하고 싶은 말?"

"뭐 자기 얘기라든지 하고 싶은 거라든지……. 사람들은 계속 이야기를 하잖아. 뭔가 이걸 하고 싶다거나 저걸 하고 싶다거나 그런 거 말야."

생각해보면 언어 능력이 모자라는 것은 아니다. 오히려 뛰어나다고 봐도 될 것 같다. 기묘하게 말을 비트는 능력이나 사람을 할 말 없게 만드는 건 어지간한 머리로 되는 건 아니다. 핀트가 어긋나는 말을 하는 것도 정말 핀트가 어긋나서인지 의심스럽다. 그냥 이야기하기 싫어서 피하고 있다는 느낌, 귀찮아한다는 느낌. 내가 열여덟 살이었다면 몰랐을 수도 있지만 아주 희미하게 보이는 단단한 방어벽 같은 것…….

"하고 싶은 말을 하면?"

여전히 내 쪽으로는 시선도 주지 않으며 야쿠자는 단정하게 라면 면발을 입에 넣었다.

"들어주지."

말하면 입 아픈 말을…….

"너 나한테 묻지도 않고 일주일 내내 도서관으로 끌고 왔잖아."

그건 그렇지만.

"그, 그건…… 네가 하고 싶은 일을 얘기 안 하니까."

"하고 싶은 일을 얘기하면?"

"들어줬을 거야."

응? 그랬을까?

"정말?"

이, 이상하다?

"아닐 거 같은데?"

정말 이상하다?

"진짜라니까!"

야쿠자가 젓가락을 내려놓고 내 쪽을 바라보았다. 눈이 마주치자 어쩐지 가슴 한구석이 뜨끔했다. 시선을 피하고 싶은 충동을 나는 스물여덟 살의 자존심으로 버텨냈다. 아니, 왜 시선을 피하고 싶었지?

"됐어."

야쿠자놈이 피식 웃었다. 정말 됐다는 듯이, 네가 내 말을 들을 리가 없다는 듯이. 난 스물여덟 살이고 이런 눈에 뻔히 보이는 도발에 넘어갈 이유도 없지만, 없지만, 없지만…….

"뭐가 돼? 말해봐!"

……넘어갔다.

"하고 싶은 걸 말해서 하게 된 적, 별로 없어. 그러니까 괜찮아. 여기도 난 좋다고."

"말해봐! 될 거야."

좁디좁은 분식집 안의 형광등 조명보다 더 밝은 한낮의 태양이 열린 문을 환하게 채우고 있었다. 역광에 야쿠자의 얼굴선이 또렷하게 떠올랐다. 잘생겼다.

잘생겼고 머리가 좋다.

야쿠자가 머리가 나쁠 것이라는 생각은 취소다. 얘가 야쿠자 똘마니였던 것도 아니고 명색이 일본 열도를 휘어잡았던 놈이니 머리가 나쁘지 않을 거란 건 당연한 일인데 고등학교 때의 선입견이 너무 강했다. 공부를 안 한다고 해서 머리가 나쁘다는 건 아닌데 나조차도 어른들의 공식에 물들어 있었다. 잘난 척했다. 난 항상 잘난 척하지만.

야쿠자는 내 얼굴을 보고 있었다. 깔끔한 선을 그린 입술이 조용한 호선을 그리고 있었다. 나는 당했다고 생각했지만 어차피 늦었다. 그리고 뭐 늦어도 상관없었다. 어떻게 될지 궁금했다.

뭐 하루쯤 놀아도 된다고 생각했다. 아니, 어쩌면 하루쯤…… 놀고 싶었던 건 나일까?

일주일 동안 야쿠자와 공부를 하면서…… 야쿠자와 얼굴을 마주치면서…… 야쿠자의 목소리를 들으면서…… 야쿠자를 생각하면서…….

나 지금 나라를 구하는 프로젝트 하는 거 맞지? 그래서 이러는 거 맞지?

“식물원 가자.”

응?

난 나도 모르게 눈을 둥그렇게 떴다.

전혀 예상치 못한 대답이었다. 그러니까 야쿠자라면 '하고 싶은 게 뭐냐?'라고 물었을 때 나올 거라고 생각했던 본드, 나이트, 마약 등등 온갖 범죄와 탈선의 단어, 백 번 양보해 영화관, 놀이동산, 호텔…… 은 아니고 여튼 이런 종류를 상상하고 있던 나로서는 전혀 예상치 못했던 대답이었다.

식물원이라니, 초(超) 범생이었던 나도 갈 생각이 없는 곳 아닌가.

"시, 식물원?"

멍청해 보이는 건 딱 질색인데 입이 생각을 따라가지 못해 나는 자꾸 더듬고 있었다. 이 야쿠자, 사람 말 더듬게 하는 데는 천재다.

야쿠자가 씩 웃고는 거의 다 먹은 라면 그릇을 들어 국물을 마셨다. 하얀 그릇 위로 보이는 하얀 이마, 까만 머리카락…….
기분이 복잡해졌다.

"지, 지금?"

"응. 지금."

대답과 동시에 라면 그릇이 달그락 소리를 내며 테이블 위에 놓였다.

눈이 마주쳤다.

야쿠자가 씩 웃고 있었다. 저렇게 웃는 건 처음 본다는 걸 깨달았다. 조금은 장난스럽게, 아니 환하게. 몹시도 기분 좋게.

내가 멍하니 앉아 있는 동안 야쿠자는 벌떡 일어나서 점심값을 지불했다. 콧노래를 부르는 널찍한 등이 몹시도 기분이 좋아 보였다.

도서관 안에 조용히 들어가 번개같이 가방을 챙겨가지고 나올 때만 해도 찝찝했던 기분은 좁지 않은 골목길을 지나면서 조금씩 나아지기 시작했다.

나란히 걷고 있는 야쿠자는 온통 기분이 좋아 보였다. 그런 야쿠자를 바라보던 나는 고개를 돌리며 조금 웃고 말았다. 어찌나 즐거워 보이는지 나도 덩달아 즐거워졌다. 이런 전염은 유치한 건데, 말도 안 되는 건데, 실제로 그랬다.

여름으로 접어드는 햇빛을 담은 하늘은 개운할 정도로 청량했다. 날씨가 더워지기 시작했지만 아직 불쾌할 정도는 아니었다. 골목길을 빠져나와 버스에 오르며 노골적으로 기분이 좋아진 나를 보고 야쿠자가 싱글거리는 것이 느껴졌다.

"왜 웃어?"

"좋지?"

"뭐가?"

"도서관에 박혀 있는 것보다 나오니까 더 좋지 않아?"

야쿠자 따위에게 그런 이야기 듣고 싶지 않아! ……라고 생각했지만 사실이긴 했다. 난 대중교통을 이용하는 걸 끔찍이도 싫어했는데 심지어 차가 막히는 휴일 오후의 거리도 나쁘지 않게 느껴질 정도였다.

정말이지 날씨가 지나치게 좋았다.

야쿠자는 이번에는 내가 옆에 나란히 앉는 것을 허용했다. 맨 뒷자리의 긴 좌석이라 그랬는지도 모르겠지만 어쨌든 내가 옆에 앉았을 때 그날, 4층 번지점프의 날에 그랬듯 무안을 주진 않았다.

"그런데 넌 전에 왜 그렇게 학주한테 얻어터지고 있었어?"

하지만 또 분위기 못 맞추고 싫은 이야기 하는 게 내 특성이기도 하다. 야쿠자는 단박에 인상을 찡그렸다.

"맞을 짓 했으니까."

"뭘 했는데?"

"지각해서 담 넘었거든."

내 기억이 맞는다면 야쿠자가 얻어터지고 있던 시간은 종례시간 바로 전.

"도대체 언제 왔기에?"

"글쎄, 한두 시간 정도 도망 다니다가 잡힌 거니까……."

맞아도 싸다. 한두 시간 정도 도망 다니다가 잡힌 게 그거면 점심 먹고도 한참 지난 다음에 왔다는 건데, 그것만으로 때린데 또 때리고 싶을 텐데 두 시간을 뛰어다녔다면 열 받을 만하다. 게다가 이놈의 다리는 학주 다리의 1.5배 정도 되니 약도 좀 올랐으리. 물론 학주가 좀 더 마음이 너그러운 사람이라면 그래도 결석은 하지 않는다며 대견하게 여기겠으나, 인간이 그렇게까지 관대하기란 쉽지 않은 일이다.

"넌 왜 그렇게 학교를 독립적으로 다녀? 33인의 후손이냐?"

내 말에 야쿠자는 킥킥 웃기 시작했다.

"뭐 이것저것 다망하다 보니."

다망? 다망(多忙)? 이런 고품격 단어를 야쿠자가 알아?

"뭘 하느라 다 망했는데?"

"다 망했다는 게 아니라."

야쿠자의 얼굴이 일그러졌다. 내 얼굴도 같이 일그러졌다. 설마 내가 다망의 뜻을 몰라서 그랬겠어? 유머를 모르는 놈이다.

"이것저것 하고 싶은 걸 하다 보면 학교는 잊게 돼."

사람들이 다 자기 하고 싶은 것만 하면 대한민국의 미래는 어떻게 되겠니?

잠깐 한심스러운 야쿠자의 미래를, 정확히는 한심스러운 야쿠자가 망칠 대한민국의 미래에 대해 생각하다가 내가 말했다.

"난 좀 바보 같다고 생각되는데."

"뭐가?"

"그렇게 맞을 짓 하는 거 말야. 어쨌든 넌, 우린 고등학생이고 지켜야 할 규칙이 있는 거잖아."

"그런가? 그럼 뒤에서 몰래 해야 하나?"

"그게 낫…… 지 않지! 그게 아니잖아?"

어떻게 그렇게 되는 거냐? 일단 열심히 학교생활을 하고 졸업하고 나서 하고 싶은 걸 하라는 말을 어떤 시스템으로 해석하면 뒤에서 몰래 하라는 걸로 들리는 거냐?

내가 노려보든 말든 등받이에 느슨하게 몸을 기댄 채 야쿠자는 유유자적하기만 했다.

"요즘 것들은! 대놓고 연애질이네!"

버스 앞좌석에서 사납게 생긴 여자 한 명이 우리를 보고 새된 목소리로 투덜거렸다.

아니, 이봐요. 뭘 몰라서 그러시나 본데 난 지금 진짜 나라를 구하고 있는 거라니까! 모르면서 함부로 말씀하시다가 나중에 후회하십니다!

발끈한 내가 뭔가 한마디 할까 말까 고민하는데 야쿠자가 씩 웃으면서 내 손을 잡았다. 다른 의미라기보다 뭐 어쩔 거냐는 야쿠자다운, 야쿠자스러운, 야쿠자이기에 가능한 시위라는 건 알았지만 그 대응법이 맘에 들었다. 그런 뻔뻔함, 당당함, 사람의 마음을 건드리는 태연함이 좋았다. 내 손을 잡은 야쿠자의 손은 따뜻하기보다 뜨거운 쪽에 가까웠다. 사람의 체온이 이렇게 높아도 되는 건가 싶었는데 사실 그보다 더 이상한 건 사람에게 이런 기분을 느껴도 되는 건가 하는 것이었다. 난 야쿠자의 옆모습을 슬쩍 훔쳐보았다.

나라를 구하는 게 아니라 진짜 연애하는 열여덟 살처럼 나는 심장 부근이 간지러웠다. 생각해보면 내가 정말 이런 기분을 느껴야 할 시절에 나는 공부밖에 몰랐다. 연애다운 연애라면 강준현이 처음인데 아직 시작도 못 해본 관계고 그 사람은…… 딱 뭐라 설명할 순 없지만 다르다. 야쿠자와는 많이 다르다.

에이, 나라를 구하는 거지 뭐. 어린애 손 좀 잡는다고 뭘! 난 스물여덟 살이야!

내친김에 나는 야쿠자의 손을 조물딱거려보았다. 일정한 압력으로 내 손을 잡고 있던 야쿠자의 얼굴에 놀란 기색이 어렸다가 당황하는 듯했다가 어이없다는 표정으로 바뀌었다.

그래그래, 내가 경험이 없어서 괜히 그랬던 거지. 아무렇지도 않잖아. 나는 씩 웃어주었다. 잠깐 떨떠름하게 내 얼굴을 바라보던 야쿠자가 고개를 돌렸다. 그래도 손은 놓지 않았다. 자식.

시외로 빠진 버스는 멈추지 않고 달렸다. 창 밖의 풍경이 한적해지기 시작했을 때 나는 야쿠자의 손에 완전히 적응했다. 태어나면서부터 이미 야쿠자의 손을 잡고 태어난 것처럼 그 커다랗고 따뜻한 손이 익숙해졌다. 말했지만 나 적응력 정말 빠르다. 그리고 내가 원래 부끄러운 것 없이 좀 쉬운 여자다. 이 시간대에 최고로 쉬운 여자, 황민서.

하지만 어려워서 뭐 할 건데? 복잡해서 뭐 할 건데?

야쿠자는 단순하고 간단해서 좋기만 하지 않은가. 나쁜 부분은…… 그러니까 나빠질 부분은 앞으로 내가 교정해줄 거지 않은가.

그래, 어차피 시작한 프로젝트다. 나는 한다면 하는 황민서, 이왕 이렇게 된 거 수단과 방법을 가리지 않고 목적을 달성할 테다. 그 수단이 미인계라면, 써야지. 손? 잡아줄 수 있다. 내가 좋아서 잡는 건 아니지만, 내가 잡고 싶은 건 절대절대 아니지만 그 정도야 나의 불타는 애국심으로 커버 가능하다.

야쿠자를 향한 내 마음……, 아니 나라를 위한 내 마음이 이렇게나 깊고 위대하다.

햇빛에 비친 창에 얼핏 보이는 내 얼굴이 웃고 있었다.

14. 프로젝트, 그리고……

식물원에는 사람이 별로 많지 않았다. 입구에서 집어든 안내서에 따르면 식물원을 한 바퀴 도는 데 한 시간 정도 걸린다고 했는데 경보처럼 걸어 한 시간인지 내부는 널찍했다.

"여기 가끔 와?"

삼림욕장을 지날 때쯤 내내 입을 다물고 있는 야쿠자가 답답해 말을 걸었다. 나도 말이 그렇게 많진 않은데 저놈, 강적이다.

"응, 기분 안 좋을 때."

야쿠자가 기분이 안 좋을 때란 어떨 때일까? 본드를 하고 싶었는데 돼지표 본드는 없고 제임스 본드만 있을 때, 소주를 마시고 싶은데 양심 있는 술집 주인이 나가라고 했을 때, 깡패한테 걸렸는데 20 대 1이라 어쩔 수 없이 돈을 뜯겼을 때, 20명을 데리고 복수하러 갔는데 저쪽에 50명이 있어서 그냥 돌아올 수밖에 없었을 때……. 무엇보다 준현 선배는 이놈이 기분이 안 좋을 때 어두컴컴하고 시끄러운 곳을 찾는다고 했는데 좀 다르잖아. 왜 내가 19년을 알아온 사촌보다 야쿠자를 더 잘 알아야 하는 거냐고.

이런저런 생각을 하느라 머리가 복잡해서 내 키의 세 배쯤 되어 보이는 나무를 올려다보고 있는데 뒤에서 "어이!" 하고 부르는 소리가 났다. 뒤 돌아보니 야쿠자가 온실 앞에서 손짓을 하고 있었다.

"여기 들어가 보자."

이 야쿠자는 아마도 여름 야쿠자임에 틀림없다고 생각했다. 그리고 보니 처음 보았을 때도 온실로 기어올라가서 밭에 물을 주고 있었더랬다. 온실 참 좋아하는 야쿠자다.

"너 온실 좋아해?"

"응."

"준현 선배는……."

딸꾹!

야쿠자가 인상을 확 찌푸렸다. 그리고 몸을 획 돌려 나를 마주 보았다. 그 순간 등 뒤로 온실의 문이 닫혔다. 탈출을 위해 닫힌 온실 문을 열려고 했지만 그 시도는 야쿠자가 뻗은 손이 온실 문을 누름으로서 무산되었다. 거의 열릴 뻔했던 온실 문이 쾅 소리를 내며 도로 닫혔다.

"너……."

"네."

아, 자존심. 존대해버리고 말았다.

"강준현이랑 무슨 관계야?"

"선후배지."

"언제부터 아는 사이인데?"

나도 그게 궁금하다고. 과연 준현 선배와 내가 언제부터 아는 사이인 걸까. 10년 후부터일까 몇 달 전부터일까? 설명하려면 아주 복잡해지는데 네가 그걸 이해할 수 있으려나.

습기가 많은 후텁지근한 공기 속, 나를 굽어보고 있는 야쿠자의 뒤로 키 큰 이국의 열대 식물들이 넓은 잎사귀를 처마처럼 늘어뜨리고 있었다.

"거대 파인애플이다!"

이국적인 식물들을 지나 커다란 파인애플처럼 생긴 나무를 가리키며 소리쳐보았지만 야쿠자는 고개도 돌리지 않았다.

"종려나무야."

그래도 대답은 해준다. 보지 않고도 알다니, 정말 얘 눈은 뒤통수에 달린 거였어. 그런데 안 그래도 더운데 어쩐지 이러고 있으니 더 더운 것 같다. 얘는 안 더운가? 왜 이렇게 쳐다보는 거야…….

가만히 내 눈을 들여다보고 있던 야쿠자가 가볍게 한숨을 쉬고 허리를 폈다.

"강준현 얘기, 꺼내지 마."

그리고 몸을 돌려 성큼성큼 걷기 시작했다.

결이 가는 까만 머리카락이 가볍게 흔들렸다. 내 마음도 흔들렸다. 아, 이러면 안 되는데……. 황민서, 이렇게 쉬운 여자면 안 되는데……. 이렇게 어린애를 놓고 이렇게 일일이 반응하면서 이렇게…….

"질투하는 거야?"

못되게 굴면…….

야쿠자가 고개만 움직여 나를 바라보았다. 시선이 마주쳤다. 아마 이때만은 내 눈빛이 스물여덟 살다운 눈빛이었을 것이라고 생각한다. 아니, 생각했다. 생각했는데……. 생각하려고 했는데……. 아이고, 상대가 야쿠자였다.

야쿠자가 한 걸음 내 쪽으로 다가왔다.

난 스물여덟 살인데 생각해보니까 연애 경험이 없어! 사귄 건 강준현이 전부인데 손만 잡았어! 그것도 잠깐 잡았어! 뭔가 더 해보려고 했는데 이리 끌려왔다고!

난 한 걸음 물러섰다.

더워.

공기가 너무 후텁지근해.

야쿠자는 서두르는 기색 없이, 하지만 느리지도 않게 다시 한 걸음 내게로 다가왔다.

"저, 저기……."

난 비굴하게 웃었다. 이를 어째……. 얘는 왜 고등학생답게 순진하게 얼굴을 붉히지 않는 거야? 전엔 안 이랬잖아. 전에 그 뒷산에서는 귀엽게 빨개졌잖아. 토마토 장승 좋았잖아.

등 뒤로 온실 벽이 닿았다. 이놈의 식물원엔 사람이 없나? 왜 아무도 온실에 들어오지 않는 걸까.

거리가 가까워졌다.

조금씩, 조금씩.

난 나도 모르게 침을 꿀꺽 삼켰다.

야쿠자는 더 이상 거리가 가까워질 수 없을 만큼, 그 사실을 야쿠자도 나도 알 수 있을 만큼의 거리까지 다가와서 멈춰 섰다. 그리고 가볍게 허리를 굽혀 나의 눈을 들여다보았다. 그것과 거의 동시에 야쿠자의 손이 가볍게 나의 턱에 와 닿았다. 말 그대로 와 닿았다.

나는 필사적으로 고개를 내렸다.

야쿠자는 굳이 내 고개를 치켜들려고 하지는 않았다. 그저 조용히 허리를 굽혔다. 천천히. 마치 물이 흐르는 것처럼.

나는 눈을 질끈 감았다.

등 뒤로 땀방울이 또르르 흘러내리는 것이 선명하게 느껴졌다. 입 안이 바짝 말라 있었다. 이럴 때 어떻게 해야 좋을지 난 28년 동안 배우지 못했다. 상대는 야쿠자였다. 상대는 야쿠자였다.

잠깐, 밀어내면 되잖아? 아니, 밀어내고 싶어? 응? 잠깐! 잠깐! ……그런데 뭐 이렇게 오래 걸려?

나는 살며시 한쪽 눈을 떴다. 응? 가까이 있어야 할 야쿠자가 한 걸음 뒤에 서 있었다. 소리를 내지 않고 허리를 잡은 채 숨도 못 쉬고 귀 끝까지 익숙한 색으로 물들어서 웃고 있었다. 다만 이번에는 왜 얼굴이 그렇게 붉어졌는지 확실히 알 수 있었다. 웃음을 참느라 그랬다. 소리를 내지 않느라 그랬다.

그리고 그와는 아주아주 다른 의미로 나는 귀끝까지 빨개졌다. 아아, 당했다.

"하하하하하!"

나와 눈이 마주치자 야쿠자는 거리낌 없이, 마음껏, 자유롭고 호탕하게 웃기 시작했다. 어찌나 웃었던지 이마에 송골송골 땀이 맺혀 있었다. 손등으로 그 땀을 쓸어올리며, 그렇게 웃고도 남은 웃음이 있는지 괴로워하며 야쿠자는 몸부림쳤다.

좋냐?

"아직 애기네."

"뭐라고?"

내가 생각해도 섬뜩하게 쏘아보며 물었다. 다큐멘터리 '이야기 속으로' 같은 데서 퍼런 조명과 함께 등장하는 온갖 귀신에 못지않을 만큼 눈도 하얗게 흘겨주었다.

"아냐?"

"아냐!"

애기라니, 이래 봬도 스물여덟 살, 산전수전 다 겪다 못해 우주전까지 섭렵…… 할 예정이 아니었던가! 호적에 사인한 잉크도 채 마르지 않았을 이런 천둥벌거숭이에게 놀림을 받는다는 건 있을 수 없는 일이다.

나는 턱하니 야쿠자의 팔에 팔짱을 꼈다. 그리하면 가슴 부분이 야쿠자의 팔에 닿아 남자들로서는 상당히 야리꾸리하게 될 수밖에 없다는 비장의 무기 넘버 쓰리! 내 연수원 시절부터 줄기차게 써먹은 바로 그 초절정메가섹시 유혹의 기술!

그러나.

간과했던 것이 하나 있다면 지금의 가슴은 그때의 가슴이 아니요, 심지어 그때의 배는 지금의 배도 아니라는 것이다.

가슴에 손이 닿기 전에 배에 먼저 손이 닿았다.

물론, 그것을 의식한 건 나뿐이라는 데 내 기말고사 성적을 걸 수도 있다. 이 녀석이 그걸 의식했다면 난 모든 기말고사를 왼쪽 발로 풀리라. 그러므로 가만히 있는 편이 나았다는 건 이성의 판단이었다. 감성은, 그만큼 냉정하지 못했다.

오른편에 붙어선 나를 놀란 표정도 짓지 않고 내려다보는 그 녀석과 눈이 마주친 채로 나는 슬그머니, 정말이지 슬그머니 배를 집어넣었다.

쏘오오옥.

"파하하하하하하하!"

야쿠자는 다시 웃기 시작했다.

야쿠자는 예의도 없다.

나는 처연해졌다.

제대로 삐친 나는 행진하는 병사처럼 두 손에 각을 딱 잡은 채 걷고 있었다. 두세 걸음 뒤에서 킥킥거리는 야쿠자의 기색이 느껴져 기분이 계속 나빴다. 얼굴이 뜨거운 게 온실의 온도 때문인지 내 안의 열 때문인지 알 수 없었다.

저놈의 야쿠자는 자신이 실례를 했으면 사죄를 하고 상대의 기분을 풀어주려고 노력을 하는 것이 인간의 도(道)이자 예의라는 것을 모르나 보다. 하긴 저놈은 인간이 아니라 야쿠자니까.

이놈! 인간이 되어라!

이를 바득바득 갈면서 걷던 도중 갑자기 야쿠자의 비웃는 듯한 목소리가 잠잠해졌다는 걸 깨달았다. 그러니까 말을 걸지는 않을망정 적당한 거리에서 쫓아오던 야쿠자가 사라진 느낌에 나는 뒤를 돌아보았다.

그렇게 예기치 않은 공포와 마주쳤다. 어마어마한 공포.

공포란 무엇인가?

내 생각에 공포란 있어야 할 곳이 아닌 곳에 있는 그 무엇을 보았을 때 느껴지는 감각이다. 예를 들어 우리가 피를 보고 끔찍해하는 이유는 그 피가 사실은 몸 속에서 흘러야 되는데 그 밖으로 나왔기 때문이다. 뇌, 흘러내린 척수, 이런 걸 무서워하는 이유도 같다. 사실 이 모든 것이 제자리에 얌전히 있을 때는 별로 무서울 것도 없는 것으로, 오히려 소중한 것이 아닌가.

그러므로 내가 뒤돌았을 때 눈에 보인 장면은 몹시도 무서운 것이었다.

허리를 굽혀 꽃잎을 물어뜯는 것이 딱 어울릴 것 같은 야쿠자가 이를 드러내는 대신 꽃향기를 맡는 모습은 전설의 고향에 등장했던 귀신 중에 제일 무서웠던 귀신들이 시뻘건 눈을 희번덕이며 단체로 나타나 갑자기 서로 머리를 곱게 땋아주는 것보다 더 두려운 일이었다.

"꽃 좋아해."

사람은 어리석다. 어찌 말만 듣고는 알지 못하고 꼭 무서운 일을 당하고 나서야 깨닫는가 말이다.

야쿠자는 정말로 꽃을 좋아했던 것이다. 말로 했을 때는 그저 어이만 없었지만 그 장면을 실제로 본 지금은 어이도 없고 정신도 없다.

"왜?"

멍하게 자신을 바라보는 날 보고 야쿠자가 물었다. 물어놓고도 내가 이상한 짓 하는 것에 이골이 났는지 대답을 기다리지 않고 혼자 중얼거렸다.

"이건 향을 진하게 하려고 교배한 거 같은데, 어떻게 한 건지 모르겠네."

몰두한 야쿠자, 그것도 싸움이 아니라 꽃에 몰두한 야쿠자라니!

설마 내가 타임리프를 한 것은 세계 종말의 신호였던가? 그래, 영화에서 보면 미래에서 스카이넷이라는 머리 좋은 컴퓨터가 터미네이터를 급파한 이유는 세계를 간단하게 멸망시키려 한 거였다.

그런 건가?

앞뒤 맞지 않는 이야기를 생각하던 나는 머릿속이 하얗게 비어가는 것을 느꼈다. 터미네이터는 내가 아니라 야쿠자였나? 내가 존 코너? 터미네이터가 이동한 게 아니라 내가 이동한 거야? 야쿠자가 나를 놀라게 해서 죽이는 게 시나리오였나? 방금 본 무서운 장면 때문에 피가 말라서 난 정말 죽는 거란 말인가.

……아니면 더워서? 내 몸에 둘러진 지방은 지금 알래스카 한복판에서 곰을 때려잡을 때도 점퍼 하나 걸치면 될 정도로 튼실하지 않던가. 땀방울이 등의 곡선을 타고 흥건히 고여 있었다.

내가 머리를 짚으며 쪼그리고 앉자 깜짝 놀란 야쿠자가 달려와 내 팔을 잡았다.

"괜찮아?"

안 괜찮았다. 머리가 띵하니 현기증이 나면서 코끝이 찡하게 울렸다. 나는 힘없이 고개를 저었다.

한쪽 무릎을 꿇고 나를 들여다보던 야쿠자는 고개를 들어 주변을 들어보더니 나를 번쩍 안아 들었다.

"으아아아아아!"

깜짝 놀랐다. 아픈 와중에도 우렁찬 비명이 나올 정도로 놀랐다. 내 비명이 사람이 없는 온실의 습기 어린 공기 사이로 퍼져 나갔다.

야쿠자는 정녕 꼬마자동차 붕붕이었던 걸까? 꽃향기를 마시면 힘이 솟는 꼬마자동차, 그럼 이제 이놈은 엄마 찾아 모험 찾아 낯선 세계여행을 나서는 걸까?

나를 안고 성큼성큼 큰 걸음으로 온실을 가로질러 문을 박차고 나선 붕붕, 아니 야쿠자는 쏟아지는 사람들의 시선을 깔끔히 무시하고 그늘 아래 있는 벤치까지 나를 안고 갔다.

이놈아! 부끄러워 죽겠다!

"음, 아마 더위 때문일 거야. 가벼운 일사병. 괜찮아."

손으로 내 머리를 짚어본 야쿠자는 잠깐 기다리라는 말을 남기고 뒤돌았다. 야쿠자가 그 긴 다리로 탁탁 뛰어 순식간에 멀어지는 모습을 보며 나는 멍하게 재가 어디로 가는지를 생각하고 있었다. 심장은 이미 미친 심장이었다. 이게 더위 때문이라니, 아까 네가 날 안아 들기 전까지는 이렇지 않았는데 이게 더위 때문이라니 심장이 더위를 먹은 거란 말이냐?

잠시 후 야쿠자는 캔 표면에 물방울이 알알이 맺힌 차가운 탄산음료를 사가지고 와서 내 손에 쥐여주었다.

"그건 따지 말고……"

퓨슉.

야쿠자의 말이 끝나기도 전에 나는 방정맞게 홀랑 뚜껑을 따 입에 갖다대고 있었다. 목이 너무 말랐던 것이다. 그뿐인데, 그뿐인데 못마땅한 시선이 내 얼굴 위로 쏟아졌다. 째려보는 눈빛이 제법 사나웠다. 이놈 성질하고는.

민망해진 내가 헤헤 웃어야 하나 고민하고 있는데 야쿠자가 내 손에서 캔을 뺏어 들어 벤치 위에 내려놓고 자신의 캔을 내 이마에 가져다 댔다.

"마시는 건 이걸 마셔."

그리고 물을 내밀었다.

"왜?"

"더위 먹었을 땐 오히려 탄산이 안 좋아. 일단 수분을 공급해주고 나서 다른 걸 마셔야지. 스포츠 음료가 있었으면 그게 좋았을 텐데 없더라."
어울리지 않게 박식한 야쿠자.
"어떻게 그렇게 잘 알아?"
나는 시키는 대로 얌전히 물을 마신 후 남은 물을 건네며 물었다.
"어렸을 땐 몸이 약해서 나도 자주 더위를 먹었거든."
몸이 약해?
지금은 건장하기 이를 데 없는 야쿠자의 근육을 한 가닥 한 가닥 헤집듯 헤매고 있는 나의 시선을 느낀 야쿠자가 내 얼굴을 그 커다란 손으로 쓸더니 말했다.
"진짜야. 그때는 너무 약해서 사촌 동생한테도 당할 정도였으니까."
오, 그 사촌은 아마도 최홍만의 덩치에 내일의 죠 같은 집념을 가진 아이였던 걸까?
"설마 그 사촌이 나도 알고 너도 아는 그런 사람은 아니겠지?"
내 말에 잠깐 표정이 없었던 야쿠자는 결국 피식 웃었다.
"너도 알고 나도 아는 그런 사람 맞아. 그때도 그놈은 엄청 건강해서 툭하면 날 발로 차고 때리고, 정확히 말하자면 온 가족이 한패가 되어 날 괴롭히는 데 열중했었어."
그럴 리가! 내가 들은 것 중에 제일 안 어울리는 이야기다. 물론 강준현의 캐릭터가 앞에서는 친절하고 뒤에서는 괴롭히고도 남을 캐릭터이긴 하다. 하지만 온 가족이 그런 캐릭터인데 얘만 콩쥐라니……. 그런 일이 있을 리가!

“그런 게 어딨냐? 네가 뭔가 잘못했겠지.”

“야!”

벤치에 기대 느슨하게 하늘을 올려다보던 야쿠자가 갑자기 인상을 팍 구겼다.

“너 반말까지는 뭐라고 안 하겠는데 너란 소리는 좀 어떻게 안 돼? 난 3학년이야.”

메롱, 난 스물여덟 살이란다.

내가 못 들은 척 귀를 후비적거리자 야쿠자는 굳이 싸울 생각은 없는지 손으로 내 뒤통수만 슬쩍 건들고는 다시 벤치에 몸을 기댔다.

“뚫어지겠다.”

아, 익숙한 다섯 음절.

야쿠자의 목소리에 난 내가 또다시 넋을 잃고 야쿠자를, 야쿠자의 몸매를 훑고 있다는 것을 깨달았다.

처음에는 도대체 어떻게 생긴 녀석이기에 조국의 금수강산을 침노하는 매국 야쿠자가 되나 궁금해서였지만 이제는 정말 순수한 미학적 관점이 되어버렸다. 그래, 이렇게 늘씬하고 잘빠졌는데, 곳곳이 예쁘기만 한데 자꾸 눈이 안 갈 수가 없다. 노래도 할 수 있다. 눈이 가요, 눈이 가. 야쿠자에 눈이 가요. 열여덟 살 눈, 스물여덟 살 눈, 자꾸만 눈이 가.

“날씨 좋다!”

“날씨만?”

뭐야, 이 녀석.

난 가볍게 눈을 흘겼다.

순진한 건지 아닌 건지……. 세상 모든 남자들이 이런 건지 아닌 건지…….

생각해보면 나도 모르는 게 너무 많아.

하지만 그렇든 말든 날씨가 좋긴 하다.

나도 벤치에 기댔다. 눈에 들어온 하늘엔 아직 해가 남아 있었다. 셔츠를 적신 땀 위로 스친 바람이 서늘했다.

"준현 선배가 너 많이 괴롭혔어?"

"걔 얘기 하지 말라니까."

"그렇게 싫어?"

대답 대신 야쿠자는 고개를 끄덕였다.

싫다는 데 어쩌랴. 나도 고개를 끄덕였다.

그렇다고 해서 여기서 끝낼 건 아니고 도대체 뭔 짓을 하면 이렇게까지 질색하는지, 도대체 뭔 짓을 하면 애가 이렇게 비뚤어지는지 언젠가는 알아내고 말겠지만……. 일단은 여기서 일보 후퇴, 십 보 전진을 위한 일보 후퇴.

"그래, 그럼 말지 뭐."

한참의 침묵 뒤, 마치 혼잣말하는 것처럼 야쿠자가 중얼거렸다.

"나중에 다 말해줄게."

애가 어쩜 이렇게 마음이 약할까? 걱정될 정도다. 싫다고 해 놓고 내가 서운할까 봐 한마디를 덧붙인다. 이 누나는 그렇게까지 마음이 안 약한데 말이다. 응? 누나는 어떻게든 알아낼 수 있단 말이야.

고개를 돌리자 하늘을 바라보고 있는 야쿠자의 옆모습이 보였다. 그 뒤로 해가 저물어 붉어지는 하늘이 펼쳐져 있었다. 조용하다.

기묘한 기분이었다.

데이트를 한 적이 없었던 건 아니다. 사시에 합격하고 살을 빼자 나는 갑자기 1등 신붓감이 되어버렸다. 나는 그대로였는데 나를 보는 사람들은 달라졌다. 친절해진 사람들이 좋았다. 그래서 식사를 하고 차를 마시고 재미있는 이야기에 집중하다가도 돌아와 집으로 들어올 때면 언제나 마음이 허전했다. 등 뒤에 닿는 고급 가죽 시트, 빵빵하게 돌아가는 에어컨, 5.1채널의 빵빵한 카 오디오가 있는 좋은 차에서 웃으며 내려도 뒤돌아선 후에는 웃을 이유가 없었다.

분명히 즐거웠지만 그뿐이었다.

나를 집 앞까지 데려다준 야쿠자는 엘리베이터 문이 닫힐 때까지 아파트 현관의 유리문 뒤에 서 있었다. 그러다가 내가 고개를 들어 야쿠자를 바라보자 가볍게 손을 들어보였다. 나도 모르게 손을 번쩍 들었다가 어색하게 손을 내리는데 엘리베이터 문이 스르르 닫혔다. 닫히는 문 사이로 어둠을 등진 야쿠자의 눈이 웃고 있었던 것 같다.

문이 닫히자마자 거울에 철썩 달라붙었다.

야쿠자 뿅 맞았나? 왜 나를 저런 눈으로 본단 말인가.

아무리 봐도 저런 눈으로 볼 얼굴은 아니다. 외모가 전부는 아니라지만 솔직히 90퍼센트는 넘는다. 아무리 생각해도 그렇다. 그런데 지금은 한참 사춘기 때라 살은 물론이지만 얼굴도 참 자유분방하다. 야쿠자에게 이상한 거 모으는 취미라도 있는 걸까?

진지하게 거울을 들여다보다 예쁜 표정으로 씩 웃어보았다. 우욱, 토할 뻔했다. 입가에 경련이 일어났다.

언젠가 TV에서 보았던 모델처럼 자세를 취해보았다. 제길, 가슴이 다르다. 나는 늦된 편이라 대학교 들어가서까지 키가 자랐고 가슴이 본격적인 성장기를 맞이한 것도 그때쯤이다. 고로 지금은 아직 가슴이 소박하고 저렴하다.

만져주면 자란다던데.

고개를 숙이고 한숨을 쉬며 가슴을 내려다보다가 살그머니 손에 쥐어보았다. 내 손이 큰 편이 아닌데도 손이 남는다.

언젠가 손이 모자라는 사람으로 자라고 싶다고, 아니 가슴으로 자랐으면 좋겠다고 생각했다.

땡.

종소리와 함께 엘리베이터 문이 열렸다. 양손으로 가슴을 쥐고 있던 난 잠깐 놀랐지만 곧 잽싸게 아무렇지도 않은 척 태연한 표정으로 내려 집으로 들어갔다.

부친 모친께 인사를 하고 갈아입을 옷을 챙겨다가 욕실로 들어갔다. 옷을 벗으며 욕실 거울을 봤는데 참, 볼만했다. 야쿠자를 볼만한 것과는 다른 의미로 참 볼만했다. 야쿠자의 취향을 다시 한 번 도저히 알 수 없었다. 도대체 왜?

천지 만물에는 이유가 있다. 야쿠자가 나를 좋아하는 데도, 나에게 이렇게 너그러운 데도 분명히 이유가 있을 것이다. 지금 내 추측으로는 야쿠자가 장님일지도 모르겠다는 생각이 들 뿐이지만.

똑바로 서서 거울을 보았다. 새벽마다 운동을 했더니 살이 좀 빠지긴 했으나 아직도 배와 가슴이 거의 수평을 이루고 있다. 우향우해서 옆모습을 바라보았다. 그래도 바가지 엎어놓은 것 같았던 배의 굴곡은 좀 사라졌다. 조금 있으면 안으로 들어갈 수도 있을 것 같다. 그대로 내 몸을 면밀히 살펴보다가 흡, 하고 숨을 들이마셨다. 순간, 나는 대오각성(大悟覺醒)했다. 가슴이 자란 것이 아니었다. 내 가슴은 그 자리에 그대로 있었는데 사람이 보지 못하고 가슴이 없다 한 것이었다.

그렇다, 내 가슴은 배에 파묻혀 있었다. 사람이란 것이 사물을 상대적으로 파악하는 성향이 있는지라 배와 비교하여 상대적으로 가슴이 적다 여겼는데 그것이 아니었던 것이다. 배가 많을 뿐.

우울했다.

씻고 나오면서 나도 이상하다는 것을 깨달았다. 내 평생에 나에 대해, 내 외모에 대해 이렇게 관심 있었던 건 처음이다. 거울을 이렇게 많이 본 것도……. 고백하자면 나는 언제나 자신이 없었던 것 같다. 내가 미친 듯이 공부한 것도 어쩌면, 어쩌면 내가 예쁘지 않고 뚱뚱한 대신 똑똑하고 공부 잘하는 걸로 보상 받고 싶었던 걸지도 모른다. 그때의 내가 정말 무슨 생각을 했는지는 시간에 지워져 기억나지 않지만 지독한 자신감은 언제나 지독한 열등감과 통하는 법이니까.

나는 아직 젖은 머리카락을 말릴 생각도 하지 않고 침대에 벌렁 드러누웠다. 부끄럽지만 인정해야 할 것 같다. 황민서 안에 도도함도 없고 염치도 없다. 심지어 야쿠자 눈 걱정할 때가 아니라 황민서 머리도 걱정해야 한다. 야쿠자가 손 좀 잡아줬다고, 야쿠자가 날 공부 잘하는 돼지로도, 뚱뚱한 범생이로도, 재수 없는 싸가지로도 취급하지 않고 그냥 황민서로 대해줬다고 금세 마음이 흔들려 나 자신이 그렇게까지 진상은 아니라고 생각하다니. 집에 와서 여태까지 야쿠자 생각만 하다니. 그것도 상대가 야쿠자인데 부끄러움도 모르고 마음이 따뜻해지다니.

그날 밤 가물가물 잠이 드는데 영화 하나가 생각났다. 아마 시간대로 따지자면 지금 근처에 개봉했을 것 같은 영화였다. 그 영화에서 지구를 구하기로 되어 있는 영웅 존 코너의 아버지가 미래에서 현재로 가져온 메시지는 이러하다.

There is no fate but what we make for ourselves.

운명은 없다. 오직 우리가 스스로 만들어갈 뿐.

15. 밀고

돌아가는 두 대뿐인 선풍기로는 도저히 어쩌지 못할 만큼 순식간에 여름이 깊어졌다. 더위 속에 허덕이며 나는 모의고사를 한 번 더 치러냈고 기말고사를 끝냈으며 조깅을 필사적으로 한 끝에 5킬로그램을 더 감량했다.

그 사이 강준현은 모의고사를 만점 맞음으로써 교장 선생님 이하 많은 선생님들의 행복지수를 높였고, 야쿠자는 체고 유도부를 박살 냈다거나 옆 학교 3학년 학살자(학교에서 살기 싫은 자식)들을 아작냈다는 등의 전설을 만들고 있었다.

야쿠자와 나는—이렇게 부르는 것이 여전히 어색하지만—매일 도서관을 가는 대신 주말에만 도서관에 함께 갔다. 달라진 것이 있다면 가끔 학교에서 야쿠자와 눈이 마주쳤을 때 노골적으로 시선을 피하지 않게 되었다는 것, 그리고 여전히 단정하고는 거리가 멀게 하고 다니는 야쿠자의 단추를 잠그느라 신경전을 벌인다는 것 정도인 것 같다. 야쿠자는 단추를 잠그고 다니다 죽은 조상이 있는지 아무리 달래도 단추를 풀어 젖힌 채 다니곤 했고, 나는 여공도 아닌데 단추를 잠그느라 지문이 닳아 없어질 것 같았다.

나라가 구해지고 있는지는 잘 알 수 없었지만 어쨌든 평화로웠다.

"영화 볼래?"

기말고사가 끝나고 그 다음날, 시험지에 그려진 빨간 동그라미들을 뿌듯하게 바라보다가 가방을 매고 일어섰는데 귀 바로 옆에서 낮은 목소리가 들렸다. 고개를 돌려보니 준현 선배가 아주 가까운 거리에서 싱글싱글 웃고 있었다.

"영화요?"

"응."

내가 선배 발이라도 밟았나, 웬 데이트 신청?

"왜요?"

"영화 보고 싶으니까. 어차피 이제 시험도 끝났잖아."

나는 멀뚱하게 강준현을 바라보다가 간단히 대답했다.

"프로젝트 보고라면 그렇게 격식 따질 거 없이 지금 해요."

"프로젝트?"

난 주변을 둘러보고 본드걸처럼 몸을 비딱하게 꼬면서 손을 입가에 대고 은밀하게 속삭였다.

"야쿠자 갱생 프로젝트."

잠깐 준현 선배의 얼굴 위의 표정이 정지했다가 터졌다. 뭐가 그리 좋은지 기분 좋게 웃는데 거참, 이상했다. 옛날에는 준현 선배가 웃는다는 것만으로도 좋았는데, 뭐랄까 좀 복잡한 기분이 드는 것은 나이 탓일까? 대개의 경우 어렸을 때 좀 덜 익은 모습으로부터 농익은 모습을 보게 되는 데 반해 나는 정반대로 준현 선배를 보고 있으니까. 하지만 사람이 이렇게 변하지 않을 수도 있는 걸까? 이 사람은 열아홉 살의 거죽을 뒤집어쓰고 어쩜 이렇게 능글맞을 수 있단 말인가. 열아홉 살일 뿐인데 마치 날 귀여워하는 듯한 이 능수능란함은 도대체 어디서 나오는 걸까? 이게 정말 열아홉 살의 내공?

"아냐, 아냐. 정말로 같이 영화 보고 싶어서 그런 거라니까."

"선배도 내 십이지장의 매력을 알게 된 거예요?"

"그렇다고 치자."

이봐라, 이 사람 말하는 방식이 이렇다. 그러면 그런 거지 그렇다고 치자는 뭘까.

내 눈에 가득 찬 의심을 읽었는지 준현 선배는 답잖게 애교까지 부리기 시작했다. 아니, 가장 이 사람다운 건지도 모르지만.

"이제 관리 좀 해야 할 것 같아서 말이지."

뭐라고?

"뭐라고요?"

"나 진짜로 너랑 영화 보고 싶다고. 진짜로, 진짜로."

진짜라는 듯, 믿어달라는 듯 웃는 얼굴을 보는데 세상의 모든 김치 생각이 났다. 확실히 과거, 아니 미래에도 이런 성격이었던 것 같다. 능글능글, 속을 내보이지 않는 너구리 백만 마리 집어삼킨 성격. 사람이 한결같아 좋긴 하다.

그 얼굴과 애교를 보고 있노라니 도대체 이 성격으로 무슨 짓을 했기에 야쿠자가 강준현 이름 석 자만 나오면 부모를 다 죽이고 사부까지 덤으로 죽인 원수 보듯 하냐고 묻고 싶어졌다.

"근데 뭐 하나만 물어봅시다. 도대체……"

그때였다. 어디선가 익숙한 음악이 들렸다. 아니, 들린 건 아니고 들리는 것 같았다. 그건 일종의 환청, 그러나 익숙하고 낯익은 저 밑에서 꿈틀대는 야생의 본능을 일깨우는 음악.

우~ 오~ 우오~ 우~ 오~ 지! 구우는! 숨! 을! 쉰! 다!

뒷문이 벌컥 열리더니 마치 사흘 굶어 감 따먹었는데 그 감이 떫어 죽을 것 같은 하이에나의 표정을 한 야쿠자가 성큼성큼 들어왔다.

난 우리 반이 이렇게 순식간에 조용해지는 건 처음 봤다. 그건 이런 것이었다. 해가 가장 길다는 하지에 산타할아버지가 힙합풍의 산타복을 입고 나타나 'A-YO'를 외치는 것을 보았을 때 조용해지는, 눈에 보이긴 보이는데 딱히 어떻게 반응해야 좋을지 알 수 없을 때 일어나는 침묵 같은 것. 말을 못 하는 게 아니라 할 말이 없어서 입을 다무는 것.

"왜?"

준현 선배가 삐딱하게 고개를 꼬며 물었다. 전에도 느꼈지만 준현 선배는 밀고당기기에 능하다. 지금도 언제든지 물러날 준비는 되어 있는 게 보이는데도 야쿠자가 노려보는 것에 꿈쩍도 하지 않는다. 자존심 상하지 않고, 피한다는 느낌 없이 빛의 속도로 페이드어웨이할 수 있는 강준현. 어쩌면 준현 선배가 장래 검찰을 택한 것은 고등학교 때 야쿠자를 상대하던 것이 몸에 배어 어떠한 겁대가리도 키우지 않았기 때문일지도 모르겠다.

다들 말을 하지 않아서 그렇지 몹시도 궁금해하는 듯 보였다. 자기 교실도 잘 안 들어가는 야쿠자가 어째서 다른, 그것도 2학년 여자반 교실에 들어왔을까.

솔직히 대한민국의 고등학교 교실에서 48명, 나 빼고 준현 선배 더해 정확히 48명의 사람들이 한마음으로 어떤 현상의 이유를 궁금해하기는 쉽지 않은 일일 것이다.

난 왜 안 궁금하냐고?

상황을 봤기 때문이다. 앞문 옆을 쓱 지나던 야쿠자는 내가 준현 선배와 이야기하는 모습을 보자마자 눈에서 불이 튀었다. 하지만 그뿐, 그대로 걸음을 늦추지 않고 아무렇지도 않은 듯 자연스럽게 지나쳤다고 생각했는데 앞문을 지나는 순간 창틀 위로 보이는 야쿠자의 머리끝이 빛의 속도로 이동하더니 뒷문을 걷어차고 들어온 것이다.

그렇다. 야쿠자는 강준현과 내가 있는 것이 싫은 것이다.

귀엽다.

응? 내가 방금 귀엽다고 생각했나? 에뷔에뷔.

끔뻑끔뻑, 48명의 눈이 자신에게 꽂혀 있는 것을 견디지 못한 야쿠자가 낮게 으르렁댔다.

"시선 안 치워?"

휘리릭! 동시에 47쌍의 시선이 아무것도 없는 칠판을 곧게 응시했다. 내 어떤 수업시간에도 각기 개성이 다른 열여덟 살의 난장여고생들이 이런 식으로 일사불란하게 움직이는 건 보지 못했다. 내 옆에 있는 송이의 얼굴은 특히 더 가관이었다. 아까 준현 선배만 서 있을 때는 천국에 있는 얼굴이더니 이제는 지옥에 있는 얼굴이다.

"왜 남의 반에 와서 행패야?"

내가 뭐라고 하자 야쿠자의 얼굴이 팍 구겨졌다. 동시에 마치 안 나오는 케첩 흔들어 짜낸 것처럼 야쿠자의 온몸에서 폭력의 에너지가 폭발했다. 잽싸게 그 에너지의 강도를 측정한 준현 선배는 내 어깨를 툭 치고는 "그럼 4시에 서울 극장 앞에서 봐!"라는 말을 남기고 민첩하게 사라졌다.

과연 강준현. 0.5초만 늦었어도 아마 요단강을 자유형으로 건널 것인가 접영으로 건널 것인가를 고민했어야 할 텐데 머리가 좋으니 눈치도 빠르다.

준현 선배가 사라지자 그 흉포한 에너지를 방출할 곳을 잃은 야쿠자는 잠시 그대로 서 있었다. 그리고 시큰둥하고 불쾌한 표정으로 나를 쳐다보았다. 아니, 쳐다봤다는 표현은 적합하지 않다. 난 비속어를 별로 좋아하지 않는데 비속어로밖에 표현이 안 되는 것도 있긴 하다. 지금 야쿠자의 저 표정을 설명할 수 있는 단어는 절대로 표준어에는 존재하지 않는다. 내 생각에 그 단어는 '꼴아보다'이다.

야쿠자는 나를 꼴아봤다.

"갈 거야?"

야쿠자가 물었다.

"응."

내가 영화를 엄청나게 좋아하는 것도 아니고, 무슨 영화인지 몰라도 이 시대에 개봉해서 적당히 알려진 거라면 아마 내가 봤을 확률이 80퍼센트는 넘는다. 그리고 10년 전의 영화를 즐길 만큼 내가 고전적이지도 않다.

하지만 어쩔 수 없잖아. 기다린다는데……. 내가 꼭 영화를 보고 싶은 건 아니지만 상대가 강준현이잖니. 안 건드려줘도 내가 건드리려고 했는데 먼저 영화를 보고 싶다잖니.

물론, 나는 네가 손을 잡아줬을 때도 좋았지만 넌 이 다음에 야쿠자가 되고 강준현은 검사가 된단다. 그것도 서울지검 검사. 생긴 건? 너나 강준현이나. 어머, 나 지금 행복한 고민 중인 건가?

준현 선배, 나한테 또 반한 거야? ……그런데 내가 뭘 했기에?

내가 뜬금없는 준현 선배의 데이트 신청에 의아해하고 의아해하면서 뭔가 맘에 걸렸던 준현 선배의 말이 뭐였는지 기억을 더듬다가 고개를 돌렸을 때 야쿠자는 벌써 사라지고 없었다.

"응? 얘 어디 갔어?"

아무리 내가 집중력이 좋다지만 짐승도 아니고 이리 기척이

없다니 닌자 훈련을 받지 않아도 이미 닌자로구나.

나는 마치 금도끼 은도끼 다 넘겨주고 마음이 편해진 산신령처럼 홀연히 사라진 야쿠자의 행방이 이 시점에서는 별로 궁금하지 않았다. 그러니까 나는 아직 야쿠자의 성격을 몰랐던 것이다.

서울 극장 앞에서 나는 세월을 실감했다.

10년 후 멀티플렉스로 바뀐 단성사도 여전했고 서울 극장도 옷을 갈아입기 이전이라 예전 그 모습 그대로, 어쩐지 옛날 영화에라도 들어와 있는 것 같은 기분이었다. 10년 후의 세상이 얼마나 좋아지는지 나만 알고 있는 기분은 그렇게 상큼한 것만은 아니었다. 한숨이 나왔다.

시간이 흐를수록 난 점점 열여덟 살에 적응해가고 있었다. 물론 여전히 머리는 스물여덟 살이라 생각하는 게 좀 다르긴 했지만 이대로 여기에 눌러앉는다 해서 내가 죽을 것 같진 않았다. 오히려 IMF와 주식, 로또를 적극 활용하면 더 좋을 것 같기도 하다.

그러나.

나는 존재에 대한 의문을 품기 시작했다.

가끔은 내가 꿈을 꾼 게 아닌가 싶을 때도 있다. 이대로 고3이 되고 공부를 해서 대학에 가고, 그렇게 검사가 된 모든 게 그냥 개꿈이 아니었을까.

물론 그게 아니라는 걸 모르지는 않는다. 만약 정말 내가 스물여덟 살인 것이 개꿈에 불과하다면 눈앞에 있는 저 유치한 간판이 이리 부끄럽지도 않을 것이며, 오늘 보기로 한 '프라이멀 피어'의 내용을 이렇게 선명하게 기억할 리가 없을 테니까.

어색하게 그려진 극장의 포스터를 바라보았다. 리처드 기어에 비해 신경 쓰지 않은 것이 선명하게 티가 나는 에드워드 노튼은 이 영화로 골든글러브 남우조연상을 받고 연기파 배우로 남게 된다. 내가 미친 거라면 이런 걸 알 리가 없다.

그래, 꿈일 리가 없어. 지금이 꿈이면 꿈이지, 스물여덟 살의 내가 꿈일 리가 없다.

포스터를 노려보고 있는데 준현 선배가 내 어깨를 툭 하고 건드리고는 나와 눈이 마주치자 표 두 장을 짠, 하고 들어 보였다.

"들어가자."

남학생과 여학생이 만나는 게 이렇게 자연스러운 일이었던가? 난 내가 실제로 열여덟 살일 때는 공부만 해서 정말정말 모르겠다.

난 그대로 학교에서 시간을 죽이다 교복을 입고 갔는데 준현 선배는 하얗게 얇은 브이넥 셔츠에 무릎을 예쁘게 찢은 청바지 차림이었다. 목에는 얇은 목걸이가 걸려 있었는데 하얀 선배의 피부에 제법 어울렸다.

문제는 물론 그게 아니다.

7월 초순, 더워지는 날씨에 장마가 시작할락말락 간을 보고 있는 시기, 오동통통 너구리 한 마리 같은 내 몸뚱이 위의 피부는 축축하니 파리 끈끈이 부럽지 않은 상태였는데 손목 위에 덥석 선배의 손이 감긴 게 문제다.

그리곤 고등학생답지 않은 태연함으로 나를 끌고 영화관 안으로 들어가는 것도 문제다. 이놈, 아니 이분은 도대체 어디서 노시던 분이시기에 이렇게 모든 일이 자연스러우신 건가. 물론 스물여덟 살의 나는 이런 상황이 전혀 낯설지 않지만, 낯설지 않지만, 낯설지 않…… 지 아니할 리가 없지 않지 않은가!

스물여덟 살과 열여덟 살은 엄연히 다르다. 아니, 다르지 않더라도 이건, 이건, 왜 스물여덟 살 때도 못 해보던 걸 열여덟 살이 돼서 해야 하는 건데……. 왜 이런 기분이 드는 건데……. 아잉, 너무 좋잖아.

심장이 쿵쾅쿵쾅 80년대 유행하던 저급한 디스코 음악처럼 뛰었다. 그러나 그건 한편으로는 야쿠자가 내 손을 잡았을 때의 느낌과는 달랐다. 묘한 죄책감이 섞여 있었다.

젠장, 나는 정조 있는 여자였던 것이다. 야쿠자와는 손을 잡았을 뿐인데, 야쿠자와 아무 사이도 아닌데 어쩐지 바람피우는 기분이 드는 건 뭐냔 말이다. 도대체 이게 무슨 오버질이냔 말이다.

아, 나 너무 순진하다. 내가 이렇게 순진하다는 걸 나 혼자 알고 있어야 하다니.

"선배 나 좋아해요?"

내가 속절없이 끌려가던 걸음을 멈추고 물었다. 가능하면 삐딱하지 않게, 순수하게 물으려 노력했지만 천성이 천성인지라 목소리는 몹시도 딱딱하게 들렸다.

"응?"

"아님 이것 좀 놔봐요."

난 손을 털어냈다. 기분 나쁠 수 있는 행동인데 준현 선배는 기분 나쁘기는커녕, '웬 앙탈이야?'라는 표정으로 씩 웃었다.

"왜?"

"그냥, 난 스킨십에 자유로운 편 아니라고요. 나 좋아하는 거 아니면 이런 거 하지 마요. 야……, 상우 때문에 나랑 친하게 지내고 싶어지는 거면 이럴 필요 없어요."

흐음, 하고 준현 선배 얼굴이 표정이 떠올랐다.

"확실히 상우 때문에 너에게 관심이 생긴 건 맞아. 하지만 사람이 원래 다른 누군가에 관심을 갖게 되는 이유는 천차만별이야. 그리고 난 지금 너한테 관심 있어. 그걸로 안 돼?"

안 된다. 무슨 오염 없는 곳에서 사는 금강초롱 금강권 연마하는 소리인가?

"말도 안 돼요."

"왜?"

백문이 불여일견, 나는 천천히 선배의 얼굴을 보고 길고 늘씬한 다리를 보고 내 짧고 오동통한 몸을 쭉 훑어보았다. 그걸로 충분했다. 내가 하고 싶은 말을 준현 선배가 이해하는 데는…….

준현 선배는 또 웃었다.

"여자애들이……, 네가 착각하는 것 중 하나가 자기 외모에 대해 너만큼 다른 사람도 민감할 거라는 건데 그렇게 심하게는 아냐. 물론 첫인상을 좌우하는 건 어쩔 수 없겠지만 실제로 사람이 사람에게 끌리는 건 외모가 전부는 아니지. 그리고 사실 너 귀여워."

마지막 문장을 안 붙였으면 믿어줄라고 했수.

내가 28년, 그리고 타임리프를 해서 5개월을 살아본 결과 외모가 전부는 아니더라도 90퍼센트, 많이많이 양보해서 70퍼센트는 넘는다. 하지만 뭐, 아니라고 하니 일단 우기진 말자. 우길 이유도 없지만 우겨서 이긴다고 해서 나한테 좋을 것도 하나 없는 일 아닌가.

그런데 이 시대의 물은 아직 맑고도 고와 남자애들이 여자 보는 눈이 있었던 걸까? 아니면 정말이지 길고 긴 꿈을 꾸고 있는 걸까? 이건 언제나 내가 꿈꿨던 상황 아닌가. 초절정 미남만 들러붙는 하렘.

근데 기분이 왜 이렇지? 이 상황을 즐겨야 하는데 나처럼 비루하게 자신감이 없으면 즐기지도 못하는 건가? 그리고 머릿속을 채웠던 모든 허튼 생각에 마침표를 찍기도 전에 사건은 벌어졌다.

"팝콘 먹을래?"

멀티플렉스로 변신하기 이전의 서울 극장에서는 자전거 같이 생긴 기계 위에서 팝콘을 돌린다는 걸 처음 알았다. 내 진짜 열여덟 살 때는 극장을 안 와봤던 것임에 틀림없다. 팝콘이 튀겨지는 걸 보면서 나는 멍하게 서 있었다. 이걸 신기하다고 해야 하나 어색하다고 해야 하나. 그러다 문득 영화표도 선배가 샀다는 게 생각났다.

"팝콘은 내가 살게요."

"아냐. 됐어."

팔로 내 팔을 밀어낸 선배는 영화표를 내게 건네주었다.

"잠깐 들고 있어."

그리고 자신의 지갑을 꺼냈다. 진갈색 지갑을 펼치는 모습이 고등학생답지 않아 나는 심한 기시감을 느꼈다. 마치 내가 스물여덟 살이고 선배가 스물아홉 살인 시간에 있는 것 같은 기분.

"그럼 콜라라도 사올게요."

나는 말하고 나서 뒤돌아 매점으로 냅다 뛰었다.

기분이 이상하다. 정말 이상하다. 난 정조는 있는데 지조는 없나 보다. 아니면 돈을 좋아하나? 지갑을 꺼내 팝콘을 사는 모습을 보고 남자로 느끼다니. 티파니도 아니고 팝콘을 샀을 뿐인데 나 참 저렴하기도 하다.

하지만 생각해보면 난 이미 이 사람을 한 번 좋아한 적이 있는 것이다. 10년 후, 아니면 다섯 달 전.

이대로 준현 선배와 계속 만난다면 정말 현실에서 멀어질 것 같은 기분이 들었다. 난 그때 지검에 부임하고 나서 처음으로 준현 선배를 알았다. 그런데 이렇게 되면, 내가 이렇게 준현 선배를 좋아하게 되고 준현 선배가 날 좋아하게 되면 어떻게 되는 걸까.

야쿠자는, 어떻게 되는 걸까?

복잡한 생각에 정신이 팔린 채 음료수 두 개를 계산대 위에 올려놨을 때다. 돈을 꺼내려 주머니를 뒤적거리는데 어디선가 천 원짜리 두 장이 쓱 내밀어졌다. 선배인가 싶어서 올려다보았다.

아니었다.

누구였을 것 같은가?

그렇다.

바로 야, 쿠, 자. 그것도 한 손에 팝콘까지 든 야쿠자.

무심하게 나와 눈이 마주친 야쿠자는 여유만만하게도 잔돈을 거슬러 받고 내가 왼손에 꼭 쥐고 있던 표를 뺏더니 입에 물었다. 그리고 내 양손에 하나씩 음료수를 들려주었다.

"뭐, 뭐야?"

뭐긴, 저렇게 하면 내 두 손은 꽉 차고 야쿠자의 한 손은 빈다. 야쿠자는 그 빈 손으로 내 손목을 잡고 성큼성큼 걷기 시작했다.

"야아아아아아!"

나의 외침이 들리지 않는 듯, 귀먹은 야쿠자는 나를 잡아끌더니 눈으로 잽싸게 준현 선배의 위치를 파악하고는 다른 계단으로 날 질질 끌고 갔다.

"야아아아아, 이게 무슨 짓이야?"

묵묵부답(黙黙不答), 갑자기 과묵해진 야쿠자……, 아니 표를 입에 물었으니 말하려야 할 수도 없겠구나.

그대로 아래층으로 내려가 표를 끊고 들어갈 때까지 나는 몇 번이고 뒤를 돌아보았지만 준현 선배는 보이지 않았다.

후에 음료수 캔으로라도 야쿠자의 머리를 후려쳤어야 하는 것일까 생각했다. 이놈은 이런 걸 어디서 배웠을까.

16. 당기고

"이게 뭐 하는 짓이야?"

"재랑 영화 보고 싶어?"

"약속이었잖아."

"약속은 깨지라고 있는 거야."

속닥속닥, 사람들의 시선을 의식해 큰 소리는 못 내고 낮은 소리로 야쿠자를 다그치는데 정작 야쿠자는 태연하기만 했다.

"난 나갈래."

몸을 일으키자 어찌나 세게 팔을 끌어당기는지 후딱 도로 제자리에 앉아버렸다. 힘 하나는 인정할 수밖에 없는 야쿠자.

"영화 시작해."

"준현 선배가 표 샀단 말야."

"괜찮아."

괜찮긴, 뭐가 괜찮냐. 일본놈들이 금수강산을 침략한 게 괜잖냐?

어이가 없어 야쿠자의 옆모습을 노려보는데 화면이 하얗게 빛나더니 영화가 시작했다. 야쿠자의 이마 위로 음영이 흘러내리는 걸 노려보다가 고개를 돌렸다.

에라, 모르겠다.

내가 의자에 털썩 몸을 기대자 야쿠자가 낮게 웃는 것이 느껴졌다. 좋냐? 정말이지, 야쿠자놈, 남의 것을 뺏는 것에 뻔뻔하기도 하다.

그렇지만 이런 상황에서 기분이 좋은 나도 이상하긴 하다. 아까보다 훨씬 마음이 편해졌다. 불편해도 모자랄 이 상황에…….

야쿠자가 들고 있는 팝콘을 한 움큼 집어 입에 넣으며 나는 곱디고운 에드워드 노튼이 멍청이 연기를 하는 것을 보기 시작했다. 많이 봐서 익숙한 장면인데도 어쩐지 흥미로웠다.

검은 화면에 스크롤이 올라가기 시작하자 사람들은 웅성웅성 자리에서 일어나는데 일어날 생각도 않고 곰곰이 생각에 잠겨 있는 야쿠자의 옆구리를 쿡 찔렀다.

"안 일어나?"

"와, 이거 잘 찍었는데……. 저 배우 연기 잘한다."

"에드워드 노튼?"

야쿠자가 고개를 기울여 나를 바라보는 걸 보고야 이 시대는 아직 인터넷이 발달하지 않아 정보가 빠르지 않다는 걸 깨달았다. 통신이라는 게 있긴 하겠지만 이 야쿠자가 그런 걸 할 것 같지도 않고…….

"죄수로 나온 배우야. 연기 잘하지? 이 역할로 골든글러브상 받아."

"뭐?"

으악! 실수.

"아마 이 역할로 골든글러브상 받을 거 같다고."

잔뜩 수상하다는 표정으로 야쿠자가 나를 바라봤지만 보면 어쩔 것이냐? 내가 미래에서 왔다고 하면 네가 믿을 것이냐? 그만 봐라, 닳겠다. 아니, 이왕 닳을 거면 볼 부위를 집중적으로 봐주렴.

사람들이 거의 빠져나간 후에야 야쿠자는 몸을 일으켰다.

"가자."

"어딜?"

"뭐 먹으러."

"뭘 먹어?"

"너 배 안 고파?"

팝콘 한 봉지를 다 먹고도 배가 고프면 내가 짐승이지 사람이겠니.

야쿠자가 빈 캔과 봉지를 우그려 쓰레기통에 넣는 것을 보며 나는 묘한 감각에 사로잡혔다.

정말이지 이상한 기분이다. 준현 선배도 야쿠자도 지금의 나를 그냥 나로 보고 있을 텐데 왜 옛날과는 다르게 대하는 걸까. 아니, 준현 선배는 그렇다 치더라도 야쿠자는 원래 이랬던 걸까? 지금의 야쿠자는 내가 생각했던 것보다 훨씬 다정하다. 내가 정말 고등학생일 때 야쿠자를 만났더라도 우린 지금 같은 관계일 수 있었을까?

아니, 난 왜 이런 생각을 하고 있는 거지?

"이리 와봐."

나는 야쿠자를 불렀다.

나처럼 어디서 시간을 죽이다 왔는지 교복차림 그대로 온 야쿠자는 언제나처럼 셔츠 단추를 거의 다 풀어헤친 채였다.

내가 단추를 잠가주는 동안 야쿠자의 시선이 내 이마에 머무는 것이 느껴졌다.

"나 어렸을 땐 극장에 가는 학생은 다 날라리라고 생각했는데……."

"다 날라리야."

별다른 감상도 없이 내뱉은 야쿠자가 나와 가만히 눈을 맞췄다.

"단추 하나만 풀면 안 돼?"

그러고 보니 목 끝까지 채워진 게 좀 답답해 보이기도 했다.

"그래. 하나만 풀어."

"풀어줘."

야쿠자가 장난스럽게 웃으며 허리를 조금 굽혔다.

사람이 다 빠져나간 극장 안에는 청소하는 아줌마만 빗자루질을 하고 있었다. 돌아보지는 않았지만 아줌마가 무슨 생각을 할지 뻔했다. 아마도 내가 할 만한 생각을 하고 있겠지. 저 잡것들, 부끄러운 줄 모르는 잡것들.

그러나 잡것 1인은 잡것 2인의 단추를 풀어주었다. 잡것 2인이 1인에게 웃어주었기 때문에 1인은 눈을 흘기긴 했지만 또 웃었다.

내가 왜 이러는지 모르겠다고 생각하면서도 얌전히 야쿠자를 따라 극장을 나섰다. 준현 선배가 신경이 쓰이지 않는 건 아니었지만 휴대전화나 삐삐가 있는 것도 아니고 달리 연락할 방법도 없었다.

"뭐 먹을까?"

"밥 먹자."

그래, 밥. 내 햄버거도 좋아하고 치킨도 좋아하지만 역시 시험이 끝난 날은 밥이지.

"밥?"

잠깐 생각하는 것처럼 눈을 굴린 야쿠자가 손을 내밀었다.

내가 그 손을 물끄러미 들여다보자 야쿠자가 고개를 기울인다. 뭐냐, 손금 봐달라고?

피식 웃음소리가 들리더니 그 커다란 손으로 덥석 내 손을 잡고 끌고 가기 시작했다. 맙소사, 생각났다. 내가 고등학생 때 제일 욕한 애들 중 하나가 바로 교복 입고 길에서 손잡고 다니는 애들이었다고. 이러면 안 돼애애애애!

가게에 들어서고 나서야 야쿠자는 나의 절규에도 불구하고 내내 잡고 있던 손을 놓았다. 질질 끌려오다시피 하느라 뻐근한 팔을 흔들어주며 주변을 둘러보았는데, 아주 가관이었다. 가게 꼴이 야쿠자랑 딱 어울렸다.

"여긴 어디야?"

"아는 형이 하는 가게."

그 아는 형의 정체가 몹시도 궁금해지는 가게였다.

지하 1층, 허름한 계단을 따라 내려가니 쇠창살, 철창살이 나온다. 여기는 조달청도 아닌데 웬 쇠창살이냐며 어이없이 야쿠자를 올려다보았더니 인테리어란다. 밥집 인테리어 한번 참 아방가르드하다 싶어 입맛을 다시는데 가게 내부로 들어가고 나서는 아방가르드한 게 아니라 그냥 인테리어할 비용이 없었던 게 아닌가 싶어졌다.

바닥도 시멘트 그대로, 네 개 정도 있는 기다란 테이블은 어디서 주워온 것임에 틀림없다. 그리고 벽은 시멘트 위에 철창살과 쇠창살을 얼기설기 엮어놓은 게 전부다.

이게 인테리어면 나도 인테리어 디자이너.

지하라 그런지 서늘했다. 바 뒤에 앉아 담배를 피우고 있던 어린노무쉐키가 우리가 들어오자 깜짝 놀라 몸을 일으켰다.

"형?"

형? 그럼 열아홉 살도 안 된 놈이 저기서 담배를 펴고 자빠져 있단 말인가!

나는 당장 그 담배를 낚아채 하얀 허리를 두 동강 내고 싶은 충동과 싸우느라 온몸이 근질거릴 지경이었다. 게다가 머리! 저 놈의 머리에는 무슨 일이 일어난 것인가! 무슨 일이 일어나면 사람의 머리털이 잠자는 숲 속의 공주네 성의 먼지 닦아낸 총채처럼 거칠어진단 말인가!

나의 눈초리를 느꼈는지 야쿠자가 낮게 웃었다.

"너 좀 나가 있어라."

야쿠자는 어린노무총채의 입에서 담배를 빼 재떨이에 비벼끄며 말했다.

"형이 가게 지키고 있으랬는데."

"형한텐 내가 얘기할 테니까 나가서 놀다 와."

별로 타당한 이유는 아닌 것 같은데도 총채는 몸을 일으켰다. 얼굴에 의문이 떠오른 걸 제외하고는 담배나 자리를 빼앗긴 것에 대한 불만은 조금도 없어 보였다. 그런 의미에서 총채는 좋은 학생은 아닐지 모르지만 좋은 동생임에는 틀림없다.

총채가 꾸물꾸물 나에게도 고개를 숙여 보이곤 나가자 바 뒤로 들어간 야쿠자는 나에게 앉으라고 손짓했다.

"재 몇 살이야?"

"너 가끔은 꼭 꼰……, 선생님처럼 군다?"

번뜩이는 내 눈빛을 본 야쿠자는 언어를 순화했다.

"쟨 키도 더 커야 할 것 같으니까 담배 끊게 만들어."

"내가?"

야쿠자는 재미있다는 듯 낮게 웃고는 허리를 굽혀 싱크대에서 프라이팬을 꺼내 기름을 두르고 뭔가를 볶기 시작했다. 환기 팬을 켜자 팬 돌아가는 소리가 작은 가게 안에 가득 찼다.

"여긴 뭐 하는 데야?"

"음악 바. 뭐 음악 좋아하는 사람들만 오는데 돈은 안 돼. 형이 취미삼아 하는 거라서."

"무슨 형?"

"아는 형."

아는 분에 이은 아는 형, 야쿠자는 아는 사람이 많아서 상식이 없나 보다.

고소한 냄새가 났다. 팝콘을 너무 먹어 식욕이 없을 거라 생각했는데 나를 과소평가한 거였다.

"너 술 안 마시지?"

없어서 못 마셨지만 지금 나는 열여덟 살인데…….

내가 내 몸의 나이가 우선일지 정신의 나이가 우선일지를 고민하고 있는데 야쿠자는 벌써 맥주를 따서 한 입 마시고 있었다. 꿀꺽꿀꺽 예쁘게 생긴 목울대가 꿈틀거리는 모습을 보고 있으니 절로 침이 넘어갔다. 선반 위에 남은 맥주를 올려놓고 다시 주걱을 드는 야쿠자. 야쿠자가 가스레인지 앞에서 주걱을 들고 있는 모습은 상상해본 적도 없었는데 생각보다 어울렸다. 다리가 길어서 그런지 뭘 해도 시원시원한 게 어울린다.

쭉쭉 잘 뻗은 다리와 오목한 허리라인을 감상하고 있는데 앞에 턱 하니 그릇이 놓였다. 썩 먹음직스럽게 윤기가 잘잘 도는 김치볶음밥이었다.

"여기 김치 맛있어."

자기 몫의 접시를 내려놓으며 야쿠자는 다시 맥주를 한 모금 들이켰다.

“나도 줘.”

아, 이러면 안 되는데…….

야쿠자는 잠시 나를 응시하더니 씨익 알 수 없는 미소를 짓고 냉장고 문을 열어 차갑게 얼어 있는 맥주를 꺼내주었다. 캔 뚜껑을 따는데 파삭, 하고 얇게 얼어 있던 얼음이 부서지는 소리가 났다. 행복했다.

불을 일부러 안 켠 건지 아니면 원래 이런 건지 모르겠지만 조명은 어두웠다. 희미하게 시멘트 냄새도 나는 것 같았지만 거슬릴 정도는 아니었다.

우리는 말없이 볶음밥을 먹으면서 맥주를 마셨다. 가끔 캔을 부딪치기도 했지만 뭘 위해 건배하는지 알 수 없어 그마저도 말없이 행동만이었다.

“강준현 말인데…….”

망설인 티가 전혀 나지 않는 말투로 말을 꺼낸 야쿠자가 김치를 한 점 집어먹었다.

“정말로 너랑 무슨 사이야?”

서울지검 선후배 사이지.

“선배랑 후배라니까.”

“그것뿐이야?”

뭘 바라니? 그나저나 팝콘 사다가 날 잃어버린 준현 선배는 지금쯤 뭐 하고 있을까?

“그런데 그 녀석이 널 왜 그렇게 신경 써?”

“너만큼 신경 쓰는 거 같지 않은데…….”

이런, 스물여덟 살의 감수성은 열아홉 살에게는 너무 직설적이었나 보다.

별 의도 없이 한 말인데 야쿠자는 사레가 들렸다. 얼굴이 빨개지며 고통스럽게 쿨럭거리던 야쿠자는 자기의 맥주를 입에 탈탈 털어 넣었지만 얼마 남지도 않은 캔을 기울여봤자 기침은 멈추지 않았다. 계속 쿨럭거리는 꼴이 어찌나 고통스러워 보이는지, 안타깝기까지 할 무렵 그는 손을 뻗어 맥주가 반 이상 남은 내 캔을 쥐고는 꿀꺽꿀꺽 들이키기 시작했다.

"그거 내 캔이라 간접 키스……"

"푸홧!"

뿜었다.

이런, 제길. 더러워라.

지하라 그런지 바깥에서 나는 소음이 굉장히 멀리 들렸다. 차가 지나가는 소리, 경적 소리, 뭐라고 소리를 높이는 여자아이들의 목소리.

입을 손등으로 쓱 문지르는 소리가 들릴 정도로 조용했다. 나를 노려보던 야쿠자의 얼굴에 '젠장'이라는 단어가 새겨졌다. 그리곤 고개가 쓱 돌아갔다. 뺨이 좀 불그레한 건 맥주 때문? 아니면……?

"다 먹은 거야?"

야쿠자가 몸을 일으켜 그릇을 치우는 척 표정을 숨겼다.

내 틀린 말 한 것도 없건만 왜 그런단 말인가. 사실 준현 선배가 날 신경 쓰는 건 야쿠자가 날 신경 쓰는 거에 비하면 달팽이

등껍질에 난 기스에 불과할 정도 아닌가. 이상하기로 쳐도 나와 같은 종족인 준현 선배가 날 맘에 들어 하는 것보다 야쿠자가 날 맘에 들어 하는 것이 훨씬 더 이상하고.

게다가 간접 키스도 맞는 말이지, 왜 남의 맥주를 마셔?

내가 야쿠자에게서 눈을 떼지 않는 동안 야쿠자는 경직된 동작으로 접시를 챙겨 설거지통에 넣고는 말없이 설거지를 하기 시작했다.

쏴아아아, 시원한 물소리, 좁은 가게라 퐁퐁 냄새도 그대로 느껴졌다. 그나저나 쟤는 뒤통수도 예쁘네. 어깨야 뭐 원래 예쁘다고 생각했지만 어떻게 뒤통수도 예쁘냐.

"그만 봐!"

뒤통수에도 눈이 달렸다는 말은 절대 관용어가 아닌 거다. 확실하다. 저 숱 많은 검은 머리 사이에는 눈이 달렸음에 틀림없다. 아니면 저렇게 확신 있게 외칠 수 없는 거다.

"나 맥주 더 마셔도 돼?"

'네가 아까 빼앗아 먹었잖아.'라는 말은 삼켰다. 아무리 내 심장이 부었더라도 아무도 없는 지하실, 야쿠자에게 개기다가 암매장당할 사태는 피해야 한다는 상식은 있었으니까. 지금 저놈이 저리 양순해 보여도 언제 야쿠자의 탈로 바꿔 쓰고 날뛸지 모르는 일이며 그때가 되어 잽싸게 튀지 못했을 경우 난 열여덟 살로 죽는 건지 스물여덟 살로 죽는 건지를 고민해야 하는 상황에 직면하게 될 것이다.

하지만 생각해보면 그런 극단적인 변신이란 게 가능할까?

오늘 본 '프라이멀 피어'에서도 그랬다. 에드워드 노튼은 어리바리하고 한없이 순하기만 한 애런과 사악하고 거친 영혼인 로이의 역할을 극단적으로 표현해냈다. 물론 연기였지만 정말 한 사람 안에 그런 극단적인 모습이 들어 있는 걸까?

저기서 나에게 밥을 해주고 말없이 설거지를 하고 있는 저놈이 일본 야쿠자계의 거두 엔도우 카케루를 한 칼에 베어버리고 한국을 침노하여 종로 조폭들과 일전을 벌인 그 사람이 맞을까?

엔도우 카케루의 처참한 시체 사진이 생각나자 나는 부르르 떨었다.

그건 농담이 아니었다.

지금은 아니지만 몇 년 후가 되면 깡패에 대한 갖가지 미화 영화들이 쏟아져나온다. 나는 그런 영화들을 만든 사람들을 혐오한다. 어떤 경우에도 폭력은 미화될 수 없으며 긍정할 수도 없으니까.

나는 의리니 신념이니 하는 근사한 단어로 포장해서 그럴싸하게 넘겨버리는 걸 혐오한다. 한번 맞아보라지, 아마 의리니 신념이니 하는 말 쏙 들어갈 것이다. 많이 맞을 필요도, 팔 같은 게 잘릴 필요도 없다. 딱 열 대만 세게 맞아보자. 그러고도 의리와 신념 같은 소리가 나오는지.

입술을 질겅질겅 깨물고 있는데 가만히 날 바라보는 시선이 느껴졌다.

"왜?"

내가 묻자 야쿠자가 가볍게 한숨을 내쉬고 다시 몸을 돌렸다.

"넌 가끔 기묘한 표정을 지어."

"뭐?"

퉁명스러운 나의 대답에 야쿠자는 잠깐 말을 끊고 나를 응시했다.

"……날 정말 싫어하는 것 같은 표정."

가슴이 뜨끔했다. 차가웠던 지하실의 공기가 갑자기 착 가라앉는 것 같았다.

"싫어해."

나는 천천히 대답했다. 어쩐지 가슴이 답답했다.

물소리가 그쳤다. 야쿠자는 천천히 젖은 손을 닦아냈다. 그리고 수건을 개수대 위에 올려놓고 그대로 잠시 서 있었다.

야쿠자가 몸을 돌려 내 쪽을 바라보았다.

"왜?"

얼굴은 보이지 않았다. 바에 앉은 나와 싱크대에 기댄 야쿠자의 거리는 멀지 않았지만 조명이 어두운 데다 그쪽에 진 그림자가 야쿠자의 표정을 가리고 있었다.

"난 싸우는 거 싫어. 폭력으로 다른 사람을 제압할 수 있다고 생각하는 발상 자체가 불쾌해."

"나도 그래."

선선히 대답한 야쿠자는 가만히 고개를 숙여 바닥을 내려다보았다.

"안 싸울게."

답답해서 뭔가 이야기를 하려는데 야쿠자 쪽이 한발 빨랐다.

"안 싸울게, 정말. 그럼 괜찮아?"

"왜?"

난 물어보았다.

내가 열여덟 살은 아닐지 몰라도 스물여덟 살 역시 그리 성숙한 나이는 아니라는 걸 말해야 할 것 같다. 사람의 성숙이란 측정하기 어려운 일이라서, 어떤 부분에서는 매우 성숙한 사람도 다른 부분에서는 형편없이 미숙한 경우가 다반사……, 아니 쓸데없는 소리를 다 빼더라도 난 여자다.

열여덟 살이든 스물여덟 살이든 아니면 심지어 서른여덟 살이더라도 여자는 여자, 내가 대답이 추측 가능한 질문을 구태여 하는 이유는 이걸로 다 설명이 되지 않는가?

안 된다고? 너 어디서 놀기에 이 뻔한 상황을 모르는 거야?

난 야쿠자의 얼굴 표정을 보고 싶어서 안달이 나 있었다.

준현 선배가 내 팔을 잡은 순간, 영화관에서 야쿠자의 얼굴을 본 순간, 그리고 다시 야쿠자가 내 손을 잡은 순간 나는 내 마음을 선명히 봐버렸다. 그 마음을 어떻게 할지 결정하지 못했다고 해도, 그러니까 그건 나중 문제라 하더라도 나는 그 마음을 봐버렸다.

자신의 마음을 본 사람이 가장 궁금해하는 게 뭘 것 같은가.

상대의 마음.

그건 알 것 같은 걸로는 안 된다. 선명하고 분명하게, 아무리 명확하게 해도 부족한 법이다.

이윽고 느릿느릿 마치 슬로비디오처럼 고개를 들고 내 눈을 똑바로 바라본 야쿠자가 입을 열었다.

"널 좋아하니까."

널, 좋아하니까.

17. 나만 아는 이야기

비가 주룩주룩 내리고 있었다.

나는 수학 문제를 풀다가 빗방울이 창을 두드리는 소리에 창밖을 바라보았다. 흐르는 빗물에 창이 얼룩져 있었다. 물론 수학 문제를 푸는 건 그냥 취미로 하는 거다. 놀 수도 없으니까. 일할 것도 없고 공부할 것도 없고 난 심심해 죽을 지경이었다.

야쿠자 프로젝트는 어떻게 하고 심심하냐고?

그게 말이다, 원래 무협에서도 정파는 정파끼리 놀고 사파는 사파끼리 노는 거다. 액션 영화를 봐도 착한 놈은 착한 놈끼리 친구하고 나쁜 놈은 나쁜 놈끼리 친구한다. 무슨 소리냐고?

난 말하자면 너구리파다. 속을 내보이는 걸 겁내고 부서질 때까지 돌다리를 두드리는 타입인 것이다. 그러나 야쿠자는 달랐다. 야쿠자는 내가 유도하자 나로서는 상상도 할 수 없는 노골적이고 직접적이며 구체적인, 다른 그 무엇으로도 해석되지 않는 방식으로 응전해왔다.

그래서 내가 만족했냐고?

아니.

이게 너구리파의 나쁜 점이다. 돌 던지지 마라. 원래 그렇다.

눈 가리고 아웅의 즐거움은 끝났다. 솔직하게 나오는 상대에게는 솔직하게 대응하는 수밖에 없다. 그리고 그 솔직이라는 것은 때로 무척이나 어렵다. 적어도 너구리파에게는 그렇다.

나는 야쿠자를 좋아하는가? 그렇다. 분명 내가 타임리프를 하기 전, 야쿠자를 바퀴벌레 더듬이 털처럼 여기던 시절과 비교하면 분명히 좋아한다. 야쿠자도 인간이며 좋은 면이 있다는 것, 때로는 귀엽기도 하고 때로는 설레게 한다는 걸 안다. 준현 선배보다 더 좋아하는가? 그렇다. 나는 어느샌가 준현 선배보다 야쿠자와 있는 게 더 즐거워져 버렸다. 준현 선배가 싫은 건 아니지만, 머리로는 여전히 '준현 선배 원츄♡' 이 따위 생각을 하고 있지만 마음은 확실히 야쿠자를 좋아한다.

하지만 나는 야쿠자를 얼마나 좋아하는가.

이런 주관식이 되어버리면 어려워진다.

야쿠자처럼 간단하고 단순하게 나는 너를 좋아하니 네가 원하는 건 뭐든지…… 라고 할 수 없는 게 나다. 도대체 저 야쿠자는 무슨 약을 먹었기에 저러는 걸까. 정말로 뽕이라도 하는 것일까.

난 그때 아무 대답도 할 수 없었고 지금도 아무 대답도 할 수 없다. 물론 여기에는 내가 외면하고 있는 문제점이 하나 있다.

본디 나의 성격이라면 야쿠자의 순진무구한 고백을 이용하여 야쿠자 갱생 프로그램에 박차를 가하고도 남았을 거라는 점이다.

무엇이 마음에 걸려 난 그러지 못하고 이렇게 집 안에서 천장 무늬를 세고 있는 걸까?

준현 선배에게서는 가끔 전화가 왔다.

그날 영화관에서 날 잃어버린 준현 선배는 갑자기 사라진 나를 찾으려 영화관 쓰레기통까지 뒤졌다고 한다. 내가 쓰레기통에 들어갈 리도 없는데 왜 뒤졌는지는 좀 의아했지만 그걸 걸고넘어질 때가 아니었던 것이, 걱정이 된 선배는 우리 집에 열 번도 넘게 전화를 한 것이다. 덕분에 준현 선배는 갑자기 우리 모친과 베스트를 먹어버렸다.

"얘, 걔는 어쩜 그렇게 긍정적으로 생긴 애가 공부도 잘하고 성격도 좋다니? 오호호호호호호!"

"생긴 건 어떻게 알아?"

"얘는……. 전화 목소리가 하도 맘에 들기에 좀 알아봤지. 사진도 있다. 보여줄까?"

마녀 재판 시대였다면 당장 화형을 선고받았을 것 같은 모친이다. 아니, 스토킹 관련 법만 제정되어도 우리 모친은 관리 대상이다. 아아, 우리 모친이지만 부끄러워. 야쿠자고 모범생이고 잘생기면 좋아하는 게 확실하다.

뭐 어쨌든 화가 나도 많이 날 만한 상황이었는데 상황 설명을 다 들은 준현 선배가 한 말은 딱 한 문장이었다.

"그랬구나."

하지만 내가 누군가? 단 네 음절, 한 문장 속에 희미하게 느껴지는 뭔가를 감지해냈다.

마음의 균열, 그러니까 언제나 여유만만하고 또래에 비해 한 계단, 아니 두 계단쯤 위에서 만사를 관장하던 강준현이 스스로의 컨트롤을 슬쩍 비켜난 그런 느낌, 그럼에도 불구하고 알 수 없는 것은 그가 야쿠자에게 화를 내고 있는 것 같지는 않다는 점이었다.

그 균열의 방향은 굉장히 모호하게 느껴졌다.

따르르르르르릉, 따르르르르르릉.

"여보세……, 오호호호호호! 준현이니?"

모친의 웃음소리가 넓지도 않은 거실에 메아리쳤다. 화상전화도 아니건만 모친은 뻗친 파마머리를 가다듬으며 수줍은 사춘기 소녀처럼 입을 가리고 얼굴을 붉히는 중이었다. 부친이 저런 모친의 모습을 봐야 한다고 생각했다.

준현 선배가 제비 기질이 있는 게 아니라면 내게 온 전화일 것이 뻔해 나가서 대기했건만 모친은 10여 분을 더 통화했다. 심지어 내가 다가온 것도 몰랐던 듯 뒤를 돌아보고는 흠칫 놀라는 표정까지 지었다.

설마 모친에게 봄이 이런 식으로 오는 걸까?

"여보세요."

- 뭐 해?

쾌활하게 묻는 목소리, 모친과 10분이 넘게 통화하다니 붙임성이 좋은 거냐, 아니면 제비의 피를 타고 태어난 거냐.

"그냥 공부하고 있었어요."

- 오, 고3인 나보다 더 열심인데?

그럴 리가 없다고 생각했다.

준현 선배는 말없이, 뒤에서 할 일을 착실히 하는 타입이다. 성적이 그걸 증명한다. 내가 늘 강조하는 말이지만 원인 없는 결과는 절대 없는 법이니까.

"그럴 리가요."

- 아냐, 그래. 왜냐하면, 난 놀자고 전화한 거니까.

"놀아요?"

- 응. 캐리비안 베이라고 알아?

아하, 그리고 보니 캐리비안 베이는 내가 고2 때 처음으로 개장했다. 나중에야 이런 종류의 워터파크가 잔뜩 생기지만 이때만 해도 센세이션, 심지어 공부머신인 나조차도 대학 가면 가봐야 할 장소에 캐리비안 베이를 올려놨던 것이 기억난다. 물론 바로 사시 준비를 하느라 못 가봤지만.

"알지만."

그래, 정말이지 알지만…… 이다.

내가 스물여덟 살이 돼서도 캐리비안 베이에 가보지 못한 것은 물론 공부에 바빴기 때문도 있었지만 캐리비안 베이의 태생적 문제점, 바로 수영복을 입어야 한다는 것이 큰 비중을 차지했다.

게다가 어쩐지 일반 수영장과는 조금 다른 그곳은 여자라면 비키니를 입어야 할 것 같은 압박을 주는, 태생 자체가 천박한데 침 흐르고, 기분은 나쁜데 부러운 곳 아니던가?

- 왜? 가자. 재미있을 거야.

재미는 있겠죠.

"우리 둘이요?"

- 왜? 또 같이 가고 싶은 사람이라도 있어?

그 순간 왜 야쿠자가 떠올랐을까?

"제 친구 송이라고……"

그대를 짝사랑하는 애 있다우.

- 아, 걔 누군지 알아. 그럼 걔도 데리고 갈래?

사실 송이랑 별로 안 친하다. 내년에 친해지는 건지 스물여덟 살의 나에게는 베스트였는데 어쩐지 지금은 좀 거리감이 느껴진다. 여자애들은 육감이 발달해 있다니까 내가 뭔가 이상하다고 생각하고 나를 피하는 걸지도 모른다.

"물어볼게요."

말하고 생각하니 송이는 우리 반에서 10번째로 예쁘고 나는 32번째쯤으로 예쁘다. 게다가 송이 허리는 내 다리만 할 거 같은데 비교되게 괜히 말했나? 안 간다고 했다고 할까?

"언제요?"

- 비 그치면…….

창 밖을 보니 아직도 비가 주룩주룩 내리고 있었다. 이렇게 비가 오는데 야쿠자는 뭐 하고 있을까?

야쿠자는 단 한 번도 우리 집에 전화한 적이 없다는 것이 생각났다. 그날, 얼굴도 붉히지 않고 내 눈을 똑바로 바라보면서 한 야쿠자의 고백 이후로 나야 어찌할 줄 몰라 조용하다고 해도 얘는 왜 이리 조용한가. 그리 노골적으로 고백을 했으면 뭔가 행동이 있어야 하는 거 아닌가? 부끄러워서 세상을 떠난 걸까?

그렇다면 난 고백받음으로써 세상의 악을 제거하는 신종 용사로 마블사(社)에 스카우트될 수도 있겠다.

나는 '왜'냐고 물었다. 내가 '왜' 좋으냐고.

야쿠자는 자기도 모르겠다고 말했고 그래서 나도 몰랐다.

누군가를 좋아한다는 건 왜 일어나는 작용일까? 그 사람 생각을 반복하게 되는 건 어째서일까?

세상에 특별한 사람은 없다는 걸 알고 있는 스물여덟 살의 나인데 어째서 이렇게 자꾸 야쿠……, 유상우의 감정을 되새기고 있는 걸까?

유상우.

갑자기 빗줄기가 세졌다. 흐린 하늘 사이로 굵은 빗줄기가 선명한 선을 긋고 있다.

긴 장마가 끝나가고 있었다.

당연한 얘기지만 송이는 찬성했다. 새침하게 "흠흠, 준현 선배가?"라고 묻고는 할머니 제사네 뭐네 웅얼웅얼 알아듣지 못할 말을 덧붙였지만 반응으로 보아 할머니 제사가 아니라 자기 제삿날이라도 젯밥을 포기하고 준현 선배 옆에 있을 태세였다.

모로 가도 서울로만 가면 된다더니 이 제안을 시작으로 송이와 나의 관계는 급호전되었다. 이대로라면 베스트가 되는 데 전혀 무리가 없을 듯할 수준으로……. 단순하고도 귀여워서 나는 별달리 할 말이 없었다.

그런데 난 왜 이렇게 준현 선배에게 담백한 걸까? 자그마치 송이를 데려갈 생각을 하다니…….

내가 바로 남자가 자신에게 빠져들면 관심이 식는다는 그 유명한 팜므파탈? 움호호호호호호호!

계속 이어지던 비가 그친 날이었다. 하늘이 흐리긴 했지만 오히려 그래서 더 놀기 나쁘지 않을 듯한 그날, 나는 없는 수영복을 찾아 챙기고 용돈도 두둑하게 받아 집을 나서고 있었다.

"어디 가?"

"으아아아아아악!"

이 야쿠자는 도대체 왜 소리 소문 없이, 마치 유령처럼 나타난단 말이냐!

"뭐, 뭐야?"

야쿠자는 오히려 과격하게 놀라는 나 때문에 더 놀랐다는 듯한 표정을 지으며 한 발 물러섰다.

"왜 그렇게 놀라? 어딜 가는데?"

뒤에서 너만 한 게 쓱 나타나면 대개의 사람은 놀란단다!

"놀러 가."

"놀러? 누구랑?"

난 갈등했다. 왜 갈등했는지는 모르겠지만 좌우간 갈등했다. 그리고 내가 갈등한다는 사실이 기분 나빴다. 이 무슨 말도 안 되는 상황인가. 내가 아무리 남자 경험이 좀 없기로서니 감히 야쿠자 따위에게 이런 정조를 느껴야 한다니.

"몰라도 돼."

"누구랑 가는데?"

거의 한 달 만이었는데 야쿠자는 어색한 기색도 없이 어제 만난 친구처럼 태연했다. 태연한 정도를 넘어 내 태도에도 아랑곳하지 않고 쫄랑쫄랑 따라오며 고개를 갸웃거렸다. 어쩌면 이 놈은 정말 사이코패스일지도 모르겠다는 생각이 들었다.

"어디를 누구랑 가는데?"

질문이 점점 구체화되고 있었다.

왜 말을 못 해! 강준현과 한송이, 이 두 사람과 캐리비안 베이를 간다고 왜 말을 못 해! 당당하고 솔직하게 나는 내내 심심했고 너는 전화를 한 통도 안 했으므로 캐리비안 베이를 가는 거라고 왜 말을 못 하냐고!

"송이랑 캐리비안 베이 가."

"송이? 그 조그만 애?"

너에 비하면 다 조그맣지. 그리고 나에 비해서도 조그맣긴 하다.

"응."

"나도 갈까?"

"아니!"

내 반응은 격렬했다. 사실 야쿠자도 같이 가자고 해도 되잖아? ……머릿속에 떠올랐던 생각은 0.1초 만에 지워졌다. 아서라, 강준현의 이름 석 자만 들어도 동짓날 북풍한설 같은 기운을 뿜어내는 놈한테 무슨 캐리비안 베이.

"……왜?"

야쿠자가 걸음을 멈췄다. 어쩔 수 없이, 정말 그러고 싶지 않았는데 나도 걸음을 멈췄다. 으아으아으아, 이런 건 정말 원하지 않아.

"수영복 입어야 한단 말야."

내 머리가 좋아서 다행인지 불행인지 모르겠다.

야쿠자는 피식 웃었다. 그리고 손을 뻗어 내 머리를 몇 번 쓰다듬었다.

"뭐, 그래. ……다행이다."

뭐가 다행인데?

뭐가 다행인지 말해주었으면 정말 좋았겠지만 난 묻지 않았고 야쿠자는 대답하지 않았다. 사실 묻지 않은 이유는 야쿠자가 무얼 걱정했는지 알 것 같아서였다. 나야 연애 경험이 많지 않아도 스물여덟 살이다. 주워들은 것은 많다는 뜻이다.

"다행이야."

이렇게 단순한 녀석의 얼굴을 읽지 못하는 것도 어려운 일이고.

아마도 그날 이후 야쿠자는 자신의 고백이 나에게 어떤 영향을 미쳤는지에 대해 대하소설을 썼다가 그걸 지우고 다시 쓰기를 반복한 끝에 나를 살피러 온 거겠지. 그리고 내가 평소와 다르지 않다는 것에 안심했겠지만…….

……왜 죄책감이 들지? 이 야리꾸리한 기분은 뭘까?

"잘 갔다 와."

"응, 그래."

"갔다 오면 나랑도 놀러 갈까?"

"공부해야 돼."

"그럼 도서관 가자."

제길, 도저히 안 된다고 말 못 하겠다. 이게 바로 초 미녀들만 겪는다는 고통인 건가? 나도 이제 도도하게 '시간을 줘. 너 귀찮게 왜 이래?'라고 말해야 하는 건가? 말해도 되는 건가?

"그래."

하지만 나는 태생 자체가 초 미녀는 아니었다. 건방지기 위해 안간힘을 써도 결정적인 순간에 무너지고 마는 비루한 뚱땡이.

내가 고통에 몸부림치든 말든 야쿠자는 신경 쓸 생각도 없어 보였고, 그냥 내 말에 단순하고 직선적으로 기뻐했다. 그리고 뒤돌아서서 가기 시작하는 야쿠자를 보는 내 기분은 아주 많이 몹시도 복잡했다.

어린아이에게 죄를 짓는 느낌. 내가 아는 야쿠자는 절대로 어린애가 아니지만 지금의 야쿠자는 그냥 열아홉 살, 아무것도 아니고 아무것도 모르는 고등학생처럼 느껴졌으므로. 그럼에도 난 마음 한구석 어딘가 야쿠자를 유상우가 아닌 야쿠자로 생각하는 걸 그만둘 수 없었으므로.

아니, 아니, 모르겠다. 복잡하다.

"와아! 진짜 좋다!"

심지어 화장까지 엷게 한 송이는 새로 샀음에 분명한 하얀 모자 위에 손을 얹으며 소리쳤다. 보자마자 입이 딱 벌어질 정도로 멋 부린 티가 역력했는데 어차피 물에 들어가면 씻겨 없어질 옅은 화장기와 무릎 위로 올라가는 반바지, 그리고 최고의 유행이었던 레이어드 룩이 그러했다. TV에서는 서태지와 아이들이 귀여운 옷을 입고 나와 팔짱을 끼고 고개를 흔들어대고 있는 시기였으니. 뭐, 모든 게 낯뜨겁게 촌스러웠다.

나로 말하자면 야쿠자 때문에 오는 내내 기분이 좀 저조했는데 송이의 그런 옷차림을 보는 순간 열등감에 짓눌려 야쿠자 생각 따위는 연기처럼 사라져버렸다. 나는 학생다운 자제력 때문이 아니라 순전히 아직 덜 빠진 살 때문에 8부 청바지에 무늬 없는 반팔 티셔츠를 입은 상태였고, 수영복도 3년 만에 꺼낸 해녀 같은 검은 원피스 수영복을 갖고 온지라 속된 말로 간지 작살인 송이를 보니 그야말로 석양을 향해 뛰어가고 싶어졌던 것이다.

날씨는 놀기에 딱 좋은 날씨였다. 구름이 태양을 적당히 가려 지치지 않을 만큼의 햇살만 쏟아지고 있었다.

"자, 옷 갈아입고 만나자."

탈의실 앞, 나는 오지 않는 것이 옳았다고 수만 번 중얼거리면서 송이와 함께 탈의실로 들어갔다.

들뜬 송이는 내내 옥희 목소리로 준현 선배는 사복을 입으니 한층 더 멋있다며 떠들어대고 있었다. 사복차림이 멋있는 걸로는 야쿠자를 따라갈 상대가 드물다는 걸 말해줄까 하다가 나 못지않은 송이의 개날라리 혐오증을 생각하고는 입을 다물었다.

옷을 갈아입으면서 나는 스스로가 좀 한심해졌다. 송이 역시 원피스긴 했지만 아마도 고르고 고른 듯한 여름의 작열하는 태양 아래에 어울리는, 유치하지 않은 레이스의 분홍색 수영복, 열여덟 살 꽃띠에게 잘 어울리는 수영복이었다.

내 것은, 아까도 말했지만 해녀 복장을 방불케 하는, 시장에서 8천 원에 구입한 수영복이다. 해녀 복장이든 농부 복장이든 사실 난 평생 수영할 일이 없었으니까.

그러나 수영복을 입고 모자까지 쓰고 거울을 봤을 때는 좀 후회하기도 했다. 무늬 하나 없는 검은 수영복에 검은 모자를 썼더니 하얗게 포동포동한 내 살과 극단의 흑백대비를 이루며 어쩐지 깜장 고무신이 생각났다. 왜 그런지는 모르겠다. 그냥 깜장 고무신이 생각난다.

오동통한 발을 밤 같은 깜장 고무신 안에 살포시 집어넣은 한국 고유의 여백의 미 같은 것…….

그걸로 끝은 아니었다.

포기할 건 깔끔히 포기하고 나가다 송이를 본 나는 라텍스로 만들어 쫄깃쫄깃 해골의 모양을 다 드러내는 수영 모자가 아닌 두건도 착용 가능하다는 것을 깨달았다.

아뿔싸.

내가 부끄러웠다.

뭐 부끄럽든 말든 거울만 안 보면 내 모습을 내가 볼 일은 없으니 에라 모르겠다, 나는 아무렇지도 않다는 듯, 이게 1996년의 최신 패션이라는 듯 씩씩하게 걸어나갔다.

일찌감치 옷을 갈아입고 탈의실 앞에서 기다리는 준현 선배는 무릎까지 오는 주홍색 하와이언 수영복차림이었다. 이런 성격일 거라고 생각 못 했는데 의외로 야한 무늬를 좋아한다 싶었다. 의외든 뭐든 캐리비안 베이라는 장소에 기가 막히게 잘 어울리는 것도 사실. 어쩐지 선배와 송이 근처에는 햇빛이 비치고 내 쪽에만 구름이 드리워진 것 같은 희한한 기분이 드는 건…… 착각이겠지.

"오, 예쁘네."

선배는 송이를 보고 말했다. 그리고 자연스럽게 내 쪽으로 옮겨온 시선, 눈끝이 움찔했다. 눈끝이 움찔했어. 눈끝이 움찔했다고!

"너도 예쁘다."

저 비장한 너도 예쁘다는 뭐냐. 어쩐지 '난 이제 지옥 갈 거야. 거짓말했어.'로 들리는 저 '너도 예쁘다.'는 뭐냔 말이다! 그래, 난 이런 복장으로 캐리비안 베이에 올 만큼 당당하다. 주변을 둘러봐도 나 같은 애 하나 없으니 그만큼 특별하다.

잠깐 나를 바라보던 준현 선배는 아무 말도 없이 고개를 돌려버렸다.

눈물이 날 것 같았다.

내가 해녀버전이든 어쨌든 확실히 즐거운 장소임에는 틀림없었다.

짐을 라커룸 안에 넣어놓고 바로 물로 뛰어들었는데 발끝에 닿는 물이 맑고 차가워 금세 기분이 좋아졌다. 거울이 없다는 게 큰 역할을 한 듯하다.

"꺄아아악! 오빠! 오빠!"

물론 아까부터 송이가 간드러지는 옥희 목소리로 준현 선배를 부르는 건 신경 거슬리는 일이었지만 사실 열여덟 살이지 않은가. 저러고 싶은 걸 이해하긴 한다. 나도 아까 거울을 보지 않았다면 저러고 싶었을 테니까.

물 속에 목까지 담그고 첨벙거리다가 밀려오는 파도 풀에 몸이 덩실 밀려나는 것을 백만 번쯤 반복했는데도 싫증이 나지 않았다. 나와 송이, 그리고 준현 선배는 넓은 캐리비안 베이를 뺑뺑 돌면서 놀았다. 생각보다 훨씬 재미있었다.

사실 구명조끼를 착용하면서부터 배에 힘을 주고 있을 필요가 사라져서 기분이 좋은 것도 있었다. 구명조끼라고 해서 내 패션 철학에 어긋날 것이라고 상상하진 말길 바란다. 내 수영복보다 훨씬 예뻤으니까.

물이 쏟아지는 해골 아래에서 물을 맞을 때에는 나도 막 소리를 질렀다. 나름 어른스러워 보였던 준현 선배도 물에다 풀어놓으니 완전 애였다. 우리는 물을 튀기며 까르르르 웃는 러브

스토리 같은 한 장면을 연출하기보다는 서로에게 물을 먹이는 데 집중했는데, 나는 코로 물이 들어가면 괴롭다는 걸 알고 있었기에 물을 아래에서 위로 튕기기 위해 노력했다.

"너, 잡히면 죽여버리겠어!"

이런 험악한 말투를 선배도 쓴다는 걸 깨달은 건 내가 발을 걸어 선배를 넘어뜨리고 머리채를 붙잡고 물 속으로 두어 번 처박은 다음이었다. 내가 그런 기술까지 쓸 줄 몰랐던 선배는 속절없이 당했다.

뭐 하기야 그 장면을 본 어떤 꼬마가 "엄마! 저기 해녀 아줌마가 이쁜 형아를 고문하면서 잔인하게 웃고 있어, 무서워!" 하면서 울음을 터트렸으니 머리를 물 속에 처넣으며 웃고 있던 내가 상황을 즐기지 않았다고는 못 하겠다. 그나저나 그 꼬마는 도대체 뭘 봤기에 '잔인하게' 웃고 있다는 말을 한 걸까? 내 표정이 어땠기에?

그런 선배도 해맑은 표정으로 천진하게 자신을 바라보는 송이를 물 먹이긴 곤란했는지 그쪽으로 가면 러브스토리의 한 장면을 찍기도 했다.

좀 불공평한 것 같기도 하지만 인생이 원래 그런 거 아닌가.

둘이서 따라라라라 들리지 않아도 들리는 것 같은 노래에 맞춰 허우적거리는 걸 보다 나 혼자 첨벙거리느라 잠깐 방심했을 때였다. 송이를 어떻게 진정시켰는지 소리도 없이, 마치 김두한과의 일전을 앞둔 시라소니가 바람같이 공기를 갈랐던 것처럼 준현 선배가 내게로 다가왔다.

전에 한번 말했지만 준현 선배는 몸이 꽤 좋다. 그때 소가 되고 싶은 차력사를 막아설 때도 느낀 거지만 오늘 다시 한 번 알게 된 것은 옷에 가려져서 몰랐던 것뿐, 열아홉 살인데도 생활 근육이 상당하다는 것이다. 예쁜 것들은 평생 단 한 번도 흉할 때가 없다는 것이 세상의 불공평한 부분인가 보다.

어쨌든 선배가 나에게 다가온 동작은 둔해빠진 열여덟 살, 지방 만땅의 내 몸과는 전혀 다른, 불세출 무협의 고수였다 하더라도 눈치 채기 어려울 만큼 신속하고도 민첩한 동작이었다.

뭔가를 생각하기도 전에 내 양팔이 억센 힘으로 구속당했다.

I believe I can fly.

R. kelly가 이 노래를 부른 게 몇 년도더라? 만약 1996년 이후라면 R. kelly는 나를 보고 영감을 얻었을는지도 모른다.

나는 날았다. 그것도 붕 날았다. 나도 날 수 있구나!

저 멀리 구름이 흐르고 있긴 했지만 전반적으로 하늘은 맑았다. 그 맑은 대기가 성큼 눈앞으로 다가왔다.

첨벙.

엄청난 소리와 함께 내 짐작하건대 거의 태풍 매미급의 물보라가 일어난 것 같다. 어쩌면 캐리비안 베이에서 인공적으로 만드는 파도쯤은 상대도 되지 않을 해일이 몰아쳤을지도 모른다.

나는 눈을 꼭 감았다. 균형을 잡는 즉시 강준현의 머리털을 죄다 뽑아주겠다고 결심하면서. 이 풀의 물을 절반쯤 먹여주겠다고 결심하면서. 그러니까 기다란 팔이 푸른 물 사이를 불쑥 가르고 들어와 내 겨드랑이 아래에 손을 넣고 날 끄집어내기 전까지.

눈을 떴더니 좀 놀란 표정으로 준현 선배가 날 보고 있었다.

"괜찮아?"

"괜찮아요."

"놀랐잖아. 움직이지 않아서."

자기가 던져놓고 놀라긴. 균형을 잡으려면 침착이 가장 중요하다는 걸 알고 있는 자의 움직임이랍니다.

"그나저나 나 힘세네."

자기 팔을 내려다보며 준현 선배는 진심으로 놀란 표정을 지었다. 그래, 나 같은 걸 이리 높이 집어던졌다니 놀랍기도 하겠지, 놀랍기도 할 것이다. 나도 놀랍구먼! 흥!

"정말 괜찮아?"

준현 선배가 내 안색을 살피며 물었다.

"괜찮다니까요?"

"너 정말 부웅 날았어."

물을 헤치고 다가온 송이가 손으로 커다란 호선을 그려 보이며 말했다.

"응. 기분 좋더라. 너도 해달라고 해."

믿어지지 않는다는 표정으로 송이가 나를 바라보다가 준현 선배를 바라보았다. 그 둘은 마치 내 경험이 끔찍한 경험이었고 그걸 다른 사람에게도 시켜보기 위해 내가 거짓말을 한다는 표정이었지만 진짜로 정말이었다. 내가 또 언제 날아보겠는가? 그리고 나는 게 기분 나쁜 일이었다면 라이트 형제는 왜 날겠다고 그 난리를 쳤겠는가?

"뭘 봐요?"

준현 선배가 기묘한 표정으로 나를 보고 있었다. 설마 물에 젖은 내 모습이 섹시하기라도 한 것일까? 그럴 리가 없는데 마치 그렇다고 말하는 듯한 저 눈초리는 뭘까?

나는 샤랄랄라 머리를 흔들어주고 싶었지만 아까 말했던 라텍스 수영 모자가 머리에 꼭 끼워져 있었으므로 그것도 불가능했다.

"생각보다 너무 가벼워서 나한테 반했어요?"

"생각보다 너무 말랑말랑한데."

뭐, 뭐?

준현 선배는 자기 손을 내려다보고 있었다. 등줄기를 타고 소름이 쫙 돋아올랐다. 이 순간, 이 닭살스러운 말은 뭐냐? 말랑말랑이라니! 포동포동은 들어봤어도 말랑말랑이라니!

과연 열아홉 살 남자애다 싶었다. 여자라면 백곰이어도 좋고 고무신이어도 좋단 말이냐!

말하고 나니 슬퍼졌다. 그러나 본격적으로 슬퍼지기 전에 물이 쏟아진다는 신호가 들렸고 송이가 우리를 소리쳐서 불렀다.

우리는 송이를 향해 뛰었다. 나는 오기를 잘했다고 생각했다. 적어도 타임리프를 한 후에 하나쯤은 즐거운 추억이 생겼다고. 물론 언제나 그렇듯 나만 아는 이야기지만 말이다.

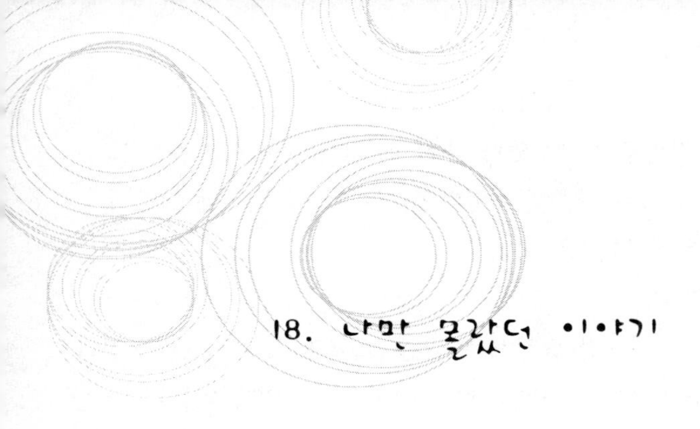

18. 나만 몰랐던 이야기

야쿠자가 서 있었다. 비가 억수같이 쏟아지고 있는데 그 비를 다 맞고 선 야쿠자는 무섭도록 무표정한 얼굴로 나를 보고 있었다. TV로 봤을 때를 제외하고 그놈이 그런 표정으로 나를 보고 있었던 적은 단 한 번도 없었기 때문에 나는 겁을 먹었다. '왜 그래?'라고 물으려고 했는데 입이 떨어지지 않았다. 매트릭스에서 네오의 입이 아예 사라진 것처럼 내 입도 꼭 그런 듯 입을 뗄 수가 없었다.

어쩌나 하다가 야쿠자놈 저렇게 날 쳐다보면 어쩌겠나 싶어 나도 도전적으로 야쿠자를 노려보려 했으나 실패했다. 빗물이 피부로 스며들어 마음을 적시는 듯한 애잔한 감각, 빗줄기에 가린 야쿠자의 모습은 뿌옇게 흐렸다.

야쿠자가 뭔가 말하고 싶은 것처럼 입을 달싹였다. 아니, 말한 것 같다. 그러나 갑자기 거짓말처럼 빗소리가 커졌고 야쿠자의 목소리는 내 귀에 와 닿지 않았다. 나는 몸을 기울였다. 야쿠자는 다시 입술을 움직였지만 여전히 아무것도 들리지 않아 답답해 미치고 팔짝 뛸 것 같았다. '이 새끼, 말 크게 못 해!'라고 호통을 치고 싶었는데 여전히 내 입은 없었고 그래서 웅웅거리기만 하니 심장이 터질 것 같았다. 내 입이 도대체 어디로 간 건지 잡히기면 하면 귓방망이를 후려쳐줘야겠다고 생각했다. 숨이 막혔다.

야쿠자의 입이 다시 달싹였다.

뭘까. 뭐라고 하는 걸까.

나는 머리가 다 어지러울 지경이었다. 꼭 저 말을 들어야 하는데…….

빗소리는 이제 마치 폭포 소리 같았다. 그리고 마침내 그 사이로 희미한 목소리.

널,

널,

널, 좋아…….

널, 좋아하니까.

나는 눈을 번쩍 떴다.

둘이 마주 보고 제로 게임을 하던 선배와 송이는 내가 마치 춤이라도 추는 것처럼 팔을 휘두르며 몸을 일으키자 깜짝 놀라 나를 쳐다보았다. 꽤 깊게 잤는지 버스는 벌써 서울로 들어선 후였다.

버스 안에는 에어컨이 씽씽 돌아가고 있었는데 등 뒤에는 땀이 흥건했다.

바, 방금 그 꿈은 뭔가. 마치 남자친구 있는 여자가 다른 남자와 캐리비안 베이에 가서 신나게 놀다가 집에 돌아오는 길 남자친구가 신경 쓰여 그 남자친구의 꿈을 꾼 것과 같은, 그것도 그 남자친구가 자신을 좋아하고 있다는 사실을 확인하는 바로 그 장면을 꿈꾼 것 같은, 꼭 그런 듯한 이 꿈은…….

하하하하하하하하하하하하하하하하하, 말도 안 돼!

나는 피식 웃고 어깨를 으쓱했다.

자다가 춤을 추며 일어나 피식 웃고 어깨를 으쓱하는 친구를 송이가 한심하게 바라보았다. 그러거나 말거나 나는 "그럴 리가 없지, 그럴 리가 없어."라고 중얼거리며 창 밖으로 시선을 돌렸다.

비가 오고 있었다.

"비 오네?"

"응. 밤에 비가 온다더니 정말이었어. 장마 끝 비래. 우리 놀 때 비 안 와서 다행이야. 운도 좋아."

준현 선배랑 제로 게임을 하는데 운이든 뭐든 안 좋겠냐는 얼굴로 송이가 대답했다. 어찌나 따뜻하고 상냥하게 대답해주던지 얘가 얼마 전에 날 동네 앞 광년이 보듯 쳐다본 그 애가 맞나 싶었다. 어제의 적은 오늘의 동지라더니.

준현 선배는 뭔가 이상한 표정으로 나를 바라보고 있었다. 아니면 그냥 그건 내 기분일 뿐 단순히 흥분 상태인 송이를 상대하느라 피곤했던 건지도 모른다.

창에는 빗방울이 방울방울 맺혀 있었다. 창문에 양손을 대자 손이 닿은 부분의 창이 금세 뿌옇게 흐려졌다가 내 손이 움직이는 방향으로 맑아졌다. 얼룩진 차창 밖으로 보이는 풍경은 어느새 서울이었다.

"왜?"

준현 선배가 나에게 말을 걸었다.

"뭐가요?"

"표정이 좀 이상한데? 너 자는데 막 끙끙거리더라. 무슨 가위 눌린 것마냥."

우리의 야쿠자는 꿈에 등장하면 바로 악몽이시다.

"꿈에 못 볼 걸 봐서 그래요."

"뭘 봤는데?"

전에도 생각한 거지만 준현 선배 참 질문 많다. 10년 후에도 이랬던가?

"잊어버렸어요. 꿈이 원래 그렇잖아요. 일어나면 기억 하나도 안 나고."

예리한 준현 선배의 눈빛이 무슨 레이저를 쏘듯 따갑게 이마에 와 닿았지만 나는 모르는 척했다. 나에게는 비장의 카드가 있었다.

"넌 잘 놀고 와서 웬 악몽이야? 오빠, 오빠, 우리 게임이나 마저 해요."

아니나다를까 침묵이 길어지자 나의 비장의 카드, 송이가 참지 못하고 끼어들었다. 준현 선배는 미심쩍은 기색이 가득한 얼굴로 어쩔 수 없이 송이와 다시 제로 게임을 시작했다. 송이를 데려와서 정말 다행이라고 생각했다.

"데려다 줄게."

물론 이 말은 젠틀하고 기사도가 살아있는 준현 선배가 할 만한 말이다. 문제는 대상이었다. 어떻게 봐도 준현 선배가 데려다 줘야 할 대상은 트럭과 부딪쳐도 돈 물어줘야 할 것 같은 내가 아니라 조그맣고 조그만 송이 아니던가.

내 어이없다는 눈초리를 읽었는지 준현 선배는 변명 아닌 변명을 덧붙였다.

"우산이 하나밖에 없으니 이건 송이 줘야지."

근데?

저 우산은 당연히 송이가 갖고 가야 한다. 왜냐하면 송이 우산이니까. 그것과 도대체 강준현이 나를 데려다 주는 것 사이에 무슨 관련이 있는 것인가? 말랑말랑한 관련?

내가 뭔가 반응하기 전에 송이가 먼저 반응했다. 송이는 눈치가 없는 타입이 아니었고 준현 선배의 이런 태도는 송이로서는 인정할 수 없을 만큼 자존심이 상하는 일이었을 것이다. 세상에, 다른 사람도 아니고 황민서보다 여자 대접을 못 받다니.

"저 먼저 갈게요."

송이는 예의 바르게 말하고는 우산을 홀짝 펴고 톡톡 소리를 내며 빗속으로 걸어 들어가버렸다. 아아, 분명히 쟤는 이 다음에 내 친구가 되는데…… 어떻게 되는 것이냐. 24시간도 되지 않아 또 멀어지게 되어버리겠구나.

"왜 이래요?"

"원래 그래."

내가 다소 뜬금없이 물었는데도 준현 선배는 다 안다는 듯이 대답했다. 그 반응에 생각났다. 내가 준현 선배를 좋아했던 것을. 그건 이런 반응 때문이었다. 진짜든 아니든 마치 다 안다는 듯한 반응, 그것이 우리가 비슷하다는 느낌을 주었고 그것이 좋았더랬다.

"하나도 안 변했네."

내 말에 준현 선배가 인상을 찡그렸다.

"하나도 안 변했다고?"

난 잠깐 혼란을 느꼈다. 시간으로 따지자면야 옛날 내가 알고 있는 모습이 지금보다 뒤니 지금 모습을 보고 '하나도 안 변했다'고 느끼는 것은 옳지 않다. 그러나 닭이 먼저인지 달걀이 먼저인지 생각하는 건 너무 머리가 아프고, 따지자면 내가 여기서 뚱땡이 가죽에 갇혀 있는 것부터가 옳지 않다.

준현 선배가 뚱땡이 흰 토끼가 구멍에 끼인 걸 보는 이상한 나라의 앨리스 같은 표정으로 나를 보고 있다는 걸 알았지만 설명할 생각도 없고 방법도 없었다. 나라도 지금 이 상황이 아니었다면 누군가가 타임리프를 했네 어쩌네 하고 말을 걸어오면 두 손 꼭 잡고 나는 도를 믿는다고 말해줬을 거다.

우린, 아니 선배는 버스 터미널에서 우산 하나를 샀고 우리는 말없이 우산을 쓴 채 걷기 시작했다.

버스를 타고 다시 내릴 때까지 선배는 아무 말도 하지 않았다. 나야 할 말이 없어서 하지 않았지만 선배의 침묵이 그냥 침묵이 아니라는 걸 알고 있었기에 한없이 불편했다. 사실 오늘 캐리비안 베이에 간 것도 만약 내가 요구하지 않았으면 단둘이 갔을지도 모르는 일이고, 지난 영화도 야쿠자가 방해하지 않았다면 제법 데이트스러운 것이 되었을지도 모르는 일이다.

문제는 하나다. 도대체 강준현이, 뭐 하나 빠질 데 없고 부족한 데 없는 강준현이 나에게 왜 이러는가? 야쿠자야 어떻게 생각해도 정신건강이 정상이라고 할 수 없는 놈이니까 그러려니 할 수 있지만 강준현은 그럴 수도 없는데.

……어쩐지 생각해보니 자존심이 좀 상한다. 난 너무 객관적이고 상식적인 성격인 것 같다.

"노래 들을래?"

놀랍게도 준현 선배가 꺼낸 건 워크맨이었다. 워크맨. 너무 오랜만에 봐서 잠깐 어떻게 반응해야 좋을지 알 수 없는 워크맨. 내가 살던 곳은 MDP를 거쳐 MP3 플레이어가 휴대전화에도 달린 세상이었는데…….

내 눈앞에 나타난 황당한 물체에 넋을 놓고 있는 동안 준현 선배는 내 의사를 묻지 않고 워크맨을 작동시킨 후 이어폰을 자신의 한쪽 귀에 꽂고는 다른 한쪽을 내게 내밀었다.

물론, 물론, 싫을 이유는 전혀 없지만…… 이건, 뭔가…… 심하게…… 연인스러운…… 내가 꿈꾸던…….

난 냉큼 받아 이어폰을 귀에 꽂았다.

한 번도 남자와 나란히 걸으면서 음악을 들어본 적이 없다.

음악에 별다른 취미가 없는 탓도 있었지만 내내 공부하느라고 연애다운 연애를 해본 적이 없기 때문이다. 막 해보려는데 과거로 끌려왔기 때문이다.

빗소리가 들리지 않을 정도로 음악 소리는 달콤했다.

"이 노래 뭐예요?"

준현 선배가 나를 내려다보았다. 잠깐의 간격, 선배가 미소를 지었다.

"To be with you."

저 의미심장한 표정은 뭘까?

내가 바로 당신 곁에 있고 싶어하는 사람이에요.
정말로 당신도 나와 같다면 좋겠어요.

이 가사의 야리꾸리함은 또 뭐고.

버스를 타고 내려 집으로 향하는 길을 걷는 내내 노래는 다른 걸로 바뀌었지만 내 귓속에 맴도는 것은 'To be with you'였다. 이거 뭐지? 특별한 의미가 있는 건가? 그런 것 같은데? 그러고야 말 것 같은데?

빗소리에 섞여 들리는 Mr. big의 목소리는 심하게 달콤했다. 그러니까 그래서였을 것이다. 내가 마음이 그랬던 건…….

여자의 마음은 본디 갈대다.

물론 내가 얼마 전에 야쿠자 > 강준현의 공식을 세우긴 했지만, 아유, 진짜 열여덟 살도 아니고 춘향이도 아닌데 일부종사

할 것도 아니고, 사랑은 움직이는 거고……. To be with you라는데……. 아니면 일단 오늘이라도…….

게다가 왠인지 몰라도 지금 내 옆에 있는 강준현은 나와 상관없는 열아홉 살의 강준현이 아니라 내가 알고 있는, 내가 좋아했던, 그리고 좀 더 좋아하게 될 수 있었던 바로 그 사람같이 느껴졌으니까.

누구나 감상적일 때가 있는 법이다.

나는 모든 걸 준현 선배에게 고백하고 싶어졌다. 나라고 무섭지 않았겠는가. 내 가족, 내가 알고 있는 사람들, 그러나 나를 모르는 사람들, 그 사이에서 나라고 무섭지 않았겠는가.

누군가 하나, 정말 나를 알고 있길 내가 바라지 않았겠는가.

나는 이야기하고 싶어졌다. 준현 선배가 날 이해해줄 수 있을 거라고 생각했다. 열아홉 살의 강준현이 아닌, 내가 기억하는 스물아홉 살의 강준현으로서.

그러니까 아까도 말했지만 누구나 감상적일 때는 있는 법이니까. 그게 더럽게도 운 없는 시간 미아 뚱땡이라고 해도.

나는 걸음을 멈추고 준현 선배의 팔을 잡았다. 준현 선배는 고개를 반쯤 돌려 나를 보더니 걸음을 멈췄다. 나는 가볍게 심호흡을 했다. 어디서부터 이야기를 꺼내는 게 옳을지 나는 잠시 고민했다. 그러나 내가 채 입을 열기도 전이었다. 아니, 막 입을 열려고 했을 때였다.

나는 준현 선배의 시선이, 그러니까 당연히 나를 향해 아래로 향해 있어야 할 시선이 내 등 뒤로 향해 있다는 것을 알아차렸다. 눈동자에 뭔가가 비쳤다거나 한 건 아니었다. 다만 그건 기(氣)였다. 나는 알 수 있었다. 내 등 뒤에서 선배의 시선을 잡아끈 게 누구인지. 그리고 그것이 뭘 의미하는지도.

나는 천천히 돌아섰다.

공중전화 부스에서 천천히 걸어나오는 건 우산도 없는 야쿠자였다. 야쿠자의 넓고 보기 좋은 어깨에 빗방울들이 사납게 내리꽂히고 있었다. 약간 긴 듯한 머리카락이 젖어 그 언제보다도 까맣게 보였다.

나는 분명히 바보 같은 표정을 짓고 있었을 것이다. 이런 상황은 겪어본 적도 없고, 겪어볼 거라고 생각한 적도 없는 상황이었다. 솔직히 말하자면 무슨 상황인지도 좀 모호했다.

야쿠자는 잠시 우리를 노려보고 있었다. 하지만 곧 그 시선은 내 어깨를 넘어 준현 선배에게로 꽂혔다. 그리하여 두 사람 모두 나는 안중에도 없다는 듯, 내가 그들 사이에 서 있지 않다는 듯 서로만 노려보고 있었다. 그 와중에도 나는 아직 키가 자라지 않아 다행이라고, 내가 땅에 붙어 있어서 다행이라고 생각했다. 저 눈빛 사이에 끼이는 건, 아이고야.

먼저 눈빛을 거둔 건 야쿠자였다. 사납던 눈빛이 비에 젖기라도 한 것처럼 천천히 사그라지고 입술을 지그시 깨물었을 때 믿기지 않게도 나는 마음이 아팠다. 비 때문인지 음악 때문인지 내가 한참 감상적인 상태였다는 걸 감안하더라도 좀 지나칠 정도로 마음이 아팠다. 야쿠자의 표정……. 지끈, 하고 쥐어짜는 듯한 통증에 나는 달려가 뭔가 말하고 싶었다. 뭐라도, 할 수 있는 말이 생각난다면 뭐라도 말하고 싶었다.

야쿠자는 아무 말도 하지 않았다. 시선이 나한테 머무르지도 않았다. 그냥 원래 그러려고 했다는 듯 아무렇지도 않게 몸을 돌려 몇 걸음 걷다가 뛰기 시작했다.

"야……, 유상우!"

나도 모르게 야쿠자의 이름을 불렀는데 준현 선배가 내 팔을 잡았다.

"지금 네가 저 녀석을 잡아봤자 할 수 있는 게 없어."

맞다. 맞는 말이다.

"무슨 말이에요?"

"너 저 녀석 좋아해? 아니잖아. 이렇게까지 될 줄은 몰랐어. 저 녀석이 이렇게까지 너한테 정붙일 줄은 몰랐다고. 난 그냥……."

무슨 말을 하는지 잘 알아들을 수가 없었다. 하지만 확실한 건 지금 야쿠자를 저대로 보내서는 안 될 것 같다는 사실이었다. 마음이 조급해졌다.

"무슨 말 하는 건지 모르겠는데 일단 놔봐요. 쟤가 뭔가 오해한 거 같……"

"따라가서 뭐라고 할 건데? 왜 네가 설명해야 하는데?"

"내가, 내가…… 오늘 선배 만나는 걸 쟤한테 말 안 했어요."

"……그러니까 네가 왜 그걸 쟤한테 말해야 하냐고!"

물론 그렇다. 내가 생각했던 것도 바로 준현 선배의 생각과 꼭 같았다. 난 거짓말을 한 게 아니었다. 그냥 사실을 말하지 않았을 뿐.
그러나.
"지금은 그냥 내버려두는 게 나아. 어린애도 아니고……. 이건 내가 바랐던 상황이 아냐."
믿어지지 않게도 그 순간 나는 정말이지 화가 났다. 사실은 나 자신에 대한 화가 눈앞에 있는, 나와 똑같이 생각하는 잘나기만 한 사람에게 제멋대로 터져 나왔던 것이다. 야쿠자가 나에게 관심을 보인다고 내가 야쿠자를 돌보기 바랄 때는 언제고. 어린애가 아니긴, 열아홉 살이 어린애가 아니면 미취학 아동만 어린애의 범주에 넣겠다는 거냐? 게다가 쟤가 저렇게 비뚤어진 건 자기가 괴롭혔기 때문이면서!
"봐요, 이거! 이러니까 상우가 선배를 싫어하지!"
내가 팔을 거칠게 빼내는 바람에 몸이 쑥 우산 밖으로 빠져나왔다. 머리카락과 어깨에 사정없이 빗방울이 쏟아졌다. 나는 그 비를 다 맞으면서 선배를 노려보았다.
"내 말 들어."
"뭘요?"
"지금도 좀 늦었다고."
선배도 천천히 우산을 내렸다. 이제 우리는 둘 다 빗속에 서 있었다.
"무슨 소리예요?"
"여기까지 하는 게 나아. 더 가봤자 상처받는 건 상우야."
선배는 말을 끊었다. 그리고 망설이듯 나를 한 번 보고 시선을 발치로 내렸다. 그 순간, 아주 기묘하게…… 표정, 말투, 그리고 시선의 움직임. 설명하기 어려운 방식으로 나는 뭔가를 깨달았다.

선배는 천천히 내가 깨달은 것을 확인해주었다.

"어차피 넌 나랑 사귀게 될 거야."

그 순간 나는 시간이, 사건이 명백하게 가야 할 방향과는 다르게 흐르기 시작했다는 걸 알았다. 그리고 그 순간, 내가 처음으로 나 외에 다른 사람의 좌표를 확인한 순간 나는 내가 서 있는 좌표를 명확히 알았다. 그리하여 달려갈, 달려가고 싶은 방향도 알았다.

나는 뒤돌아서 야쿠자가 달려간 방향으로 뛰기 시작했다.

"황민서!"

선배의 손이 내 팔목에 휘감겼다. 차가운 빗물 사이로 선배의 체온이 선명했다.

"놔요, 이거."

"내 말 들어. 설명은 못 하겠지만……"

"알아요."

"뭐?"

선배의 눈동자 위로 무언가가 스쳐 지나갔다. 그래, 언제나 이 사람하고는 이게 편했다. 설명하지 않아도 되는 것. 어째서인지 이 사람은 내가 하는 말을 안다. 나와 같은 인종이기 때문인지도 모른다.

"안다고. 나도 선배랑 마찬가지니까. 그러니까 일단 놔요."

선배의 손이 천천히 떨어졌다. 그러나 시선은 마치 붙들린 것처럼 그대로였다. 나는 의미 없이 고개를 두어 번 저었다.

그리고 크게 숨을 들이마시고는 그대로 뒤돌아서 뛰기 시작했다.

나는 모든 걸 안다고 생각했지만 어쩌면 아무것도 모르고 있었던 것 같다.

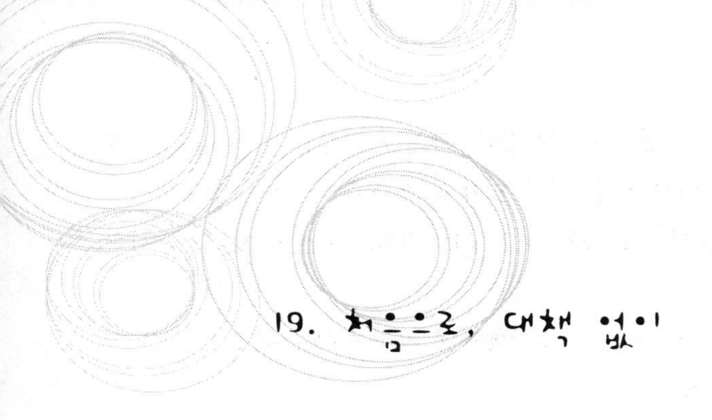

19. 처음으로, 대책 없이

"이 새끼 어디 간 거야?"

안 되는 놈은 사람 찾아야 하는데 비가 억수같이 쏟아진다. 야쿠자의 덩치가 범상치 않은 덩치임에는 틀림없지만, 언제부터 대한민국에 이렇게 덩치 좋은 인간이 많았는지 빗줄기 속에서 이놈도 야쿠자, 저놈도 야쿠자…… 온통 야쿠자처럼만 보였다.

내 심정은 조강지부 놓고 바람피우다가 딱 걸린, 그리고 걸리는 그 순간 사실 자신은 그 조강지부를 사랑했음을 깨닫는 정신 나간 여자들과 완전히 싱크로해 있었다. 왜 이리 조바심이 날까. 비록 사실을 숨겼을지언정 거짓말을 한 건 아니고 또 거짓말 좀 했기로서니 이렇게까지 불안할 이유가 없는데……. 하지만 다리 기장의 차이 때문인지 몰라도 뛰어도 뛰어도 야쿠자는 보이지 않았다.

설마 이 와중에 비를 철철 맞고 택시나 버스를 탄 건 아니겠지 싶어 주변을 휘휘 둘러볼 때였다. 차가 띄엄띄엄 다니는 길 건너 사람들의 머리 사이로 우뚝 솟아올라 있는 머리 하나가 골목길 쪽으로 몸을 돌리고 있었다. 내가 본 것이 맞다면 야쿠자였다. 야쿠자와 역시 야쿠자만 한 덩치의 몇몇 불량 학생들이었다. 그리고 역시 비 때문에 내가 헛것을 본 것이 아니라면 그건 싸우기 직전의 험악한 분위기였다.

재는 도대체 어떤 사주팔자를 가진 영혼이기에 열 받으면 싸울, 아니 때릴 상대가 바로바로 나타나는 거냐. 나는 입술을 깨물고 고개를 돌려 건널목을 찾았다. 젠장, 안 될 때는 얼른 건너야 할 때 건널목도 보이지 않는다. 나는 한 블록쯤 떨어져 있는 육교를 향해 뛰기 시작했다. 마음이 바쁜 만큼 빗방울이 바닥을 두드리는 소리가 귀에 크게 울리고 있었다.

"야!"

이놈의 급한 성질이 문제다. 골목길로 들어가 야쿠자의 머리통이 보이는 순간 나는 냅다 소리를 질렀고, 야쿠자 외 세 명의 비행 청소년이 살벌한 표정으로 내 쪽을 돌아보는 걸 보고는 바로 쫄았다. 나는 뭐든지 신속하다. 소리를 지르는 것도, 쪼는 것도.

돌아보면서 구겨진 인상들, 어디 저 인상들이 고등학생들의 면상이냐. 교도소 독방에서 거울 없이 3년을 썩어도 저런 표정은 나오지 않겠다. 문제는 그 안의 야쿠자도 남은 세 명과 대동

단결한 표정을 짓고 있었다는 건데 당연히 그 강도는 다른 평범한 비행 청소년들하고는 비교도 되지 않을 만큼 살벌했다.

"뭐야? 이 겁대가리 상실한 뚱땡이는?"

그 중 하나가 아주 불만스러운 표정으로 나를 바라보더니 목을 좌우로 뚝뚝 꺾었다. 거의 마른 고목나무 부러뜨리는 소리가 그 녀석이 목을 움직일 때마다 들렸는데 그건 굉장히 살벌한 것이었다. 겁주려는 동작임에 틀림없었고 난 겁먹었다.

물론 마음속에 가소로운 심정이 없지 않아 있었다. 그래, 지금은 아마 깡패짓하는 게 세상 제일의 힘을 얻은 것 같겠지. 힘 좀 쓰고 욕 좀 해서 사람들이 피하는 게 널 대단하게 만들어준다고 생각하겠지. 어른이 되어봐라, 지금 너에게 세상 제일의 문제가 되는 것 같은 모든 일들이 별거 아니란 걸 알게 된단다.

그러나 언제나 그렇듯 진실은 멀고 주먹은 가깝다. 나는 최고로 비굴한 웃음을 지어 보였다.

"어우, 돼지 너 웃지 마라. 속 안 좋아."

말버릇이 나쁜 녀석이다. 살이 많이 빠져서 좀 통통한 정도지, 저렇게 오버할 정도는 아니다.

"너 아는 애야?"

인상 나쁜 마른 고목나무가 야쿠자에게 툭 던지듯 물었다. 말투로 보아 야쿠자와 상호 선린 우호관계는 절대 아닌 것임에 틀림없었다. 야쿠자는 평소처럼 말도 안 되게 곧이곧대로 대답하지 않았다. 심지어 내 쪽을 보고 있지도 않았는데 고개를 외로 꼰 꼴이 단단히 삐친 것 같았다. 남자 새끼가 쪼잔하게!

"뭐야? 그냥 미친년이야?"

그 옆에 서 있던 이마에 '난 이인자'라고 써 붙인 것 같은 인상의 비행 청소년이 한마디 거들었다. 아마도 내내 다른 사람의 위세에 붙어, 그러나 그 사람보다 더 거들먹거릴, 영화에 자주 나오는 야비하고 치사한 인상의 아이였다. 사람의 운명이 인상으로 결정된다는 건 아주 틀린 말은 아닌가 보다.

"야쿠…… 음, 자, 잠깐 나랑 얘기 좀 해."

나는 야쿠자에게 말을 걸었지만 야쿠자는 여전히 내 쪽을 바라보지 않았고 세 명의 비행 청소년들의 시선만 내 쪽으로 향했다가 다시 야쿠자 쪽으로 돌아갔다.

"야, 너 재 알아? 넌 돼지한테도 인기 많다?"

그리고 어린애다운 악의로 낄낄거리기 시작했다. 내가 이런 악의에 상처입었냐 하면, 물론 상처입었다. 어린애가 한 말이고 별생각 없이 한 말이라는 걸 안다고 해서 내가 상처입지 않느냐 하면 일일이 다 상처입는다.

그러나 그 무엇도 야쿠자의 대답만큼 상처는 아니었다.

"모르는 애야."

웃기는 일이다. 유치하다, 황민서.

세상에서 제일 부끄러운 일이 나는 해도 되고 너는 하면 안 된다는 이율배반적인 사고다. 나는 야쿠자를 좋아하지도 않는다고 말하고 야쿠자에게 거짓말까지 해놓고 야쿠자가 나를 부정했다는 것만으로 이렇게 심장에 대못이 박힌 것처럼 아프다니. 타임리프의 부작용은 뻔뻔함이었단 말이냐.

"아우, 돼지 스토커냐? 가지가지 한다."

계속해서 닥치고 있던 세 번째, 아마도 셋 중 가장 못 싸우지만 질은 제일 나쁠 것 같은 싼 티 나는 세 번째 비행 청소년이 야쿠자의 부정에 힘입었는지 건들거리며 다가오기 시작했다.

문제는 싼티나의 접근이 아니라 나였다. 이쯤 했으면 그냥 도망가야 하는데, 그게 옳은데, 아니면 적어도 평소의 나처럼 뻔뻔하게 야쿠자에게 들러붙든지. 그러나 내 뻔뻔함은 공주병 쪽으로만 자랐는지, 도저히 옛날처럼 야쿠자에게 오빠라고 엉기며 들러붙고 싶은 마음이 들지 않았다. 그야말로 어정쩡하게 어쩔 줄 모르는 스토커 돼지처럼 서서 야쿠자를 멍하게 보고 있었을 뿐이었다.

황민서 인생 최대의 수치였을 것이다.

"야, 아그야. 좋은 말 할 때 가라."

참 이상한 편견이다. 이런 순간이면 멀쩡한 표준어를 쓰던 비행 청소년들도 사투리를 구사하고 싶어한다는 것은. 잠깐, 지금이 귀가시계로 유명했던 드라마 모래시계가 할 때였나? 그래서 얘가 이렇게 전형적인 말투를 구사하는 건가?

내가 마음속으로 이대로 뒤돌아 뛸 것인가 말 것인가를 미친 듯이 고민하고 있는데 싼티나의 솥뚜껑 같은 손이 내 어깨 위에 턱 하니 올라왔다. 물론 내 어깨 역시 튼실하긴 하지만 아무리 내가 건강하기로서니 무슨 수로 남자 고등학생의 힘을 당하겠는가? 게다가 내 살의 8할은 지방 아니던가. ……얘도 그래 보이지만.

"아그야, 그냥 꺼질래, 맞고 꺼질…… 윽!"

싼티나가 내게 다가온 속도의 갑절은 될 듯한 스피드로, 군더더기 없이 말끔한 동작으로 다가와 싼티나의 손을 낚아채 꺾은 건 당연히 야쿠자였다.

"이 씨팔새끼가! 지금 뭐 하자는 거야!"

"너 가라."

언제나 그렇듯 야쿠자는 자기 하고 싶은 말만 했다. 침착하게, 그러나 여전히 내 쪽을 보지 않은 채로 나에게 하고 싶은 말만.

무슨 생각이었는지 모르겠다. 나는 여전히 싼티나의 손목을 꺾어 쥔 야쿠자의 거동이 불편하다는 것을 이용해 야쿠자의 얼굴을 향해 손을 뻗었다. 그리고 머리를 꽉 붙잡고 내 쪽으로 돌렸다. 발돋움을 해야 하긴 했지만 내가 애쓴 정도가 야쿠자가 놀란 정도와 비슷할 것 같지도 않다. 야쿠자의 관자놀이에서 흘러내린 빗물이 내 손등 위로 흘러 나는 아직도 비가 오고 있다는 것을 깨달았다. 비가 오는 걸 잊을 정도로 내가 긴장해 있다는 것도.

내 행동에 야쿠자는 기겁을 했고 남은 불량 학생들의 어처구니는 빗속에 녹아들었다. 야쿠자가 손목을 꺾어 쥔 채 힘을 주고 있는 싼티나야 아파서 얼굴이 일그러진 거겠지만 남은 두 명은…… 설마 친구의 고통에 감응하여 저런 표정을 짓고 있는 건 아니겠지.

"야, 이 연놈들이 뭐 하고 지랄하고 자빠져 있는 거냐?"

"안 자빠졌어."

마른 고목나무가 마치 옆의 야비인상 이인자에게 묻듯 말했다. 그러나 분명 야쿠자 들으라고 하는 소리였고 여느 때처럼 야쿠자는 그 문장의 오류를 성실히 짚어주었다. 그것이 그리 반가울 수 없었다. 야쿠자가 야쿠자처럼 군다는 게.

"너 가. 왜 따라온 거야?"

"아니, 그냥 할 말이 있어서……."

"무슨 말?"

아니, 얘야. 네가 한 명의 손을 틀어쥔 와중이라는 건 그렇다고 쳐도 이렇게 관객이 많은 데서 내가 뭔가 이야기하기는 좀 그렇지 않겠니?

"너 강준현이랑 사귀는 거 아냐?"

이게 문제다. 관객이 많아도 얘는 하고 싶은 말을 한다. 대답하기 곤란한 말. 왜 곤란하냐면 물론 사귀는 거기도 하고 아니기도 하기 때문이다. 이 와중에 관계 정리를 하고 왔어야 하는 거란 말이냐. 정확히 시간대를 짚어주면 사실을 말할 수 있는데 사실이란 어쩌면 이렇게 모호한지.

내가 대답 못 하고 우물쭈물하자 야쿠자는 가볍게 한숨을 쉬었다.

"됐어. 네가 그 자식한테 잘 보이려고 나한테 친한 척했든, 그 자식이랑 사귀니까 나랑 친한 척했든 이제 됐어. 그러니까 더 이상 말 섞지 말자. 난 그 자식이랑 엮이는 건 정말 딱 질색인 사람이야."

야쿠자는 말을 끝내자마자 쥐고 있던 손목을 다시 한 번 아프게 꺾고 홱 뿌리쳤다. 계속해서 끙끙거리던 싼티나는 거짓말 하나 안 보태고 30년 관절염으로 고통받은 환자 같은 신음을 내뱉으며 앞으로 고꾸라졌다.

난 고민했다.

사실 야쿠자가 이대로 가서 일본 열도의 어둠의 세계를 개작살내기 전 한국 고등학교 날라리계를 평정한다고 해도 내 알 바 아니긴 하다. 맞다, 그리고 보니 그러네. 그런데 나는 왜 돌아서서 가지 못하고 딱히 할 말도 없으면서 이리 조바심내며 여기 서 있는 걸까? 왜 여기로 오고 싶었던 걸까? 왜 마음이 이런 거냐고.

그래, 비 때문이다.

나는 빗물에 무거워진 머리카락을 흔들며 얼굴을 문질렀다. 그리고 다시 고개를 들어 야쿠자와 눈이 마주쳤을 때, 야쿠자의 얼굴은 마치 꿈에 본 그 얼굴처럼 표정 하나 없었다.

그러나.

내가 정말 열여덟 살이었다면 보지 못했을 것이 보였다. 열여덟 살이었다면 봤어도 모르는 척하고 싶을 것이 보였다.

아직 덜 익은 집착, 진심, 서투름……. 자신감도 없고 어떻게 해야 할지도 모르겠다. 사람은 어떻게 해야 좋을지 모를 때 누구나 자기에게 익숙한 행동을 한다. 사람과의 관계에서 한 걸음 물러서는 데 익숙한 사람은 문제가 생기면 언제나 도망치고, 그 도망치는 방향은 자신에게 쉽고 익숙한 방향이다. 그것이

싸움이든, 아니면 무표정이든…….

사실 이쯤에서 세 명의 불량 청소년들이 포기를 했다면 모든 것은 또 달라졌을 거라고 생각한다. 그러나 맘대로 안 되는 것이―내 맘대로든 아니면 불량 청소년 세 명의 마음대로든―인생인 법이다.

관절염을 얻어버린 싼티나는 우리의 대화가 상당히 불만스러웠는지 아니면 자존심 때문이었는지 감히 다가와 야쿠자의 어깨를 건드리는 실수를 하고 말았다.

"야, 이 새끼야! 비 오는데 돼지랑 연애영화 찍냐? 자식 꼴갑을 해……"

물론 그 말은 끝맺지도 못했다. 왜 머리 나쁜 애들은 매우 맞을 소리를 큰 소리로 하는 습성이 있는지 모르겠다.

빽!

야쿠자의 얼굴에 살기가 도는 것보다 먼저 주먹이 나갔다. 순간 변모한 그 얼굴이 어찌나 흉포하던지 남은 두 명의 불량 학생들은 오늘만 날이 아니라고 생각하고 싶어하는 것 같은 표정을 지었다. 그리고 아마 실제로도 아주 잠깐, 30초의 간격만 있었다면 그들은 쓰러진 동료도 포기한 채 나와 야쿠자를 내버려두고 다음 기회를 기약했을지도 모른다.

그러도록 내버려두지 않은 것은 야쿠자였다. 야쿠자는 완전히 뻗어버린 싼티나의 멱살을 쥐고 질질 끌고는 불량 학생들을 향해 다가갔다. 꽤 무거울 듯한 싼티나를 끌고 가는 야쿠자의 모습은 나에게서 멀어지고 있는데도 좀비가 도끼를 바닥에 질질 끌고 다가오는 것 이상의 포스가 느껴졌으니 그걸 눈앞에서 보고 있는 두 명의 불량 학생들은 얼마나 무서웠을지 상상할 수도 없다. 그러나 사람이 너무 무서운 걸 보면 오히려 겁을 상실하는 건지 아니면 최후의 자존심이었는지 빌어도 시원치 않을 판에 두 명의 불량 학생들은 뭐라뭐라 욕설을 내뱉으며 슬금슬금 뒷걸음질을 치기 시작했다.

이거 오늘 누구 초상 치르겠다 싶은 생각이 내 뇌리를 스쳤다. 아까부터 내리던 비는 이날을 슬퍼하는 거였을까. 나는 대한민국 검사 황민서의 깡다구로 야쿠자의 길을 막아섰다. 정말이지 내 평생 최고의 용기였지 싶다.

"안 싸운다고 했잖아!"

"취소야."

간단하다. 이놈이 이렇게 간단한 성격이다. 야쿠자는 내 어깨를 밀쳤지만 나는 버텼다. 황소 같은 내 힘에 놀란 야쿠자가 어이없다는 듯 나를 바라보았다.

빗소리가 귀를 때리고 있었다. 잠깐 힘이 빠진 틈을 타 반 기절 상태로 끌려가던 싼티나가 몸부림을 치더니 야쿠자의 손아귀에서 빠져나왔다. 물론 콜록거리면서도 욕설은 잊지 않았다.

"너, 강준현이랑 어울려. 뭐가 어울리는지 잘은 모르겠다만 모범생끼리 통하는 게 있겠지. 그러니까 이제 나한테 상관하지 마."

이 와중에도 강준현과 나에게 집착하는 야쿠자. 이걸 귀엽다고 해야 할지 순진하다고 해야 할지.

정말 할 말이 없다. 나는 굉장히 영민한데, 말싸움으로는 절대로 지지 않는데, 이렇게 단순하고 솔직한 야쿠자 앞에서는 정말이지 할 말이 없다. 아니 할 말은 많은데 할 수가 없다. 어떻게 말해야 좋을지 모르겠다.

"안 싸운다고 했잖아!"

그래서 난 마치 비디오의 되감기 버튼을 누른 것처럼, 그러니까 야쿠자의 말을 못 들었다는 것처럼 나 하고 싶은 말을 반복했다.

야쿠자의 인상이 구겨졌다. 야쿠자는 더 이상 나랑 말을 섞고 싶지 않다는 듯 시선을 돌려 개념을 상실한 통돼지를 보고 있다는 표정을 한 불량 학생들을 바라보았다. 시선이 마주치자 야비 인상 이인자는 딸꾹질을 시작했다.

난 알 수 있었다. 지금 야쿠자는 누군가를 패고 싶어서 미치고 환장할 지경이었고 스스로가 미치지 않기 위해서 눈앞에 있는 불량 학생들을 불량품으로 만들기로 결심했다는 것을.

미치고 환장할 노릇이었다. 어떻게 해야 할까? 자꾸만 눈에 빗물이 들어가 나는 계속 눈을 닦아냈다. 눈을 비비고 손을 떼면 상황은 더 악화되어 있었다. 이제 야쿠자의 얼굴은 한층 더 짜증스러워져 있었다. 비 때문인지 입술까지 퍼레져서 전설의 고향 효과가 부럽지 않을 정도로 으스스해 보였다.

"늬네 지금 영화 찍어? 어이, 너 존나 잘 보이는 볼따구, 너! 우냐?"

분명히 겁먹고 있는 것 같은데, 표정으로 보면 안 싸우고 싶어하는 것 같은데, 아니 싸워봤자 이길 것 같지도 않고 자기들도 그걸 알고 있는 것 같은데 한 가닥 노는 십대의 치기인지, 그래도 리더라는 자부심 때문인지 마른 고목나무는 무지하게 이죽거렸다. 나는 제발 그놈이 그러지 않길 바랐다. 섣부른 자존심은 생명 단축의 꿈을 실현시키는 지름길.

질이 달랐다. 좀 있으면 어디 하나 망가진 불량품이 될 예정인 마른 고목나무 포함 불량 학생들은 아직 철도 덜 들었고 상황 파악할 머리도 없이 괜히 자존심만 세우려는 덜 떨어진 영혼들이었으나 야쿠자는 그게 아니었다. 야쿠자는 상황 파악도 하고 있었고 생각도 할 여유가 있었으며 자존심도 상하지 않았지만 누군가를 쥐어패고 싶어하고 있었으며 쥐어팰 능력도 있었다.

그리고 앞에서 '나를 패주소, 나를 패주소.'라고 노래 부르는 샌드백들이 왜 그러는지 몰라도 어깨를 건들거리고 있었으니 이는 요한 계시록 이후 재앙을 예고하는 최고의 상황이었던 것이다.

야쿠자는 내가 아무리 황소 같은 힘의 소유자라 해도 버티기 힘들 정도의 힘으로 나를 다시 밀었고 나는 스파이더맨처럼 철퍼덕 야쿠자에게 들러붙고 싶었지만 힘의 차가 너무나 현격해 과감하게 행동할 수 없었다. 이렇게까지 말리는 건 내 취향이 아니다. 안 되는 건 얼른 포기하고 될법한 일을 계획해야 하는 법이다.

그런데 왜 이렇게 포기가 안 되나. 왜 이렇게 돌아서기가 어렵

나. 하고 싶은 대로 해라, 이 간단한 게 왜 이렇게 안 되나.

나는 왜 이 시간, 여기에 있는 것일까.

내가 멍하니 있는 동안 야쿠자는 커다란 손으로 비에 젖어 이마에 달라붙은 자신의 짧은 머리를 쓸어올렸다. 빗물에 펑 젖은 교복 셔츠는 다 풀어헤쳐져 있었다.

그리고 그 다음 장면은 말 그대로 비행(飛行)이었다. 야쿠자는 하늘을 날았다. 그와 동시에 세 명이 저 멀리 튕겨져나갔다. 나란히 서 있지도 않았던 세 명의 불량 학생들은 가지런한 젓가락처럼 학익진(鶴翼陣)을 그리며 대자로 뻗었다.

그 위로 야쿠자가 멀리뛰기 선수처럼 뛰어올라 뛰기 시작했다. 나는 멍하게 멀어지는 그 뒷모습을 보고 있었다.

"야! 저 새끼 튄다!"

야쿠자가 골목 모퉁이를 돌기 직전 몸을 일으킨 불량 학생들은 도대체 무슨 생각을 한 건지 모르겠지만 덩치에 어울리지 않은 민첩함으로 야쿠자의 뒤를 쫓아 뛰기 시작했다. 죽고 싶은 건가? 야쿠자가 도망가는 게 도망가는 것일 리가 없지 않은가. 설마 그것도 생각 못 할 정도로 멍청한 걸까?

잽싸게 따라 들어간 내 시야에는 저만치서 뛰어가고 있는 야쿠자와 그 뒤를 따라가고 있는 떡대 불량 학생들이 보였다. 짜증스럽게 머리를 헝클자 비에 젖은 머리가 손가락 사이로 감겨들었다.

이런 제길, 저 멍청이들이 자기 묏자리를 향해 전력 질주하는구나.

나는 어느샌가 따라 뛰고 있었다.

그리고 아마 그 순간이, 내가 타임리프를 하고 나서 처음으로 내가 뭘 하는지 몰랐던 순간 같다. 내가 뭘 하는지, 왜 이러는지 생각하지 않고, 그러니까 아무 대책 없이 뒤를 생각하지 않고 마음이 먼저 움직였던 순간.

2권에서 계속

Sidetrack. 내가 너의 꿈을 꿀 때

바람도 없는 심문실인데 조명이 듣기 싫은 쇳소리를 내며 흔들렸다. 핏기없는 하얀 얼굴 위로 그림자가 차가운 선을 그었다. 옅은 한기가 어깨를 타고 흘러내렸다. 날카로운 통증이 가슴으로부터 시작해 어깨뼈를 뒤틀었지만 상우는 눈을 감은 채 미동도 하지 않았다. 이를 악물자 곧이어 혀끝에 비릿한 피 맛이 느껴졌다.

익숙한 감각. 비릿하고 자극적인, 머리를 돌게 만들어버리는 익숙하고도 차가운 감각. 그것이 자신의 피든 타인의 피든 피는 피. 그냥 그뿐이다.

"어이, 배 안 고파?"

문이 열리는 소리가 들리는가 했더니 수사과 직원의 목소리가 이어졌다.

"어이!"

그가 아무 반응도 없자 다시 한 번 보채는 듯한 직원의 목소리가 되풀이되었다. 그러나 목소리는 그 주인의 망설임과 두려움 덕분에 아무런 효과도 자아내지 못하고 공중에서 힘없이 사라졌다. 꼭 그만큼 주인의 당황도 깊어졌다.

상우의 입가에 비릿한 웃음이 스쳤다. 그는 안다. 사람들이 자신을 어떤 식으로 바라보고 있는지.

아주 옛날부터 그랬다. 어째서인지 몰라도 아주 옛날부터 어떤 사람들은 그를 혐오하고 어떤 사람들은 그를 두려워하고 어떤 사람들은 그를 경원시했다. 그 어떤 것도 그는 바란 적이 없었지만.

"야쿠자는 먹지 않아도 사는 모양이야?"

아마도 냉소가 직원의 오기를 자극한 모양이다. 용기를 다 끌어모았는지 끝이 조금 떨릴망정 목소리에 날이 서 있다.

상우는 눈을 떴다. 유난히도 검은 그의 눈동자가 날카로운 선을 그리며 문 쪽으로 향했다. 서두르지도 급하지도 않은, 마치 미끄러지는 것 같은 움직임이었을 뿐이지만 그것으로 충분했다. 문고리를 잡은 채 몸을 반쯤만 밀어 넣고 있던 직원의 몸은 흠칫 흔들렸다.

시선을 직원의 눈동자에서 떼지 않은 채 천천히 그는 팔을 움직여 턱을 괴었다. 하지만 그의 시선에 사로잡힌 직원은 그가 움직인 것도 몰랐을지도 모른다.

그대로 그가 다시 눈을 감을 때까지.

그리하여 심문실의 공기가 다시 공기처럼 느껴지기 시작할 때까지.

눈을 감은 채로 상우는 심문실의 문이 닫히는 소리를 들었다.

지친다.

움직이는 것 자체가 피로해진 것은 언제부터였을까. 아니, 산다는 것 자체가 피로해진 것은 언제부터였을까.

언제부터, 그러니까 어디서부터 인생이 그의 제어를 벗어나 굴러가기 시작했을까.

웃기는 일이다. 사람들은 그가 무언가를 했다고 이야기하지만 정작 그는 원하는 일을 해본 적이 단 한 번도 없었다. 원하는 무언가를 얻은 적이 단 한 번도 없었다.

단 한 번도.

"너무 어린 거 아냐?"

"황민서 검사가? 아니면 강준현 검사가?"

닫혔다고 생각한 문이 열려 있었는지 복도에서 두런거리는 소리가 낮게 새어 들어왔다. 대화에 등장하는 낯익은 이름에 상우의 눈썹이 꿈틀거렸다.

강준현.

아니, 황민서.

황민서.

다시 눈을 뜨는 순간, 이야기를 나누면서도 열린 문 틈으로 심문실 안에 시선을 두고 있던 수사과 직원과 눈이 마주쳤다. 순간 불쾌한 표정을 감추지 못하고 직원은 문을 닫았다. 그와 함께 목소리도 끊겼다. 그러나 그뿐, 순식간에 머릿속에서 지워진 얼굴의 불쾌한 표정 같은 것은 아무런 의미도 되지 못했다.

상우는 방금 자신이 들은 이름을 머릿속에서 다시 되풀이했다. 무의미했던 세 음절의 음성이 차츰 의미를 띠면서 기억과 마주 닿았다. 그는 자신이 기억하는 이 이름의 주인이 방금 들은 이름의 주인과 동일인물인지 궁금해졌다. 그러다 문득 자신이 뭔가 '궁금' 해한다는 것이 신기해졌다. 마지막으로 뭔가가 궁금했던 적이 언제였더라…….

동시에 자신이 '기억'하고 있는 것이 있다는 것도 신기했다. 그러니까, 이런 것이 기억이라면 말이다. 단 한 번도 떠올린 일조차 없는 이런 것도 기억이라고 부를 수 있다면.

다른 의미로, 그러니까 그와는 아주 다른 의미로 관심의 한가운데에 있었던 여자가 있었다.

언제나 하고 싶은 것만 하던, 당연하다는 듯이 주변의 시선을 무시하던 그런 여자가.

신기할 정도로 곧이곧대로 앞만 바라보던.

황민서. 뻔뻔할 정도로 당당하고 주변에 무신경하던.

어느샌가 그는 방금 들은 이름의 주인공이 그가 떠올린 이름의 주인공과 동일인물일 것이라고 확신하고 있었다.

입가에 스스로도 모를 미소가 스쳤다.

대개 과거, 그것도 십 대란 웃음이 나올 만한 기억이지만 상우에게 있어서는 굳이 웃음이 나올 이유가 없는 시간이라는 쪽이 맞다.

하지만 무서울 정도로 뻔뻔하던 그 커다란 등짝을 생각하자 놀랍게도 웃음이 나왔다. 자주 단상에 올라가서 상장을 받거나 칭찬을 받곤 했던, 그러나 대개 그런 종류의 우등생이 보이던 겸손함은 전혀 보이지 않던, 심술궂어 보일 정도로 불퉁한 표정. 그리고 마치 그 기억을 따르듯 그의 얼굴에도 모처럼 표정다운 표정이 떠올랐다.

그는 다시 눈을 감았다.

이상한 일이었다. 심문실의 공기가 아까보다 청량해졌다. 이유 없이,

마치 거짓말인 것처럼. 습관 같았던 통증도, 지겹도록 따라붙던 이명(耳鳴)도 천 하나를 덮은 것처럼 멀어졌다.

그때 가벼운 바람이 일었다. 검은 머리카락이 부드럽게 흔들렸다가 제자리를 찾았다. 심문실의 문이 다시 열린 것이다.

"그 사진들 안 봤으면 지금보다 더 예쁘다니까요!"

약간 높은 듯한 목소리가 선명하게 귀에 와 박혔다. 하지만 문장에 의미가 있었던 것이 아니다. 명확한 의미가 있는 부분을 찾기란 몹시도 힘들다. 그럼에도 불구하고 청력에 어떤 힘이 작용한다면, 그 순간 작용한 것은 분명 인력이었다.

그는 눈을 떴다. 고개를 돌려 뭔가를 말하며 문을 밀고 들어서는 여자가 시야에 들어왔다. 신고 있는 굽을 생각하더라도 키가 커졌고 발육 상태도 좋아져 있다.

남의 시선을 전혀 의식하지 않는 활기찬 움직임, 당당한 표정. 존재하는지도 몰랐던, 기억인지조차 몰랐던 기억이 마음속에서 시동을 걸었다.

시선이 마주친 순간, 아니 적어도 마주친다고 생각한 순간 온통 회색과 핏빛뿐이었던 시야 위로 호박빛이 물들듯 번졌다.

꿈을 꾼다는 걸 모르면서도 사람은 꿈꿀 수 있던가.

어떤 꿈은 마음속에서 수백 번, 수천 번, 수만 번 되풀이되면서도 읽지 못해 그 꿈과 마주하는 그 순간까지도 그 꿈을 모르던가.

나이고 싶었던 너를, 나는 내 기억으로 내 안에 꿈꾸었던가.

다시 한 번 꿈 꿀 수 있다면.

내가.

너의.

꿈을.

혹은.

네가.

나의.

꿈을.

눈이 마주쳤다…… 고 생각한다.

깊은 눈.

"……."

새벽이었다. 눈앞에 펼쳐진 어둑한 하늘 저쪽 끝이 희끄무레하게 물들기 시작하고 있었다. 곧 동이 틀 것이다. 상우는 잠시 미동도 않고 그대로 그 하늘을 바라보고 있었다.

꿈이라기엔 너무 현실 같은 꿈이었다. 모든 게 지나칠 정도로 지독하게 선명한 꿈. 오히려 지금 이 공기가 꿈같을 정도로.

아무리 당구장에서 황민서를 끄집어내 집에 데려다 준 직후라도 과한 꿈이다.

과한 꿈 정도가 아니다. 꿈에 나온 황민서와 실제 황민서는 말투를 빼고는 거의 공통점이 없다.

……말투?

기억을 더듬어보았지만 꿈이 그렇듯 일단 깨어나자 모든 것이 희미해져버렸다. 기억나는 꿈 속의 대사는 한 문장뿐이었지만 상우는 어쩐지 많은 말을 들은 것 같았다. 긴 꿈을 꾼 것 같았다.

정말이지 긴 꿈.

상우는 숨을 들이마셨다. 공기에 적응하기라도 하려는 것처럼 천천히. 몇 번이고 반복해서 숨을 들이마시고, 내쉬고, 그리고 마침내 몸을 일으켰다.

옥상, 옥상에서도 가장 높은 물탱크의 완곡한 곡선 위. 별다른 어려움 없이 균형을 잡은 상우는 어둠 속에서도 노란 칠이 벗겨져 붉은 녹이 보이는 물탱크를 밟고 성큼성큼 움직였다.

두세 계단씩 내려오던 철제 계단을 몇 개 남겨놓고 훌쩍 뛰어내린 다음 그는 다시 한 번 크게 숨을 들이마셨다. 기억하는, 그러니까 꿈 속도 기억이라고 할 수 있다면 기억하는 것보다 따뜻한 공기가 폐를 채웠다.

열아홉 살이었다.

상우는 옥상 문을 열고 주머니에 손을 쑤셔넣었다. 그 뒤로 문이 닫혔다. 문득 뒤를 돌아보았지만 어둠뿐, 그는 곧 가볍게 계단을 내려가기 시작했다.

그는 열아홉 살이었다.

학생들이 막 등교하기 시작할 시간에 학교를 나서니 정문을 들어서는 학생들의 시선이 따가웠다.

그러거나 말거나.

"어디 가?"

익숙한 목소리. 고개를 돌리자 선도부 복장을 한 준현이 소맷부리를 매만지며 그를 바라보고 서 있었다.

"어딜 가든."

"수업은 제대로 들어."

더 이상 대꾸해야 할 이유를 찾을 수 없었다. 원래도 이상한 놈이긴 했지만 언젠가부터, 그러니까 아마 작년부터 이상할 정도로 참견이 심해졌다.

그리고 묘한 시선.

기분은 나쁠지언정 굳이 그 시선을 피할 이유도 없었기에 마주했다.

"상우야."

준현이 그의 이름을 불렀다. 그리고 상우는 그것이 싫었다.

강준현은 언제나 제멋대로였지만 제멋대로인 것을 숨길 수 있는 사람이었고 그래서 제멋대로인 것을 용납받았다.

그러면 그뿐, 자신에게 관여해도 좋다고 허락된 것은 아니다. 그리고 상우가 그 부분을 명확히 하려고 할 때였다.

"헉, 헉, 헉, 헉, 헉, 헉, 헉, 헉."

규칙적이고 어떤 의미에서는 노련하기까지 한 숨소리. 상우의 시선이 돌아갔다.

가방을 맨 채 가방 끈을 양손으로 꼭 쥐고 건장한 두 발로 씩씩하게 정문으로 뛰어들어 오는 저 인물은…… 아까 꿈에서 꽤 세련되게 나왔던 그 인물과 아마도 동일인물.

꿈이 심하게 미화되었다는 걸 다시 한 번 깨달았다.

저도 모르게 피식 웃고 말았다.

그 인물은 단 한 번의 돌아봄도 없이 씩씩하게 직선으로 제 갈 길을 가버렸으나, 향기 아닌 향기는 상우의 얼굴 위에 미소로 남았다.

"뭘 봐?"

자신의 얼굴 위에 머문 준현의 시선에 표정을 지우며 상우가 물었다. 하지만 굳이 대답을 기다리지 않았다. 그럴 필요도 없었고 궁금하지도 않았기 때문이다.

그는 돌아서서 정문을 나갔다. 온실에 들렀다가 올 생각이었다. 지금 서두르면 점심때까지는 올 수 있을 테니까.

그나저나 아무래도 심하게 미화된 꿈이었다.

길을 따라 내려가는 상우의 얼굴에 다시 미소가 떠올랐다.

그에게 있어서 그 꿈은 그의 꿈이 아니었다. 그녀의 꿈이었다. 그는 모르더라도.